KB261606

너는 네가 생각하는 것보다 소중하단다

너는 네가 생각하는 것보다 소중하단다

너는
네가 생각하는 것보다
소중하단다

두근거리는 마음으로 써내려간
이 진 주 에 세 이

살며 생각하며

" 난 괜찮아요.
아무렇지도 않아요. "

HAUM
하 움 출 판 사

차례

회복

변화

감사

"가장 평범한 하루가 가장 행복한 하루다." 라는 것을 알게 해준 나의 가족과 하나님께 감사합니다.

나는 길을 걷다가, 산에 오르다가도 야생 꽃을 보면 사진을 찍는 습관이 있습니다. 그것도 아주 작게 피어 있는 이름 모를 꽃들을 아주 가까이에서 클로즈업해서 찍는답니다. 가까이에서 보면 정말 예쁘거든요. 그 꽃들은 내게 말하죠. 내게도 소중한 꿈과 사랑이 있다고..

이 책을 쓰려고 마음먹은 지는 꽤 오래 되었지만 시작은 하나 얼마가지 못해 포기해 버리는 끈기 없음을 지금에 와서 탓하고 싶지는 않습니다. 그러나 얼마나 다행인지 모릅니다. 산이나 들에서 이름 없이 피어있는 야생초에 피어난 꽃들의 꿈인 듯 봄부터 시작한 글쓰기가 마무리 단계에 와있다는 놀라운 사실을요. 나는 감사하게 됩니다. 그런데 마음이 두근거립니다. 처음 쓰는 글이기에. 처음 사랑을 할 때 이성을 만나러 나갈 때처럼 "두근거리는 마음으로" 이 글을 쓰고 있습니다. 글의 형태로 보아 특별한 장르도 아니고 배워서 써내려 가는 것도 아니고 그냥 그렇게 마음가는대로 쓰다 보니 혹 독자들에게 평가되어질까봐서, 괜한 짓을 한 게 아닌가 생각되어 마음이 두근거립니다. 지금껏 살아오면서 마음 속에 상처와 열등감, 그리고 부끄러움 때문에 소극적인 삶을 무심코 살아왔습니다. 언제부터인가 치유와 회복이 필요했습니다. 열등감을 털어버리고 나를 더욱 소중하게 여기며 행복해야 하는 소중한 나를 발견하게 되었습니다. 생각을 바꾸고 습관을 바꾸어 내적 매력을 만들어가는 도전의 기회로 만들어 봤습니다.

이제껏 건강하게 살아오면서 순간순간을 감사하는 마음으로 살았다는 생각을 하게 됩니다. 남에게 드러내놓고 자랑할 것도 자랑거리도 없습니다. 다만 하나님의 도우시는 손길을 느끼며 살았다는 기억은 나에게는 특별한 감사이기도 합니다. 27세에 결혼해서 두 딸아이를 낳아 가난했지만 평범한 가정을 이루었습니 다. 그냥 평범했기에 행복했다고 다시 말하고 싶습니다.

두 딸아이가 장성하여 새 가정을 꾸렸습니다. 작년 겨울, 함박눈이 예쁘게도 내리던 날 둘째가 결혼을 했습니다. 그리고 두 사람은 같이 직장생활 잘하며 잘 살고 있습니다. 가까이 살다보니 처음에는 일주일에 한두 번 무시로 오더니 이젠 점점 오는 시간이 길어집니다. 일주일에 한 번 정도 주일 예배를 마치고 사위와 들러서 점심만 먹고 가나 봅니다. 주일 예배가 늦게 끝나서 오면 이미 가고 없습니다. 항상 그립답니다. 그래도 한 달에 한 번 정도는 자기들 집에서 음식을 준비하고 초대해줍니다. 큰애는 결혼하고 2년 되는 올해 지난 6월 28일 손자아이를 출산하여 우리 가족을 기쁘게 해 주었습니다. 출산 후 산후조리원에서 3주 있다가 우리 집으로 와서 산후조리를 하고 갔습니다. 아이 울음소리가 문 밖으로 새어나니 생명의 존귀함과 신비함은 할아버지로 느낄 수 있는 또 다른 행복입니다. 퇴근하고 한 번씩 안아주면 내 품에서도 새

근새근 편하게 잠을 잘 잡니다. 고사리 같은 손가락과 발가락도 만져보면서 너무 사랑스럽고 귀여움에 눈물이 납니다. 그렇게 있다가 우리 집도 자기네 집만큼 편하지 않다고 손자를 데리고 갔습니다. 손자 이름은 "김새힘"입니다. 어제 오후에는 새힘이가 보고 싶어서 딸에게 전화를 했더니 주말에 오겠다고 합니다. 이 아이 때문에 우리 집에 축복이 시작될 것입니다.

우리 어머니는 아버지 돌아가시고 군산에서 혼자 살고 계십니다. 절대로 같이 살지 않는다고 우리의 선의를 무색하게 거절하십니다. "이 동네에 하제사람들이 많이 있어서 경로당 가면 같이 지낼 수 있어서 좋다. 아프지 말고 여기서 살다가 조용히 죽을란다." 하십니다.

이처럼 가족들은 이 글을 써 나가는데 큰 밑천이고 깊은 샘이기도 합니다.

서대전 터미널에 가방 하나 들고 내렸다. 눈발이 강하게 내리던 날이었다. 두터운 외투 하나 없이 춥기도 하고 갈 곳도 마땅찮고 무작정 떠나온 길에 외롭게 서있었다. 다행히도 시골 교회에서 목회하시다 대전에서 개척하고 계시는 목사님이 생각이 났다. 목사님께 전화를 드렸더니 어서 오라고 하신다. 교회를 방문하니 건물 2층에 작은 교회를 설립하고 옆에 방 한 칸에서 다섯 식구가 생활하고 계셨다. 잠시 후 목사님의 전화를 받고 집사님 한 분이 오셨다. 기업을 하시던 분이셨는데 그 집사님에게 나를 부탁하신 모양이다. 그날 저녁 나는 그 집사님이 마련해준 숙소에서 출가 후 첫

날밤을 보내게 되었다.

그 교회에서 아내를 만났고 지금까지 옆에 있습니다. 힘들고 어려웠던 시간들에서도 한 번도 불평하지 않고 모든 과정들을 함께 해주어서 무엇보다 감사하답니다. 지금은 둘만 남아있습니다. 어차피 언젠가는 누군가는 남아 홀로 된다는 사실 앞에 숙연한 마음을 가져봅니다. "잘 해야지. 서로 좋은 모습만 보아야지." 아내에게 새삼스럽게 감사하는 마음을 전합니다.

전주에 와서 생활터전을 다지고 아이들을 교육시키고 출가까지 마무리 했다. 잘 아는 형은 "이진주는 천복을 받은 거야, 진짜라구, 부럽네." 하신다. 좋게 봐주신 것일 겁니다.

한전의 전기검침회사를 다니게 되었고 짬짬이 서예와 문인화를 공부해서 전라북도 미술대전 서예 초대작가가 되기도 했다. 농악에도 매료되어 장구를 한참이나 배웠다. 내가 좋아하는 일이기도 해서 꾸준히 서화와 문예활동에, 더불어 풍물농악에도 조금씩이라도 노력과 관심을 투자할 생각이다. 그리고 좋은 사람들과 소통하고 만나는 사람들과 상호존중하며 끊임없이 학습하는 습관을 나의 가치로 삼고자 합니다.

마지막으로 이 책을 읽는 독자들에게 감사합니다. 무명무지한 사람의 소소하지만 확실한 행복을 꽃 녹차 우려 마시듯 천천히 편하게 읽어주시면 감사하겠습니다. 그리고 마음의 여유가 생긴다면 자신의 이야기도 책 속에 담아본다면 두근거리는 마음을 경험해볼 것입니다. 잔디가 잘 정리된 마당 한켠 나무 밑 탁자에 앉아서 차 한 잔 손가락 걸어 들고 먼 하늘에 구름과 앞산을 번갈아보며 감성을 펼쳐보는 여유를 바라지는 않습니까?

지금은 참 살기 좋은 세상입니다. 우리같이 베이비부머시대에 태어난 사람들은 지금이 얼마나 넉넉하고 행복한지 모릅니다.

사시사철 먹을 것이 지천이고 편리함과 풍족함은 주인이 부럽지 않는 세상이기도 합니다. 부디 여러분도 행복한 인생이 되시고 가정과 직장, 나아가서는 많은 사람들과의 관계에서, 소소한 일상에서 확실한 행복으로의 문을 열어보시기 바랍니다.

오늘도 하나님은 나에게 말씀해주십니다.

"너는 네가 생각하는 것 보다 소중하단다."라고.

나에게는 큰 위로이며 자존감을 세워주는 말씀입니다.

다짐,

말에는 엄청난 힘과 파괴력을 갖는다.
촌철살인이라고도 했다.
말은 보이지 않지만 사람을 살리기도 하고
죽이기도하고 행복하게도 하고 불행하게도한다.
그래서 말하는 것은 신중하게 잘 해야 한다.

경청은 어떻게 할 것인가...

사람은 세상을 살아가면서 말 안하고 살 수 있을까?

말에는 엄청난 힘과 파괴력을 갖는다. 촌철살인이라고도 했다. 말은 어떠한 형태로 보이지 않지만 사람을 살리기도 하고 죽이기도 하고 행복하게도 하고 불행하게도 한다. 그래서 말하는 것은 신중하게 잘 해야 한다.

말은 왜 하는 것일까? 아마도 상대에게 들으라고 하는 것 일게다.

만약에 듣지 못하는 이에게 말을 한다면 어떤 의미가 있을까?

말을 잘하는 것과 잘 듣는 것 중 더 중요한 것은 무엇일까?

바로 잘 듣는 일이 훨씬 더 중요할 것이라 생각한다. 옛날 어른들이 그랬었다.

"개떡같이 말해도 찰떡같이 알아들어라."했다.

상대가 무슨 말을 할지 미리 판단하지 않고 자기 생각은 절제한 채 몸과 목소리를 통해 전달되는 모든 것을 열린 마음으로 들어야 한다. 그러면 우리는 말하는 이의 진심을 알게 된다. 오해하거나 선택하지 않고 관찰하여 그대로 몸으로 들어 준다면 말하는 이의 속마음을 이해하게 될 것이다.

그렇다면 우리에게 중요한 최고의 커뮤니케이션 능력으로 평가되는 경청의 방법들을 살펴보기로 하자.

첫 번째로 고정관념을 버리고 입장 바꿔 이야기를 들어주는 것이다.

상대방의 이야기를 들을 때는 진심으로 들어야 한다. 그것도 고개를 끄덕이며 긍정의 표현을 가미해야 더 진실해 보인다. 상대의 이야기를 진심으로 들으려면 자신의 고정관념을 버리고 상대의 관점에서 이야기를 들어야 한다. 그러나 누군가의 이야기를 듣다 보면 참을 수 없는 자기의견이 목을 차고 넘치게 된다. 상대의 이야기를 끝까지 듣기도 전에 자신의 기준으로 상대의 의중을 판단해버리고 자기 이야기를 꺼내놓게 된다. 그러다 보면 상대방이 이야기하고 싶어 하는 것을 자기 기준에서 판단하고 이해해버리는 오류를 범하게 된다.

듣는 사람이 듣는 중 판단을 먼저 해버리게 되면 더 이상의 커뮤니케이션은 불가능해 진다. 말하는 사람은 입을 다물게 되고 듣는 사람이 말하게 되는 착오를 일으키게 된다. 사람들은 대체적으로 자신의 상식과 가치의 기준에서 벗어나지 못하고 경청하는 자의 자세를 버린 결과로 변질되어버리는 것이다.

그러므로 먼저 잘 들으려면 자신의 고정관념을 버리고 입장을 바꿔서 말하는 사람의 이야기를 끝까지 잘 들어주는 것이다.

두 번째로 표정으로, 마음으로 경청하고 공감해주어야 한다.

먼저 들을 청(聽)자를 생각해보자. 귀(耳)로 듣고, 눈(目)으로 듣고, 마음(心)으로 듣는다는 뜻이 담겨져 있다. 상대가 무슨 말을 하든지 거부하거나 반론을 제기하지 않고 말하는 그대로 받아들이는 것이다. 설령 말하는 내용이 듣는 자에게 비난의 말이라 해도 곧바로 반론을 펴지 않고 일단 끝까지 듣는 자세가 필요한 것이다. 그러나 듣는 사람은 이러한 상황에서 인내하기가 그리 쉽지 않다는 것을 인정하게 된다. 그러다 보면 이 또한 진심의 커뮤니케이션이 되기 어렵다는 것이다. 또한 이야기를 듣는 사람은 긍정 공감이 필요하다. 말하는 사람의 이야기에 맞는 표정을 지어주는 것이다. 기쁜 이야기를 할 때는 미소를 지어주고 슬픈 이야기를 할 때는 슬픈 표정을 지어주고 더욱 공감이 필요하다고 느낄 때는 고개를 끄덕이기도 하고 스킨십을 더하여 공감해주는 자세가 중요하다.

물론 말하는 사람의 감정과 똑같이 느낄 수는 없겠지만 자신이 같은 입장에 처했다면 어떤 심정일지를 여러모로 헤아려 가능한 한 비슷한 기분을 가져보려고 하는 것이 "공감"일 것이다. 일단 이야기하는 사람의 기분과 감정에 표정을 더하여 맞춰주는 배려와 말하는 중간에 차단하거나 자기의 이야기로 거부하는 느낌이 들지 않도록 하고 끝까지 들어주는 자세가 필요하다.

상대가 논리적이거나 합리적이지 않아도 말하는 이의 이야기의 전달이 다 되기 전에는 반론하지 않고 듣는 것이다.

세 번째로는 말하는 이의 의도를 충분히 이해하고 반영해주어야 한다.

이야기를 다 듣고 난 후에는 반드시 상대의 이야기를 잘 듣고 제대로 이해했다는 확인을 해주어야 한다. 이런 표현은 이야기를 다 듣고 할 수도 있고 중간 중간에 표현해줄 수도 있다. 어떤 경우에든 말하는 사람은 자기의 의사가 상대방에게 자기 기준으로 잘 전달되었기를 바라게 된다. 그래서 그 이야기에 대한 반영과 확인이 중요하다. 사람은 누구나 자기의 마음을 잘 전달했고 상대방에게 반영되었다고 느낄 때 감정의 혼란에서 벗어날 수 있고 홀가분한 반응을 보이게 될 것이다. 때로는 상대가 자기가 한 이야기들을 돌이켜볼 수 있도록 요약해서 반영해줌으로써 올바른 판단을 하고 스스로 만족해 할 수 있게 되는 것이다.

네 번째로는 인내하는 습관을 가지는 것이다.

경청(敬聽)에 있어서 가장 중요한 것 하나는 기다리는 인내심일 것이다. 대부분의 경우에는 말하는 자신은 난해한 질문을 던지고 나서 에둘러 자신이 대답을 해버리는 경향이 있다. 경청에는 침묵의 어색한 시간까지 견디는 것도 포함된다. 질문을 하였는데 아무런 답이 없다면 서먹한 분위기가 생길 것이다. 혹 그러한 경우에 이야기하는 사람은 자신이 스스로 대답을 하거나 마음의 여유를 잃어서는 안 된다. 교육심리학에는 14초 법칙이라는 것이 있다. 가령 어느 학급에 도난사고가 발생했을 경우 담임선생님은 사실을 학생들에게 알리고 다 눈을 감게 한 다음 "자신의 잘못을 시인하고 조용히 손을 들면 아무에게도 알리지 않고 용서해줄 테니

손을 들어라."고 한다. 이때 말하는 선생님이 아무 말도 하지 않고 14초 동안 침묵을 유지하면 누군가 손을 들거나 말을 하게 된다는 것이다. 이 법칙을 우리가 대화하는 상대에 적용해보는 것이다. 말하는 이가 어색한 질문을 던지면 약간의 침묵이 흐를 수 있다. 그러나 14초 동안 기다리면 상대가 대답을 하지 않겠는가? 그렇다고 시계를 보면서 14초를 재고 있어서는 안 된다. 그 대신 같은 질문을 좀 더 다르게 표현해줌으로써 상대방이 더 쉽게 대답할 수 있도록 생각을 자극해주어야 한다.

다섯 번째로 실제적인 경청의 기술들을 살펴보자.

먼저 부드러운 눈맞춤(eye-contact)이다. 눈은 마음의 창이라 했다. 다정한 시선으로 마음의 창을 열고 대화하노라면 서로에 대한 오해가 걷히고 신뢰하는 마음을 갖게 된다. 대체로 우리나라 사람들은 눈을 똑바로 쳐다보지 못하는 경향이 있다. 잘못했다가는 오히려 똑바로 쳐다본다고 기분 나빠할 수 있기 때문일 게다. 지금은 시대가 변화한 만큼 서양 사람들처럼 상대의 눈을 쳐다보면서 존중과 신뢰의 마음을 보이면서 경청하는 것도 기술임을 기억하자.

다음은 적극적인 바디랭귀지(body language)이다. 내가 말을 할 때 상대방이 긍정해주고 고개를 끄덕여주면 절로 힘이 생기고 신뢰도 생겨서 소통에 더욱 진심을 담을 수 있을 것이다. 어떻게 보면 언어를 통한 의사 전달보다는 몸짓이나 표현을 통해 전달되는 것이 더 효과적일 수 있다. 우리가 하는 의사 전달을 분석해보

면 말이 차지하는 비율은 7%이고 목소리가 38%인 반면에 바디
랭귀지는 무려 55%에 달할 정도로 비중이 큰 요소로 여겨진다고
한다.

그래서 상대와 이야기할 때는 반드시 말하는 사람을 주목해주
어야 하고 고개를 끄덕이거나 미소를 짓거나 맞장구를 쳐주면 훨
씬 더 아름다운 커뮤니케이션이 될 것이라 믿는다.

다른 사람들이 나의 말을 경청하고 존중해주기를 바라는 만큼
나도 다른 사람의 말에 경청할 수 있다면 우리 사회의 커뮤니케이
션 문화는 더 높은 품격을 유지할 수 있을 것이다.

끝으로 경청의 기술에는 다음과 같은 몇 가지가 있다. 잘 활용
해보자.

1. 말하는 것보다 듣는 것을 습관화하라.
2. 상대방의 의도와 생각에 집중하라.
3. 객관적인 입장을 갖고 항상 열린 마음으로 대하라.
4. 성급하게 판단하거나 말하지 말라.
5. 재촉하거나 중단하지 말고 인내심을 가지고 듣도록 하라.
6. 자신의 호기심(好奇心)을 채우기 위한 질문은 삼가라.
7. 미소와 따뜻한 눈길을 통해 관심을 표현하라.
8. 경청은 독서보다 더 많은 것을 배운다고도 한다.
9. 자신이 마치 해결사가 되는 것처럼 상대방에게 인상을 주지 마라.
10. 대화를 통해 무엇을 깨닫고 어떤 말을 해야 할지를 생각하라.

무시무시한 동물의 세계
(정글의 생존법칙)

코모도 왕 도마뱀이 그 주인공이다.

세계에서 가장 큰 도마뱀으로 인도네시아 소순다 열도의 코모도 섬과 인근의 몇몇 섬에 자생한다고 한다.

몸길이 최대 3.1m, 몸무게는 최대 167kg 정도까지 자란다고 한다. 평균적으로는 몸길이 2~3m, 몸무게 70~90kg 정도다. 수컷이 암컷보다 더 크게 자란다. 크고 건장한 몸집만큼, 다리도 튼튼하며 꼬리가 근육질로 발달했다. 몸 표면은 거칠고 단단한 비늘로 덮여 있다. 몸 색깔은 회갈색이나 갈색으로 가까이에서 보면 검은색과 주황색이 얼룩져 있다. 어린 개체는 검은 줄무늬가 있으며 노란색, 갈색, 초록색, 회색 등 색이 다양하다.

어느 날 TV를 보다가 무시무시한 광경을 보고 심장이 쫄깃쫄깃함을 느꼈다.

아프리카 열대 우림지역에서 살아가는 동물들의 생존법칙을 소개하는 프로그램이었다,

여기에서 등장하는 파충류의 대표적 주자인 왕도마뱀의 생생한 리얼 먹이사냥을 보고 경악을 금치 못했다.

장면은 자기 몸의 몇 배에 달하는 물소를 잡아먹는 광경이었다.

왕도마뱀은 행동이 물소에 비해 빠르지도 않고 둔하면서도 사나운 이빨을 가지고 있는 것도 아니다. 그래서인지 거대한 물소 떼도 왕도마뱀을 그리 두려워하지 않았다.

물소 떼가 물을 마시고 진흙 목욕을 하며 더위를 피하고 있을 때 왕도마뱀은 아무런 공격성을 띠지도 않고 물소 한 마리에게 가까이까지 접근한다. 그것도 아무 일 없는 것처럼 아주 가까이다. 겁 많은 물소는 왕도마뱀이 다가오자 크게 경계하지 않으면서도 일어나 방어 자세를 취한다. 이렇다 할 살기도 전혀 느껴지지 않았다.

다리가 짧아 배가 땅에 닿을 정도로 낮게 움직이는 왕도마뱀에게는 물소의 뿔은 아무런 두려움이 되지 않아 보인다. 물소가 가까이 다가오는 왕도마뱀을 뒤로하고 자리를 움직인다.

왕도마뱀은 아무렇지 않은 듯 천천히 물소의 뒷다리 쪽으로 다가간다. 물소도 개의치 않았다.

사자라면 어땠을까.

사납게 달려들어 날카로운 발톱으로 대퇴부를 할퀴며 넓적다리 근육을 물어 꿇어앉히고 힘을 뺀 다음에 목을 물어 숨통을 물고 늘어져 죽게 만들 것이다. 그런 사냥모습은 여러 번 보았기에 특별한 감정이 느껴지지는 않게 되었다.

왕도마뱀은 달랐다. 강하지만 날카로운 발톱도, 사나운 송곳 이

빨도, 민첩한 행동도 없었다.

하지만 매우 진지하고 차분하며 먹잇감을 제압하는데 끈기와 기다림이었다.

정말 잔인하고 무서운 먹이사냥이었다. 약육강식의 동물의 세계가 아니다.

별로 경계하지 않는 물소에게 천천히 다가서서 아무렇지 않은 듯 그 큰 입으로 재빠르게 뒷발목을 덥석 물었다. 물소는 깜짝 놀라지도 않고 조금은 아팠는지 다리를 빼서 옆으로 조금 이동했다. 작은 이빨이었지만 날카로운 톱날 같았다. 한 번 살짝 물었으나 가죽이 벗겨져 피가 났다. 계속해서 왕도마뱀은 끈질기게 한 마리 물소에게 가까이 접근하여 가볍게 다리를 또 물었다 놓고 또 물었다. 물소는 별로 통증을 느끼지 않는 듯하였다. 그리고 자리를 피해 도망가지도 않았다.

시간이 지나면서 물소에게 반응이 나타났다. 물소는 점점 힘이 빠지는 듯 자꾸만 주저앉았다. 그럴 때마다 왕도마뱀은 서두르지 않고 다가가서 가볍게 다리를 또 물었다. 이 물소는 더 이상 왕도마뱀을 피할 기력도 없어진 것 같았다.

이제 왕도마뱀도 서두르지 않았다. 점점 지쳐가는 물소 옆에서 한쪽 눈은 감고 휴식을 취하고 있는 듯했다. 바쁘거나 절대 서두르지 않았다. 엄청난 체구의 물소는 점점 힘들어하는 모습이었다.

그랬다. 왕도마뱀은 독이 있었다. 거대한 물소를 넘어뜨릴 수 있는 강한 독이었다. 물소의 다리를 물어 독이 물소의 몸에 침투하게만 했다. 그리고 물소가 죽기만을 기다렸던 것이다.

사자 떼처럼 격하게 달려들어 물고 뜯고 숨통을 끊는 사냥법이
아니었다.

어떻게 보면 독침을 쏘아 아주 간단하게, 조용하게 사냥을 한
것이다. 무서웠다 소름이 끼쳤다. 스펙터클한 먹이 사냥이 아닌
가장 무서운 방법이라 생각이 들었다.

왕도마뱀은 턱밑에 독 분비샘이 있다. 먹잇감을 물면 이빨을 통
해 독이 상처로 스며들어 도망가기 어렵다. 코모도 왕도마뱀의 독
은 먹잇감의 피가 응고하는 것을 막아주는 역할을 한다고 알려졌
다. 둥근 부리에 톱니처럼 생긴 날카로운 이빨이 60개 정도 난다.
혀는 노란색으로 길고 끝이 갈라졌다.

식욕이 왕성해 한 번에 자기 체중의 80%까지 먹을 수 있다고
한다. 또한, 신진대사가 느려서 일 년에 12번 정도 먹이를 먹어도
생존할 수 있다. 사냥할 때는 한 곳에 머무르며 매복하다 근처에
동물이 다가오면 빠르게 공격한다. 위기 때는 순간적으로 최대 시
속 20km 정도까지 달릴 수 있다. 먹잇감은 근육질의 큰 꼬리로
때려눕히거나 목을 물어 죽이기도 한다. 강한 발톱을 사용해 공격
하기도 한다. 목과 턱을 팽창시켜 염소 정도 크기의 먹이를 한 번
에 삼킬 수 있다. 염소 한 마리라면 전부 삼킬 때까지 약 15~20
분 정도가 소요된다.

독이 온몸에 퍼져 숨이 끊어져 가는 물소가 죽기까지 하루 정도
를 더 기다린다. 왕도마뱀의 기다리는 모습에서 능청맞고 배짱 두
둑한 모습을 보고 있노라니 오싹하고도 얄밉기마저 했다. 자세히
화면을 보니 한쪽 눈은 감고 잠을 자는 듯하나 죽어가는 물소를

지켜보는 한쪽 눈은 뜨고 물소가 죽기를 기다리고 있었다.

물소가 죽자 10여 마리의 왕도마뱀들이 모여들어서 순식간에 뼈도 남기지 않고 큰 턱을 이용해 먹어치웠다.

참으로 엄청난 먹성이었다. 왕도마뱀들은 먹이를 먹으며 으르렁 거리거나 다투지도 않았다. 소름끼치는 평화다. 왕도마뱀은 사납게 느껴지기도 않고 그냥 징그럽고 무섭다는 생각에 피하고 싶은 파충류이기에 제 몸보다 수배나 더 큰 물소를 먹잇감으로 택할 수 있다는 자연의 생존 법칙에 몸을 낮추게 된다.

우리가 살아가면서 사자처럼 사납고 무섭다고 느끼는 존재의 등장에는 긴장하고 경계하게 되지만 왕도마뱀처럼 별로 빠르지도 않고 피해가면 되는 존재라면 별 생각 없이 무시하게 된다. 하지만 무심결에 다가오는 개의치 않는 공격으로 먹잇감이 되어버리지는 않을지 두려움이 생긴다.

요즘 우리가 살아가는 사람들의 왕국에서도 왕도마뱀처럼 소리 없이 다가와서 독을 퍼트리고 순식간에 먹잇감으로 삼켜버리는 일들이 있어 큰 두려움이다.

엊그제 발생한 군산의 주점방화사건에서나 아침마다 외제차량을 타고 깜빡이도 없이 차선도 없이 좌우를 넘나들며 달리는 운전자들의 무한질주를 보면서 저들이 언제 나에게 다가와 내 생명을 위협할지 두려움마저 커진다.

왕도마뱀의 먹이사냥처럼 전혀 예상하지 못한 곳에서 불의의 일을 당하지 않아야 한다는 경계심을 갖게 된다.

아침에 익산 지점에 근무하는 직원한테서 전화가 왔다. 어느 날 갑자기 찾아온 뇌종양 판정을 받고 아직 젊은데 죽을 수 있다는 위기의식이 모든 생각을 지배해버렸다고 한다. 다행히도 빠른 수술과 회복으로 다음 달에 업무에 복귀하게 되었다고 한다. 전혀 방심하고 함부로 살았던 날들에 대한 경각심과 앞으로 대처해야 할 삶들에 대해 감사와 주의를 무시하지 않아야겠다고 한다. 이처럼 건강도 왕도마뱀처럼 은근히 찾아와 생명을 공격하게 된다는 위기의식을 느껴야 한다. 평소에 건강과 직장과 가정에 위기가 닥치지 않도록 경계를 게을리 하지 말아야겠다.

나는 오늘도
힐링 포인트를 찾아서 떠나고 싶다

오랫동안 가슴에 쌓아놓은 아픔과 상처로 몸과 마음이 쉼을 필요로 했다.

직장생활의 애환이기도 하지만 인생을 살아가다 보면 남모를 공허함이 밀려와 어디론가 멀리 사람들 손이 닿지 않는 곳으로 떠나 보고 싶을 때가 있다.

내 마음대로 되지 않을 때, 내 마음을 몰라줄 때, 우울하고 기분을 전환하고 싶을 때 누군가가 내 이야기를 들어준다면 큰 위로가 될 텐데. 그것마저도 여의치 않을 때는 힐링 포인트를 찍어보기 위해서 나서게 된다.

힐링은 마음의 치유, 쉼을 이야기한다. 치유(治癒)는 심리적인 안정감을 주는 것으로 요즘처럼 혼란이 급증해 오는 시기에는 힐링이 최고의 처방이고 약이 된다.

힐링 포인트로는 주로 여행을 이야기한다. 자연경관이 좋고 가슴이 탁 트이는 바닷가에서 모래 위를 걸어보는 것이나 산수가 수

려한 유서 깊은 산사를 찾는 것도 한 방편이다. 일부러 시간을 내어 그동안 못했던 일들을 하거나 보고 싶었던 사람을 만나는 것도 좋은 힐링일 수 있다. 조용한 낚시터에서 낚시를 하거나 갈대밭이 보이는 언덕 위에 통나무집 펜션을 찾아 창문 가까이 앉아 허브향기 묻어나는 찻잔을 마주하고 책을 읽거나 친한 친구들과 수다를 떠는 일도 멋진 힐링 포인트일 것이다.

가을이 깊어지니 감성도 깊어진다. 붉게 노랗게 단풍잎에 아름답게 색칠해 가는 가을을 마음에 담으니 그리움이 물밀듯 밀려온다. 나이가 들어가면서 인생의 뒤안길에 서 있다 생각하니 아픈 상처의 기억들이 먹먹한 가슴을 밀고 싹트듯 올라온다. 지금이야말로 힐링의 필요함을 간절히 느끼게 된다.

가을밤 달마저 크고 둥글게 가까이에서 떠오르니 왠지 모를 상념의 물결은 잔잔하게 가슴을 파고든다.

며칠 전에는 KBS전주총국 개국80주년기념 가을음악회에 초대받아서 다녀왔다. 전주대 교수인 유평수 집사님과 성악을 전공한 이재은 집사님과 함께 했다. 함께 동네에서 만나서 차를 타고 삼성문화회관에 서둘러 도착하니 저녁식사를 하기에 시간이 넉넉하지 않았다. 삼성문화회관 2층에 있는 중식당에서 자장면을 시켜서 5분 만에 후루룩 마시듯 먹고 공연장에 자리를 찾아 앉았다. 공연은 KBS 함윤호 아나운서의 사회로 예정된 시간에 시작되었고 시작 전에 귀빈소개를 하였다. 도지사님, 교육감님, 시장님, 그리고 언론사 대표들, 어느 정치인 부인까지도... 도내의 저명한 인사들과 함께 공연을 관람한다는 자부심도 있었지만 여기에서도

귀한 분들은 대우를 받는구나 생각하니 한편으로는 씁쓸한 생각
이 들기도 했다.

남자바리톤과 여자소프라노의 환상적인 앙상블은 이 가을밤에
마음을 치유하는 힐링 음악회였다. 베짱이 날개옷을 입은 젊은 지
휘자의 현란한 몸동작은 나도 모르게 몸을 따라 흔들게 하는 매
력을 발산하고 있었다. 40분이나 이어지는 관현악 앙상블은 때론
느리게 때론 빠르게 속도를 마음대로 지휘하면서 혼란했던 나의
마음을 흔들어 안정으로 채워주었다.

이렇게 클래식 음악회에 어쩌다 참석하게 되지만 음악에 문외
한인 나도 그 하모니를 들을 때면 모든 병이 나은 듯 박하 향처럼
시원해진다.

직장생활을 하다보면 본의 아니게 많은 상처를 받게 된다. 믿었
던 직원들에게 실망스러움을 느낄 때 제일 속상하다. 본사나 협력
사로부터 평가와 차별을 받을 때도 마음에 생채기가 생기는 것은
대범하지 못한 성격 탓이기도 할 것이다. 이처럼 직원들과의 관
계, 본사와의 관계, 관련부서와의 관계에서도 여러 가지로 의견이
충돌되거나 이해상충이 생길 때 열등감과 부끄러움은 더 깊은 상
흔을 남기게 된다. 이대로 계속 치유 없이 살아가기란 너무 힘들
겠다는 생각에서 치유하는 힐링 포인트를 찾아 떠나는 습관을 가
져 보기로 했다. 그리고 실천을 위한 버킷리스트를 적어보았다.

　얼마 전에는 버킷리스트의 하나인 아이들의 결혼 전에 가족여행을 가는 것을 실천하게 되었다. 제주도 여행이다. 이제는 훌쩍 커버린 두 딸이 모든 일정과 준비를 담당하는 여행으로 비행기에 몸을 실었다. 제주공항에 도착하니 그들에게서 멀리 왔다는 느낌에서 일까 마음이 들뜨는 것 같았다. 렌트카를 타고 숙소가 있는 서귀포까지 차를 운전하며 아름다운 제주 경관을 둘러보았다. 먼저 도착한 곳이 용두암이다. 용의 머리처럼 자연 풍상으로 생긴 바위는 얼마나 많은 시련과 상처를 겪어 냈을까 생각하니 시련 속에서 아름다움이 있구나 생각도 된다. 배가 출출하니 제주 전통시장에 들러 배를 채우고 주상절리로 향했다. 육각형으로 깎아 놓은 듯 돌기둥은 따가운 햇살을 받아 더욱 단단해져 보였다. 신이 깎아 놓은 듯 자연의 아름다움은 철썩거리는 파도에 그 신기함은 깊이를 더하게 된다. 야자수 밑에서 햇빛을 피해가며 사진을 찍고 우리 네 식구는 모처럼 행복한 시간들을 보내고 있다. 돌하르방처럼 고정된 삶을 살아가면서도 이처럼 아름다운 섬 제주에 힐링하러 온 것은 우리가 넉넉하지도 않으면서 부끄럽지 않게 살았다는 표현과 앞으로도 서로를 아끼고 사랑하며 아름다운 가족관계를 이어가자는 무언의 약속이기도 하다. 협재해수욕장 은빛 모래 위를 걸어 바

닷물에 발을 담그고 걸어보는 것은 또 하나의 즐거움이었다. 숙소에 도착하여 짐을 풀었다. 제주에 오니 사촌동생이 연락이 왔다. 저녁식사에 초대하겠다고 한다. 제주에 오셨으니 특별하게 제주 흑돼지고기를 먹자고 했다. 제주에 오면 갈치요리를 우선 먹게 되는데 이번에는 돼지고기로 제주에 왔다는 기념을 하게 되니 성균 동생에게도 너무 감사하게 생각한다. 제주에 가면 가 볼만한 곳이 많이 있지만 그중에서 꼭 가봐야 할 곳을 선정하여 두루 돌아 다녔다. 그래도 제주에 왔으면 한라산 중턱에라도 가봐야 하지 않을까 해서 차로 올라 갈 수 있는 영실(靈室)에까지는 가보았다. 2박 3일의 제주여행은 우리 가족의 결속력을 다지고 많은 추억거리를 담고 광주에 오는 비행기에 몸을 실었다. 이렇게 가족과 함께 자고 먹고 마시며 즐거운 시간을 보낼 수 있다는 것도 마음 치유의 하나이다.

이후로는 아이들이 결혼하면 그들 가족과 함께 힐링 여행을 한다. 첫째하고는 전라북도 투어 1박 2일을 했다. 무주 덕유산에서 곤도라를 타고 정상에 올라 향적봉을 찍고 와인동굴에서 와인시음과 와인 족욕으로 피로를 푼다. 장수로 이동하여 방화동계곡과 논개사당을 둘러보고 남원한옥마을에서 1박을 한다. 남원은 관광도시답게 볼거리가 많다. 광한루를 돌아보고 남원추어탕으로 식사를 하고 양림단지에서 여름밤 공연을 보면서 가족여행의 재미를 느낀다. 돌아오는 길에 최명희 문학관에 들러서 문학 감성을 채워본다. 진안 정천면 에코에듀센터에서 아내의 생일을 맞아 두 딸아이의 부부까지 세 가족이 즐거운 시간을 보냈던 기억들이 나에게는 더없는 행복한 힐링이다.

둘째네와의 여행은 충남 보령이었다. 바다위에 떠 있는 듯 아름다운 호텔에서 내가 직접 요리한 스테이크를 먹으면서 여행을 시작한다. 대천해수욕장 밤바다를 걸으며 멀리에서 비춰오는 고깃배의 불빛에 심취해 보았고, 하늘을 향해 치솟는 불꽃놀이는 마음 치유의 명약이다. 수산시장에 들러 횟감을 고르고 호객행위 하는 상인들 틈을 지나가며 맛보기에도 즐거움이 있다. 밤바다 불빛축제 향연들을 눈으로 담고 다음날은 무창포 근처 조각공원에 있는 카페에 들렀다. 철갑상어가 헤엄치는 연못이며 허브 향으로 가득 채워 정말 아름답게 잘 가꾸어진 정원이 사진 찍기 좋은 장소로 강추하고 싶은 장소이다. 여기에서 찍은 여러 장의 사진이 즐거웠던 시간들로 남아있다.

그러면서도 때론 혼자서 떠나는 것도 마음 치유의 한 방법이기도 하다. 길을 걷다가 예쁜 꽃을 보면 걸음이 멈추고 사진을 찍어보고, 주변을 두리번거리면서 또 다른 것을 발견하게 되는 것도 힐링이다. 새파란 하늘에 하얀 솜털 구름이 뾰족이 솟아있는 교회 지붕에 걸쳐 그리는 형상들을 보면서 마음을 열고 심호흡해보는 것도 힐링이다. 잠자리가 날아와서 손끝에 앉는 일도 있다. 순간 불어오는 바람에 하얀 백로가 흠칫 놀라 날갯짓 하면 올해 태어난 아기청둥오리가 겁먹고 날아오른다. 무엇이든지 자세히 보면 아름답기가 그지없고 가까이 가면 알 수 있는데 우리는 너무 멀리서만 바라보고 쉽게 판단해 버리는 오류를 늘 상 범하고 있다.

우리는 누구나 소중한 생명을 하나씩만 가지고 살아가는 존귀한 존재이다. 그러므로 더더욱 존중받아야 하고 소중한 나 이어야 한다. 남에게 무시당하고 함부로 대해져서는 안 된다. 그러므로 이기주의적 생각 때문에 조직원들이나 가족을 함부로 대하거나 그 소중함을 잊어서는 안 된다. 구성원에게 희생과 손해를 당연시하는 것은 반드시 사라져야 할 것이다. 서로 존중하고 조금씩만 배려한다면 개인이 겪어야 할 상처나 열등감은 줄어 들 수 있고 보람과 희망을 채워갈 수 있을 것이다.

왜 사람들이 그토록 힐링 포인트를 찾아서 떠나고 싶어 하는 것일까? 아마도 현대를 사는 사람들의 삶이 고단하기 때문일 것이다. 생존경쟁에서 살아남기 위해서 가족도 소홀하게 대하고 직장이나 일터에 온 몸과 마음을 다해서 한쪽에 치우쳐 살아가기 때문일 것이다. 균형 잡힌 삶을 살 수 있다면 이것이 바로 참 힐링일 것이다.

삼공(三公)으로 이야기하는 갑과 을

월요일 아침이다. 여름이 본격적으로 시작되는 소서(小暑)절기를 하루 앞두고 직원교육을 위해 강단에 섰다. 직원들의 표정을 보면 왠지 굳어있고 불편한 기색이 역력하다. 교육이란 피교육자가 항상 불편한 자리인 것이라 생각한다.

직원들은 늘 그렇다. 회사가 불공정하고 불편부당하다는 생각으로 가득 차 있는 것 같다. 나도 때로는 같은 생각을 할 때도 있지만 관리자이기 때문에 직원들의 생각에 동조하지 않을 뿐이다.

하고 있는 일도, 급여도 공평해야 한다는 것이다. 직원들은 처음에 회사에 입사할 때 생각을 채 1년도 간직하지 않는 것 같다. 나는 전북의 책임 관리자이기 때문에 업무전반은 물론 각 지점에 인원 결원이 발생할 경우 직원채용에 관여하고 최후 면접관이 된다. 신규직원을 면접할 때 나는 무엇이 최우선으로 해야 하는지에 묻고 답을 구한다. "네, 저는 채용만 된다면 회사를 최우선으로 생각하고 맡겨주신 일에 성실하게 임하겠으며 항상 긍정적인 마음으로 열심히 일하겠습니다."라고 자신감 있게 대답한다. 피면접자는 내 앞에서 예의를 갖추어 앉고 긴장된 표정으로 묻는 질문에 간결하게 답한다. 좋아 보인다. 면접 평점을 후하게 주고 결과를 기다리라고 한 후 돌려보낸다. 이 사람은 직장을 구하기 위해 면접장에 나왔고 꼭 취업되기를 바라는 마음으로 자기가 보일 수 있는 가장 좋은 모습을 보여준다. 그래서 결국 채용하게 되지만 얼마가지 않아 이내 후회가 밀려온다. 매번 겪는 일이기도 하지만 불량제품 하나가 기업에 막대한 손해를 끼칠 수 있듯이, 불량 직원도 마찬가지다. 이들을 방치할 경우, 나머지 구성원들의 사기 저하, 팀워크 붕괴 등 조직 분위기를 망치게 된다.

왜냐하면 채용 후 1년이 되기 전에 불량직원이 되어버렸기 때문이다. 처음 면접 볼 때 그 자세와 마음가짐은 어디론가 사라져버리고 좋았던 첫인상은 찾아볼 수가 없다는 것을 경험하기 때문이다.

나는 경제용어로 퍼스트인플레이션이라고 하는 "첫인상"에 대해 이야기하고자 한다. 첫인상에 대한 한 실험을 소개하고자 한다.

〈닻 내리기 효과〉라는 실험이 있는데 사람들이 값을 추정할 때 초기 값에 근거하여 판단하는 것을 말한다. 다음과 같은 질문을 두 실험군에 제시하고 5초 이내에 답하라고 하였다. 답은 전혀 다르게 나왔다.

(가) $1 \times 2 \times 3 \times 4 \times 5 \times 6 \times 7 \times 8 =?$

(나) $8 \times 7 \times 6 \times 5 \times 4 \times 3 \times 2 \times 1 =?$

　이렇게 문제를 내면 (가)의 경우 대체로 적은 숫자를, (나)의 경우는 대체로 높은 숫자를 답하는 것을 보았다. 5초안에 정확한 답을 내기란 어려웠기 때문에 추정 값을 요구할 때 그렇다는 것이다. 이러한 현상은 〈닻 내리기 효과〉라 하는데 사람의 첫인상에서 그 사람의 60% 이상을 결정된다고 한다. 선입견이 작용하기 때문일 것이다. 첫인상에서 호감을 결정하는 것은 4초에 불과하다고 한다. 나는 직원들의 채용 면접 때 첫인상을 오래 기억하는 편이다. 첫인상으로 그 사람의 모든 것을 판단하는 것은 옳지 않다고 생각하면서도 전혀 틀리지만은 않다는 것도 조금은 인정하게 된다. 매주 교육시간이나 개인적인 만남 때에 처음 그를 만났을 때의 기억들을 이야기하곤 한다. 그러면서 변해있는 직원의 현재를 이야기하기도 한다. 어떤 직원은 겸연쩍어 하기도 하지만 어떤 직원은 언제 그랬느냐는 태도로 뻔뻔한 직원도 있다.

　무엇이 그들로 이렇게 변하게 만들었을까? 감정의 동물인 사람은 원래 변한다고 하더니 그런 것인가? 직장에 출근하여 일에 적응하다보면 자기가 하는 일에는 점점 관심이 없고 타 회사와 비교하게 되며 그 결과로 자기는 불공정하고 부당한 대우를 받고 있다고 생각하는 것이 마음속에 자리하고 있는 것 같다.

　회사는 입사 때부터 특별하게 변한 것은 아무것도 없는데...

　〈처음처럼〉이라는 말이 참 좋다. 처음 사랑은 순전하고 처음 직장은 꿈으로 가득차고, 처음 관계는 열정으로 채워지기 때문에 처음이란 단어는 언제나 신선하고 희망으로 다가온다. 그래서 힘들고 지칠 때, 희망이 없다고 느껴질 때 처음으로 돌아가자고 한다.

삶이 힘든 세상에서 가장 위로가 되는 말이기도 할 것이다.

요즘 세간에 제갈량의 삼공(三公)에 대해서 이야기한다. 언젠가부터 우리사회는 불공정하다고 느끼며 차별받고 있다고 생각하며 패배감에 집착하는 것 같다. 그래서 좌절과 포기라는 단어를 어깨에 무겁게 메고 힘겨운 삶을 살아가고 있지는 않는지. .

3공은 공평(公平), 공정(公正), 공개(公開)를 이르는 말로 삼국시대의 제갈량의 이야기로 회자된다. 공평하지도 못하고 공정하지도 못한 대우를 받는다고 생각하는 스스로"을"이라는 사람들이 많다는 반증이기도 하다.

어느 날 모 종편 방송에서 "우리 사회는 공평한가?"를 주제로 토론하는 것을 보았다. 방청객에는 젊은 청년대학생들로 채워져 있었고 내로라하는 사회지식인 패널들이 "갑"과"을"에 대해 이야기하면서 우리 사회에 "갑"과"을"이 존재하느냐는 설문에 대부분이 "그렇다"고 대답했다는 자료를 공개하고 그렇다면 자신은 갑과 을 중 어디냐는 질문에 80%가 "을"이라고 대답했다고 한다. 그렇다면 누가 "갑"이 되고 누가 "을"이 되는 것일까?

남녀가 서로 사랑을 합니다. 여자가 남자보다 더 많이 상대를 좋아한다면 과연 누가 "갑"인가? 라는 질문에 더 많이 사랑하는 사람이 "을"이 된다고 한다. 한 방청객에게 "우리 사회는 공정하다고 생각하는가?"물으니 "그렇지 않다"고 단호하게 말했다. 이 청년은 자기가 면접 보러 다닐 때와 지금 면접관의 입장이 바뀐

상황에서 바라볼 때 "공정하지 않다"라고 말한다. 피면접자일 때
는 자기가 "을"이었으나 면접관이 되어보니 "갑"이라는 생각에
면접을 볼 때 그의 능력보다는 첫인상에 호감도에 따라 기준이 흔
들렸다는 것이다. 곧 개인의 능력보다 면접 받는 태도나 비주얼에
서 훨씬 많은 점수를 주게 되었다는 것이다. 이 또한 불공정한 사
례라고 말한다. 또 다른 청년은 "공정하다"고 생각한다고 하였다.
우리 사회는 누구에게나 똑같은 기회를 부여했다고 느끼며 개인
의 노력이나 성취도에 따라 다르게 나타나기 때문에 공정하다고
생각한다고 했다.

공정의 상징은 저울이다. 저울은 곧 법을 의미하기도 한다. 모
든 사람은 저울은 공정하다고 믿기에 저울을 신뢰한다. 법의 정신
은 만인에게 평등하고, 공정하고 공평하게 적용된다는 의미로 저
울을 든 여신을 법원의 상징으로 세워두었다. 저울을 표방하는 기
관은 법원과 경찰과 세관의 상징물에도 찾아볼 수 있다.

대부분의 사람들은 우리가 살고 있는 작은 조직에서부터 직장
과 모든 분야에서 공평하고 공정하다고 생각하지 않고 중요한 정
보도 공개되지 않는다고 생각한다. 소비자로서는 내가 "갑"이 되
고 직장에서는 "을"이 된다고 한다. 어쩌면 "갑"과 "을"은 동전의
양면과 같다. 때로는 갑이 되고 때로는 을이 될 수 있지만 갑과 을
은 우리가 살아가는 사회에서 항상 존재하기 때문에 큰 의미를 부
여 하지 않아도 자연스럽게 동화되어 살아갈 수 있다. 긍정의 힘
을 믿고 주인의식을 갖는다면 언제나 "갑"이 되고 패배자이면서

피동적인 사람은 언제나"을"일 수밖에 없다.

그러나 힘 있는 자가 "갑"이 되고 힘이 없는 자가"을"이 된다면 우리는 항상 모든 일에 불공정하다고 느끼며 패배의식에서 벗어날 수 없을 것이다. 공평하고 공정한 사회는 우리가 함께 만들어가야하고 공동체의 일원으로서 함께 노력해야 할 것이다. 이기심을 버리고 존중과 배려로 채워간다면 좀 더 아름다운 사회가 되지 않겠는가?

갑과 을은 존재할 수밖에 없는 필수불가결한 존재이지만 갑질하지 않는 갑을은 오히려 성과를 극대화할 수 있다.

나는 오늘도 갑질 폭행 없는 존중과 배려로 건강한 더불어 사는 사회, 삼공이 실현되는 사회가 되기를 소망한다.

내 몫에 만족하는 습관을 갖자

　아침에 메일이 도착했다는 알람을 듣는다. 오늘이 7월 10일이다. 월급날이다. 직장생활을 하다보면 당연시하는 월급날 급여가 입금되는 것을 의심하지 않는다. 대체로 정해진 날에 정확한 금액을 입금해주기 때문이다. 회사는 냉정하고도 정확하다. 급여명세서를 받아볼 때마다 항상 감사한 생각이지만 누군가와 비교하게 되면 만족도는 떨어지게 된다. 월급쟁이들의 투덜거림이 있다. "월급만 빼고 모든 물가는 다 올랐다." 한다. 사람의 욕심은 바닷물로도 채울 수 없다고 하지만 더욱 위험한 생각은 다른 사람과 비교하는 것이다. 비교대상은 언제나처럼 자기와 비슷한 수준에 있는 상대에서부터 시작이다. 비교하는 순간 내 파이는 언제나 작아지고 상대의 파이는 커 보이기 시작한다. 남의 떡이 커 보이는 것은 무슨 이유일까?

　우리는 흔히 물건을 둘로 나누어 가질 때 분명 똑같이 나누었는데 상대 쪽 몫이 내 몫보다 크거나 많게 보이는 것은 왜일까?

　이는 눈으로는 가늠하지 못하는 착시현상이기도 하지만 사람이

기본적으로 가지고 있는 욕심 때문이라 생각한다.

그래서 분명 같은 양인데도 내 몫보다 상대의 몫이 커보여서 상대 몫과 바꾸기를 요구해 바꾸어 보면 또 상대의 몫이 더 커 보여 다시 바꾸기를 하여도 여전히 상대의 것이 커 보이거나 많아보이게 되는 것이지요.

하는 일도 마찬가진가 보다. 남의 직업이 더 나아보이고 멋지게 보여 직업을 바꾸었으면 하는 마음을 가지고 살아가는 사람이 한두 명이 아닌 듯하다.

내 직업보다 남의 직업이 좋아 보이고, 같은 곳에서 똑같이 시킨 음식인데도 내 것보다 남의 음식이 더 맛있게 보이는 것은 내가 하는 일과 나를 사랑하는 마음이 적은 것이고, 나아가서는 내 안에 기본적으로 가지고 있는 욕심이 밖으로 표출되어 나타나는 현상이 아닌가 싶다.

또 남의 파이가 크다고 해서 내가 내 직업을 버리고 파이가 커 보이는 남이 하는 일을 다시 시작한다 해서 만족할 수 있을까요?

사람은 저마다 자기가 있는 자리에서 비록 만족스럽지는 않아도 최선을 다해 자기가 해오던 일을 하면서 열심히 삶을 살아가기에 세상은 기름 쳐진 톱니바퀴처럼 삐그덕거리지 않고 맞물려 돌아가는 것이 아닐 런지요?

사람들은 남의 것을 크게 보는 묘한 습성이 있다. 자기 떡보다 남의 떡이 더 커 보이는 증후군을 갖고 있는데 이런 증상이 심하면 문제를 일으킬 수 있다.

남의 떡이 커 보인다고 해서 문제될 것은 없다.

바둑에서도 남의 집이 커 보일 때 자신의 집을 살펴보면 의외로 작지 않다는 것을 발견하게 된다고 한다. 그래서 "자기 몫에 만족한 자가 가장 크고 가장 안전한 부(풍요)를 누린다."는 말이 있다.

성경에 나오는 포도원 품꾼들 이야기를 소개해본다.

이야기는 천국을 비유하는 내용으로 나중 된 자가 먼저 되고 먼저 된 자로서 나중되리라 함을 비유로 말한 것이다. 나는 다른 각도에서 대비해보았다.

어느 포도원 주인이 어쩌다 포도를 수확하는 적기를 놓치게 되어 마음이 급하게 되었다. 일손이 바삐 부족하여 빨리 포도 수확을 위해 품꾼을 모으러 이른 아침에 인력시장에 나가서 하루에 한 데나리온의 품삯을 주기로 약속하고 포도원에 들여보냈다. 하지만 일꾼이 부족하고 제때에 포도를 따지 않으면 상품성을 잃기에 애써지은 농사를 버릴 수 있기 때문에 주인은 마음이 조급했다. 또 오전 아홉 시쯤에 장터에서 놀고 서 있는 사람들이 있어 그들에게 하루 품삯 한 데나리온을 주기로 하고 포도원에 들여보냈다. 점심때가 되었는데도 일꾼이 더 필요하여 열두 시에도 나가서 일꾼을 구했고, 오후 세 시에도 사람이 있어 그들에게도 하루 품삯을 주기로 하고 포도원에 들여보냈다. 오후 다섯 시에도 나가서 사람을 포도원에 들여보냈다. 해가 저물매 포도원 주인이 청지기에게 일러 품꾼들을 불러 나중 온 자로부터 품삯을 주라고 하니 저녁 다섯 시에 온 사람들이 하루 품삯인 한 데나리온을 받는 것을 보고 먼저 온 사람들이 생각하기를 아침부터 와서 일했기 때문에 품삯을 더 받을 줄로 알았더니 그들에게도 똑같이 한 데나리온을 주는 것이었다. 그들이 품삯을 받은 후 포도원 주인을 원망하며 "다섯 시에 온 사람은 한 시간밖에 일하지 않았는데 우리는 종일토록 수고하며 이 더위에 견딘 우리와 똑 같이 주는가?"라며 분을 일으키고 항의하였다. 그러자 포도원 주인이 "여보게, 내가 무엇을 잘못했는가? 당신들은 나와 한 데나리온의 품삯을 받기로 약속하지 않았던가? 당신들의 품삯이나 가지고 가게나."라며"늦게 온 사람들에게도 한 데나리온을 주는 것은 내 맘이거든, 내 것을 가지고 내 뜻대로 하는 것이 내가 행하는 선(善)이거든, 어찌 그대들은 악(惡)하게 보는가."라고 했다는 것이다.

우리는 직장생활을 하면서 때로는 불편부당하다고 생각할 때가 있지만 어찌 보면 이 포도원 주인처럼 한 사람의 일꾼과 맺은 약속이니 약속을 이행하는 데에는 아무 문제가 없다는 것이다. 문제가 있다면 일꾼인 우리 스스로가 남의 것과 비교하였기 때문일 것이다. 비교하지 않고 자기 것만으로 만족하였다면 하루 품삯에 만족하였을 것이다. 포도원 주인은 모든 사람에게 똑같이 일할 기회를 제공하고 자기의 생각대로 품삯을 결정하였으나 하루 종일 포도원에서 일한 일꾼은 "나만 왜 이 고생을 하고 돈을 적게 버는가?" 아침부터 온 사람들이 갖는 불만이다. 나는 아침부터 저녁까지 죽자 살자 일했어도 한 데나리온밖에 벌지 못했는데 나중 온 사람들은 설렁설렁 일하고도 많은 돈을 벌었다는 느낌으로 공평하지 않다는 생각에 자기가 받은 품삯이 작아 보이고 손해 봤다는 생각을 지울 수 없을 것이다. 왜 이런 생각을 하게 될까? 가장 큰 이유는 내가 어떤 일을 할 때는 결과를 얻을 때까지 그 힘들었던 과정을 모두 알고 있지만 다른 사람의 일에 대해서는 결과만 보이지 그 결과를 얻기 위해 그 사람이 얼마나 힘들게 일했는지는 보이지 않기 때문이다. 다른 사람과 비교하는 순간 본래의 계약은 나의 욕심으로 파기하는 잘못을 만들었던 것이다. 내게 주어진 것, 내손에 있는 것만이 내 것이다. 내 것만으로 만족할 수 있는 습관이 필요하다. 우리는 누군가와 비교하면 비교하는 순간 우월감보다는 박탈감이 훨씬 커지는 증후군에 빠지게 된다.

대부분의 사람이 이런 경험을 갖고 있다. 그래서 "남의 떡이 더 커 보인다."는 말이 생긴 것일 거다. 이 속담은 남의 것을 부러워하며 갖고 싶어 하는 인간의 본능을 잘 표현하고 있다. 남이 입은 옷을 부러워하고 남이 사는 집이나 차도 부러워한다. 심지어는 남의 학력이나 경력도 부러워한다.

남의 떡이 크게 보일 때 대처하는 또 하나의 방법이 있다. 자기보다 열악한 상황에 있는 사람과 비교해보는 것이다. 자세히 들여다보면 세상에는 자신보다 못한 사람이 매우 많다는 것을 발견하게 된다. 그런 계층과 비교해보면 자신은 훨씬 더 행복하다는 사실을 알게 된다.

인간의 본능 상 남의 것을 크게 보는 습관에 대해 알아보았다. 남의 것이 크게 보여 마음이 우울해진다면 자기가 가진 것을 계산해보며 나름대로 만족감을 느껴보도록 하자.

　나에게 주어진 환경에 만족하는 사람은 없을 것이다. 회사들은 시장 환경이 어렵고, 경기가 가라앉았다고 한다. 또, 어떤 일에 대해서는 도저히 불가능한 일이라고 말하기도 하며, 노력을 해도 이룰 수 없을 것이라고 말한다. 그러나 우리에게 불가능이란 없다. 힘든 조건, 어려운 과거 모두 극복할 수 있다. 물론 끊임없는 노력과 치밀한 계산이 있었을 때 이야기이다.

　현재 행복하다고 느끼는 사람이 성공할 가능성이 훨씬 높고, 실제로 자신의 상황에 만족하는 사람들이 훗날 부도 거머쥔다는 것이다.

결코 쉽지 않은 섬기는 리더십

우리는 매일 비슷한 하루는 보내고 있다.

아침에 눈을 떠서 출근을 하고 정해진 일을 하다가 점심을 먹고 오후 일과를 반복적으로 처리하다 보면 퇴근시간이 된다. 이따금 저녁식사를 약속하고 지인들과 관계하기에 나선다. 그렇게 하루를 반복하면서 어떤 문제를 찾을 수 있을까?

의식적으로 낯선 환경을 만들 수도 있겠지만 그리 쉽지 않는 일이기도 하다. 똑 같은 생각, 비슷한 목표로 점철된 하루를 다른 생각으로 채워보는 훈련도 살아가는데 작은 활력소일 것이다. 일부러 색다른 공간에 가보고도 싶고 새로운 경험도 해보고 싶다. 예를 들어 맛있는 음식이 생각나면 언뜻 생각나는 사람과 약속을 하고 서로 눈을 마주치며 때로는 창밖의 풍경을 바라보며 정담을 나누고 싶다. 서로에게 관찰자가 되어 이해의 폭을 넓히다 보면 새로운 관계의 폭은 자연히 넓어지게 된다. 평소보다 천천히 주변을 살펴보면서 내가 하는 말과 행동을 스스로 돌아보는 것도 상대에게 다가서는 하나의 스킬이다. 자신의 방식으로 다가서는 것이 아니라 상대의 입장에서 배려하고 존중하여 대한다면 서로 기분이 좋아지고 분위기는 훈훈해진다. 처음 만났을 때는 관찰자가 되어야 한다. 내가 주도적으로 시간과 분위기를 이끌어가다 보면 어느 순간에 관계의 끈은 끊어져버리기 때문이다. 관찰자가 되면 보이는 것들이 무수하다. 습관처럼 행동하거나 자기의 말로 분위기를 이끌어 가버리면 소중한 시간마저 잃게 된다.

나는 직장생활을 하면서 남아있을 가치는 관계라고 서슴없이 직원들에게 이야기하기도 한다. 직장생활을 하면서 생길 수 있는 상처가 생기는 관계를 어떻게 치유할 수 있을까 생각해본다.

관계에 대한 추상적인 개념은 〈진실한〉, 〈의존할 수 있는〉, 〈마음이 통하는〉일 것이다. 실재 관계는 마음+표현이다. 그래서 마음을 담은 표현은 상대를 움직일 수 있다. 물론 마음을 담지 않는 말도 상대에게 영향을 줄 때가 있다. 관계에서 개인이 집중해야 할 게 있다면 "예의와 친절"이다. 좋다고 내가 좋아하는 것을 강요하지 않는 것, 이런 예의와 친절을 지키는 것이 나의 자존심을 살리고 세우는 것이다. 관계가 오해되는 지점은 누가 더 많은 사람과 연락을 하고 지내느냐는 것을 중시할 때이다. 그러나 우리는 우리도 모르게 많은 사람과 연락하는 것이 관계의 본질이 아닌 것을 안다. 모두와 잘 지내는 것과 마음을 나누는 관계를 할 수 있는 것, 아는 사람을 수집하는 것을 관계라고 부르기는 어려울 것이다.

관계는 여러 가지 관점에서 시작되고 끊어지고 이어지기를 반복한다. 직장생활을 포함한 갖가지 사회생활 속에서 우리는 누군가와 계속해서 연결되어있다. 그리고 누군가와 연결되기 위해서는 그 사람에 대해서 물어야 한다.

어느 날 영문도 모른 채 발령이 났다. 전혀 예고도 없었고 인사 시기도 아니어서 많이 당황하고 난처했다. 회사생활은 관계의 연속이라 했다. 어떤 이유에서든지 인사는 거부할 수 없는 명령이기 때문이다. 왜 이랬는지 누구에게도 물어볼 수가 없었다. 단지 나는 관계에서 발생된 문제라 인식할 수밖에 없었다. 나는 평소 직장에서는 상사와의 관계를 중시할 뿐 아니라 부하직원들과도 대등한 입장에서 신뢰받고 원만한 관계를 했다고 자부하며 한 번도 부끄럽고 교만하게 살아보지 않았다.

여기서 관계의 양면성을 되돌아본다. 나중에 안 일이지만 내가 그렇게 잘 대해 주고 관계에 소홀함이 없이 대했다고 생각했던 사람들이 어느 순간에 본인에게 서운했던 일들을 쓸어 모아 공격을 했던 것이다. 관계는 이어지면 친구요 협력자인데 끊어지면 적이요 공격자가 되기 때문에 언제나 방심해서는 안 된다는 것을 산 교훈을 통해 익히게 되었다. 사람들은 대부분 자기에게 힘이 생겼다 싶다거나 한 번 해볼 만하다고 얕잡아볼 때 과감하게 공격을 해온다는 것이다. 그 공격이 먹히면 승리자요 안 먹히면 언제 그랬냐는 식으로 고개를 숙이게 된다. 나는 이런 경험을 몇 차례 겪으면서 단 한 번도 공격을 피하지도 않았고 상대의 약점을 찾아서 공격하지도 않았다. 이 또한 관계의 한 방법이기 때문이다. 관계는 내가 우위에 있을 때나 아래에 있을 때에라도 절대 끊지 말아야 한다는 것이 내가 추구하고 싶은 가치이기 때문이다. 특히 직장에서의 관계는 무엇보다 중요하다. 관계가 없다고 해서 또는 관계하고 있다고 해서 경쟁의 관계를 벗어날 수 없기 때문이다. 나는 20여년의 직장생활을 통해서 다양한 관계의 폭을 넓혀가고자 노력했다.

무던히도 내 맘을 상하게 하는 직원이 있었다. 내가 부임할 때부터 못마땅한 표정으로 속내를 숨기지 못하던 부하 직원이었다. 첫 만남부터 좋은 인상은 아니었다. 직장 상사에 대한 예의와 친절은 찾아볼 수가 없었고 소 닭 보듯 하는 태도에 보통 맘이 상한 것이 아니다. 하지만 나는 그의 태도에 대해 지적하지도 않았고 스스로 양심에 의해 변화되기를 기다리기로 했다. 하지만 시간이 지나도 그의 불손한 태도는 더욱 신경을 거스르게 했고 참는데도 한계에 이르게 했다. 벼르고 벼르다가 조용히 불러서 그동안의 태도와 그렇게 살아가는 이유에 대해서 물었다. "당신은 내가 무엇을 잘못했다고 생각하십니까? 무엇이 당신을 힘들게 했습니까? 나에게 이렇게 무례하게 대하는 이유는 무엇입니까? 물었더니 그 대답이 정말 가관이다. "저는 일부러 그러지도 않았고 그냥 내 기분이 그랬었나봅니다. 전혀 무례하게 했다고 생각하지 않았습니다. 저는 잘 모르겠습니다."였다. 하지만 그 대답하는 태도는 마치 나에게 따지는 듯, 마치 아무렇지도 않다는 듯 했다. 나는 무척이나 당황했다. 그의 태도는 무례하고 기본이 안 된 사람 같았다. 하지만 잠시 화를 다스려 마음을 진정시키고 다시 말을 꺼냈다. "내가 많이 부족한가봅니다. 나의 부덕의 소치라 생각하니 나를 좀 더 너그럽게 이해해주세요."라고 오히려 부탁을 하게 되었다.

"직원은 덕으로 지도해야 합니다."라 했던 사장님의 말씀이 생각나서 내가 포용하고 가야지 라고 마음먹었다. 한동안이나 나는 이 일로 마음앓이를 한 적이 있다. 어쨌거나 함께 살아가야 하기 때문에 많이 참아야 했다.

그런 힘든 시간이 지나고 요즘은 조금씩 주변이 변화하고 있는 것 같아 다행으로 생각한다. 나는 한 권역의 조직을 맡고 있는 책임 관리자로써 관계의 폭을 넓히고 덕으로 조직을 섬기는, 조직원들이 좀 더 자율적이고 스스로 일하는 조직으로 완성시켜가고자 하는 뜻을 가지고 있다. 그래서 가능하면 조직이나 조직원들에게 강압적이나 비민주적인 자세가 아닌 서로 아끼고 공생하는 공동체로 공감조직을 만들어가고 싶다. 그래서 서로의 단점까지 존중하고 무례함이 있어도 스스로 알아서 변화하기를 기다리는 서번트 리더십을 실현하고 싶었다. 이런 자세로 관리업무를 하다 보니 부작용도 크다. 얼마전에는 너무 마음상한 일이 있었다. 그것도 내가 도움을 많이 주었고 가장 오랫동안 가깝게 신뢰하고 가야할 동료직원이 나에게 해서는 안 될 무례를 범하므로 마음의 상처를 받아서 지금까지 생각만 해도 속상하고 마음이 아프다. 직장 상사와 부하직원이라는 관점을 떠나 좋은 친구로서 관계를 이어가고 싶었다. 허물없이 대해주어서 그랬는지 조직생활의 기본 질서마저 무시하는 무례가 발생하게 되었다. 나는 이것마저도 이해하기로 했다.

사람들은 언제나 참 자유롭게 살아가는 것 같다. 여기에서 〈자유〉는 "자기에게 유리하게"라는 뜻으로 말하고 싶다. 조직생활에는 질서가 있고 관계의 연결끈이 항상 이어져 있다. 언젠가 선배직원이 이런 말을 했다 "직장생활은 하기 싫은 일도 하는 것이다. 이것이 직장이다."라 했다. 명언이다. 요즘 직장인들의 생활태도는 자기가 어려웠던 시절은 온데간데없고 오만과 무례를 아무렇지 않게 생각하는 행태가 늘어나고 있다. 씁쓸한 현실이지만 신뢰가 한번 무너지면 다시 쌓아가기는 몇 배나 어렵다. 또한 내 뜻과 조금 다르다고 해서 무시하는 것이 아니라 오히려 상대방을 인정하고 대화를 유지해나간다면 돌아오는 반응은 긍정적으로 바뀔 것이다. 서로의 입장에서 서로 다름을 인정하는 자세를 취한다면 좋은 관계가 될 수 있을 거라 생각한다.

❦

미래를 위한 준비가 되었는가.

　무덥던 여름 어느 날 평소와 다름없이 하루가 시작되었다. 직원들은 언제나 바쁜 마음을 부담으로 어깨에 힘겹게 메고 현장으로 달린다. 부릉부릉 오토바이 엑셀을 당기면 막혔던 머플러가 터지는 것처럼 연기를 내뿜는다. 바라만 보아도 지쳐 보이는 오토바이를 재촉하여 일터로 내달린다. 직원들이 하나 둘 나가고 나면 나는 지점 옆 한 평 남짓한 텃밭에 재미삼아 심어놓은 오이와 가지, 고추와 상추 그리고 방울토마토 몇 그루에 물을 주고 까맣게 늘어져가는 가지열매를 신기하고 경이롭게 바라본다. 오이나무에 작은 노란 꽃이 피더니 새끼오이가 달리기 시작했다. 방울토마토도 꽃을 피우더니 푸른 열매를 방울방울 맺히고 있다. 상추 잎 크는 것을 보면서 수확할 날을 낼 모레로 예정하고 마음 흐뭇하게 사무실로 들어온다. 2층 지점장님의 사무실 열린 문틈으로 조그맣게 들리는 영어회화 테이프 재생소리가 들려온다. 평소 지점장님께서는 영어회화에 남다른 공부를 하시고 계셨다. 나에게도 영어회화를 쉽게 공부하는 방법을 알려주신 적도 있다. 화장실에 들러

손과 땀을 닦고 지점장님 방문을 노크했다. 똑, 똑, "지점장님 계십니까?" 고개를 돌려 나를 바라보고는 "아, 어서 오세요." 항상 그렇듯이 친절하고 반갑게 맞아주신다. 언제나 점잖으시고 젠틀하시고 지식이 묻어나는 지점장님과 함께 생활하는 것도 어쩌면 큰 복이라 생각한다. "지점장님, 시원한 차 한 잔 얻어 마시러 왔습니다." 조직의 장은 언제나 위엄과 근엄함 때문에 쉬운 말상대는 아니다. 하지만 한 지점장님은 달랐다. 업무를 떠나서 개인적인 이야기를 즐겨하시지만 가끔은 미래를 준비하시는 혜안을 가지고 계신 분이 틀림없었다. 한 지점장님은 나중 전북지사장님(지금은 본부장)이 되시고 퇴직하셨다. 요즘에 그분의 근황은 자세히는 모르나 퇴직하시고 대학 강단에 나가시고 계신다고 들었다.

"이 소장님은 미래를 위한 준비를 하고 있습니까?" 갑자기 묻는 질문에 어리둥절했다. "아, 네. 갑자기 물으시니." 말끝을 흐렸다. "이 소장에게 내가 꼭 하고 싶은 말이 생각났네, 미래를 위한 준비를 해보세요." 미래를 위한 준비란 모아놓은 돈이 아니라 퇴직을 하고서도 건강한 삶과 더불어 수요에 맞는 공급을 생산할 수 있는 것을 말하는 것이라고 하셨다. "어떻게 생산 활동을 할 수 있을까?"였다. 돈이란 것은 아무리 많이 모아도 미래를 위한 준비로 볼 수 없다고 하셨다. 돈은 언제고 나를 떠날 수 있고 돈을 믿다가는 예측하지 못한 지출이 발생하여 미래를 망칠 수도 있다고 하셨다. 조금 모아놓은 돈이 있는데 혹 자식들이 "아버지, 돈이 좀 필요합니다."하면 안 줄 수 없는 게 부모라 했다. 퇴직을 몇 년 앞두신 지점장님께서도 미래를 위한 준비를 해오셨다고 했다. 어느 날은 사모님께 물었다고 한다. "여보, 우리가 퇴직하고 남에게 눈치 안 보고 우리 둘이 생활할 수 있는 비용이 얼마면 되겠소?" 했더니 "한 250만 원 정도면 되지 않겠어요."했다고 한다. 그럼 퇴직하고 250만원을 어떻게 충당할 수 있을까? 생각해보았다고 한다. 그래서 그동안 쉬지 않고 연구했던 논문을 완성하여 박사학위를 받으시고 틈나는 대로 강의를 나가고 집필과 번역을 한다면 그 정도는 충당할 수 있다고 하셨다. 그러시면서 말씀하셨다. "이 소장님도 지금부터 시작하십시오. 결코 늦지 않았습니다. 앞으로 남은 직장생활을 근거로 10년간 무엇엔가 몰두하고 집중하여 미래를 준비한다면 반드시 전문가가 될 것이요, 전문가가 되면 그것으로 미래를 좀 더 생산적으로 준비할 수 있을 것이요." "지금부터 이 소장이 가장 잘 할 수 있는 일이나 하고 싶었던 일에 집중해보시오, 그리고 절대 포기하지 마세요."라고 하셨다. 나는 망치로 한 번 맞은 것처럼 충격이었다. 도대체 이 분은 나에게 이런 말씀을 하시는 것일까?

하나님은 반드시 누군가를 통하여 역사하신다고 하셨던가? 차를 마시는 둥 마는 둥 차 맛을 제대로 느끼지도 못한 채 내 자리로 돌아와서 고민에 빠졌다. 내가 잘 할 수 있는 일이 무엇이 있을까? 생각에 몰두할 때 뇌리를 스치는 분야가 있었다. 글씨 쓰는 일이면 좋겠다 생각했다. 그래, 나에겐 남다른 재능이라고는 글씨 쓰는 일일 것이다. 학창시절부터 글씨를 잘 쓴다고 많은 사랑을 받았었다. 담임선생님은 물론 다른 학과선생님들도 글씨 쓰는 일을 학생인 나에게 맡기기 일쑤였다. 우리시절에는 컴퓨터가 나오지 않은 때였기에 시험문제나 프린트물 등은 등사판(가리방)이라고 하여 철핀으로 촛농 묻은 기름종이에 철판을 깔고 긁어 쓰는 일이었다. 타자기를 사용하여도 되지만 활자가 나쁘고 숙달되지 않으면 사용하기조차 어려웠다. 가리방이란 B5나 A4 용지만한 크기에 가로 세로 촘촘하게 줄이 그어진 철판인데 그 위에 양초를 먹인 기름종이를 대고 글씨를 쓰면 글씨가 선명하게 나타난다. 글씨를 모두 새긴 후에는 질이 낮은 누런 마분지 종이나 갱지를 놓고 글씨가 새겨진 기름종이 위에 검정색의 잉크를 묻혀 동그란 롤러를 굴려서 한 장씩 문서를 찍어내는 인쇄술인데 시간이 많이 걸리는 여간 더딘 작업이 아닐 수가 없었다. 이렇게 학교사무실에서 일상의 필요한 문서는 인쇄소에 안가고 거의 가리방을 이용하여 문서를 만들어냈던 것이다. 나는 글씨 잘 쓴다는 이유로 가리방 긁는데 선수이었고 등사를 하는데도 이골이 났던 것이다.

나는 이미 대전에 있을 때 상업적으로 활용하려고 한글서예를 배운 적이 있었다. 도중에 가르치시던 선생님께서 작고하셔서 그만 둔 상태였다. 그나마 서예붓을 다뤄본 경험이 있어 서예교실에 들어가게 되었고 한문 해서체를 시작하여 9개월 만에 전라북도 미술대전 서예부문에서 입선을 하게 되었다. 힘들게 준비하는 과정이었지만 작은 즐거움이기도 했다. 무언가를 배운다는 것이 미래를 위한 준비라는 것을 깨닫게 되었다. 매일 직장을 마치고 저녁시간과 휴일에 한두 시간씩 서예에 집중하면서 한 지점장님의 이야기를 한 번도 가볍게 생각하지 않았다. 매년 입상을 하게 되면서 서예7체를 공부하게 되었고 조금은 늦었지만 전라북도 미술대전 초대작가에 등단하게 되었다. 실력으로는 아직도 한참 부끄럽지만 10년이라는 세월을 단 한 번도 쉬지 않고 주경야독 하는 심정으로 짬짬이 시간을 아껴가면서 전념해왔다. 물론 나의 다른 취미생활이나 다른 특기를 갖기에는 여유를 가질 수 없었다.

길고도 험난했던 붓과의 싸움은 나와의 대단원의 전투이기도 했다. 때론 중지하고 싶고 붓을 부러뜨리고 침을 뱉고 싶은 갈등과 혼란의 시간들도 있었다.

〈전라북도미술대전 공모전 입상〉

좋은 선생님을 만나고자 애썼고 선생님과 서단 문화에 대한 혼란한 상황에 부딪힐 때면 한 지점장님의 이야기가 다 허사 같았다. 몇 분의 이름 있는 선생님을 만나고 사사를 받았으나 좀처럼 나아지지 않는 서체와 서단의 문화는 나에게 날로 엄청난 시련으로 다가왔다.

10년이면 전문가가 된다고 하셨는데 10년이 지나면 다 되는 것으로 생각했는데 잘못된 길에 들어선 것일까? 10년이란 세월이 허사인 것인가? 현실과의 괴리감에 홀로 방황하기를 몇 번이고 했다. 이제야 조금씩 지점장님의 "절대 포기하지 마라"는 말씀이 이제야 이해가 된다. 그분께서 어찌 나에게 이 수많은 고난과 역경을 통해 이 길을 가게 했는가를 조금씩 알아가게 되는 것 같다. 내 평생에 추억해 잊을 수 없는 감사한 분으로 남아 있다. 앞으로 퇴직을 한 이후 그동안의 훈련을 통해 얻은 지혜와 지식을 필요로 하는 이웃들과 나누고 싶다. 그리고 후배들에게 귀감이 되고 영향을 끼칠 수 있는 가치를 이루어 재능을 나누어주고 싶다. 미래를 위한 생산적인 준비는 아니더라도 이 일로 인해 많은 사람을 만나고 재능을 나누고 함께 더불어 살아가는 구심점이 되어준다면 더 없는 큰 가치의 미래를 위한 준비일 것이다. 몇 년 전부터는 문인화에도 심취해있다. 정읍에서 열리는 휘호대회와 공모전에서 입상하며 그 재미를 더하고 있다. 좀 더 폭넓은 공부로 서예와 문인화의 융합된 문화 활동을 이해하는데 많은 노력을 기울여보아야겠다. "미래를 위한 준비는 되었는가?"라고 다시 나에게 묻는다면 나는 서슴없이 즐거운 마음으로 "그렇습니다."라고 할 것이다. 돈으로 준비하는 미래가 아니라 자기 내면의 가치를 높이고 창조적인 일상으로 이어간다면 훌륭한 미래를 준비했다고 할 것이다.

열정담은 노트에서 다시 쓴다(1)

에세이집을 내보겠다고 겁도 없이 덤비더니 어느 날은 지나간 다이어리를 깊이 리리딩(Rereading)하게 되었다. 리리딩, 다시 읽기죠. 하루하루 일상들을 기록하고 덮어놓았던 일기처럼 써놓았던 낙서 같기도 하지만 공부하는 글쓰기처럼 때로는 짧게, 때로는 길게, 두서없이 써놓고 다시 읽어보지 못했던 내용들을 다시 읽어본다. 뜬금없이 뇌리를 스치는 순간에 혹시나 책에 담아볼 내용이 있으려나 하고 혹 있다면 남기고 싶은 내용도 넣어두고 싶은 것일까? 그냥 갑자기 모아둔 노트한권 빼들었더니 신기하게도 꼭 10년 전의 다이어리다. 몇 장을 넘기면서 미소가 띠어지긴 했지만 그때가 훨씬 열심히 공부하고 살았던 것 같아 다행이다. 참으로 열심히 살았구나 생각이 든다. 지금에서 보니 이해가 안 되는 내용도 있고 전문적인 용어나 재미있는 글들도 있어 새롭게 읽어보고 있다. 다양한 분야를 넘나들며 공부했던 것 같은데 내 머릿속에는 아련한 기억뿐 내용은 없다. 이때는 주로 등장하는 단어가 〈혁신〉이고 〈변화〉다.

"저항이 없으면 혁신이 아니다" 왜? 우리 조직은 저항이 없을까? "고민해야 한다."고 써 있다.

혁신(革新)의 최대공배수로는 ①변화의 필요성 ②변화의 비전 ③CEO의 진두지휘 ④과거와의 단절 ⑤실행계획 수립 ⑥실행력 강화 ⑦조직적 저항 극복이라고 써 있다.

시간이 지난 지금 어떻게 이해해야 할 것인지 궁금하기만 하다.

그 다음 장에는 "경영은 설득이다"라고 쓰여 있다. 내가 분명 경영자는 아니었는데도 이 분야에 관심이 많았다든지 우연하게도 그런 대목을 기록했다든지 일 것이다.

"경영활동이란 75%가 시간에 관한 일이다. "후계자 선정에 중요시했던 것.", "설득 없이 경영은 없다", "그러면 어떻게 설득할 것인가?", "구체적 텍스트를 통한PT, 정답은 없다."성공적인 설득의 기준은 "이해시켰는가?"가 아니라 "팔았느냐? 가 문제이다. 설득은 정답을 이해시키는 것이 아니라 신념과 의지를 파는 것이다. 정답이 있다면 설득은 필요 없다. 설득이란 아직 일어나지 않은 일에 대한 신념과 관계된 것이라고 되어있으며 "끌려갈 것인가? 끌고 갈 것인가?"라 기록되어 있으니 뜬금없이 왜 이런 글들을 노트에 적었을까? 이다.

그러면서 뱀 장수에게서 배우는 6가지 설득의 법칙들을 열거해 놓았다.

①감정을 자극하라 ②이야기를 만들어라

③주제가 아니라 나를 팔아라 ④압축시키되 반복하라

⑤눈높이를 맞춰라 ⑥온몸을 사용하라 이다.

가만히 생각을 되돌려 보니 시간에 대한 이야기를 듣고 있었나보다.

그 다음은 하인리히 법칙에 대해 써놓았다. 큰 재해가 일어나기 전, 반드시 작은 사고와 징후들이 존재한다는 법칙을 말한다. 하인리히 법칙(Heinrich's law)은 한 번의 큰 재해가 있기 전에, 그와 관련된 작은 사고나 징후들이 먼저 일어난다는 법칙이다. 큰 재해와 작은 재해, 사소한 사고의 발생 비율이 1:29:300이라는 점에서 '1:29:300 법칙'으로 부르기도 한다. 하인리히 법칙은 사소한 문제를 내버려둘 경우, 대형 사고로 이어질 수 있다는 점을 밝혀낸 것으로 산업 재해 예방을 위해 중요하게 여겨지는 개념이다.

하인리히가 발견한 법칙은 큰 재해로 1명의 사상자가 발생할 경우 그 전에 같은 문제로 경상자가 29명 발생하며, 역시 같은 문제로 다칠 뻔한 사람은 300명 존재한다는 내용이다. "설마가 사람 잡는다"-사소한 일에 관심을 기울이면 큰 비극을 막을 수 있다.

시간의 놀라운 발견이라는 제목으로 몇 줄을 써 놓기도 했다.

"과거는 변하지 않지만 미래는 변한다."고 했으며 알면 알수록 신기한 시간의 미스터리"백수가 과로사 한다."라고도 짤막하게 쓰여 있다. 시간은 사건의 연속이다. 나이 들수록 시간은 빨리 흐른다. 요즘 사람들은 더 바쁘다. 우리는 대부분의 시간을 별로 중

요하지 않는 일에 할애하고 많은 시간을 아무것도 하지 않고 지낸
다. 두뇌가 집중과 몰입을 하고 있을 때 더 즐거움을 느낀다.

시간부족 스트레스를 위한 처방이라며 시간 관리의 3대 필수조
건을 소개해 놓았다.
　①시간은 스스로 결정하라
　②생체시계에 맞추어 생활하라
　③여유를 만들어라

"지금 불행은 언젠가 잘못 보낸 시간의 복수다"라고 쓰여 있다.
어디서부터 어떻게 이해해야 할지 모르겠으나 그때에는 무엇엔가
집중하고 몰입되어 있었을 것이다. 그렇게 며칠을 짤막한 글들도
있었는데 그날에는 어떤 일이 있었길래......

과학은 설명할 수 있는 것을 설명하고, 예술은 설명할 수 없는
것을 설명하며, 종교는 설명해서는 안 되는 것을 설명한다. 의문
은 지성을 낳고 믿음은 영성을 낳는다. - 이어령(李御寧)
어져 내일이야 그릴 줄을 모르더냐
이시라 하더면 가랴마는 제 구타여
보내고 그리는 정은 나도 몰라 하노라 - 황진이(黃眞伊)
　사람들은 합리적으로만 움직이는 것이 아니다. 2초 동안의 순간
적인 감에 의해서 무엇인가를 결정한다. - 블랭크이론

"해 아래에서는 하나님이 재판장이라는 것도 진실이고 악이 지배하는 현실도 진실입니다. 이 두 현실 모두 똑바로 직시해야 합니다. 그래야 하나님을 향한 참된 신뢰와 세상을 향한 책임지는 믿음으로 나아갈 수 있습니다."

"진정한 지혜는 모든 것을 인정하는 겸손이다. 형통한 날에는 기뻐하고 곤고한 날에는 되돌아보아라."

"또한 사람들이 하는 모든 말에 네 마음을 두지 말라 그리하면 네 종이 너를 저주하는 것을 듣지 아니하니라. 너도 가끔은 사람을 저주하였다는 것을 알고 있느니라"- 전도서7:21-22

"가난하면서도 남에게 아첨하지 않고 부자이면서도 교만하지 않는 사람이라면 훌륭하지 않습니까." - 공자의 제자 자공의 말

"훗날에 훗날에 나는 어디에선가 한숨을 쉬면서 이야기할 것입니다. 숲속의 두 갈래 길이 있었다고, 나는 사람들이 덜 다닌 길을 택하였다고, 그 때문에 모든 것이 달라졌다고"- 프로스트 가지 않는 길에서

"관점이라는 것은 내 마음에 품고 있는 자유이면서도 때로는 그 때문에 어쩔 수 없이 한편으로 쏠리는 편향성을 갖게 됩니다."

2009년 2월 하루는 세상에는 영원한 승자도 패자도 없다는 장자(莊子)의 우화를 기록해놓았다. 어느 날 장자는 밤나무 밭에 놀러갔다가 이상한 까치 한 마리가 나무에 앉아있는 것을 보았습니다. 장자가 돌을 던져 까치를 잡으려 하는데 까치는 자신이 위험에 빠진 줄도 모르고 나무에 있는 사마귀 한 마리를 잡아먹으려는 데에 정신이 팔려 있었다. 그런데 사마귀는 뒤에서 까치가 자신을

잡아먹으려는 사실을 모른 채 매미를 향해 두 팔을 쳐들어 잡으려하고 있었고 매미는 그것도 모르고 그늘아래서 자신이 승리자인양 모든 위험을 잊고 노래하고 있었습니다. 장자는 순간 세상에 모든 것에는 진정한 승자가 없다는 것을 깨닫고 까치를 잡으려고 던지려던 돌을 내려놓았습니다. 그때 장자가 밤을 훔치려는 줄 아는 밤나무 밭지기가 쫓아와 장자에게 욕을 퍼부으며 뒤에서 막대기를 흔들었습니다. 장자 역시 최후의 승자가 아니었습니다.

戰勝不復 應形於無窮(전쟁의 승리는 반복되지 않는다. 무궁한 변화에 유연하게 내 모습을 바꾸어 대응하라)-손자병법의 전승불복(戰勝不復) 〈출처: 3분고전 박재희 작은씨앗〉

몇 장 넘기지도 않았는데 날마다 그날그날 마음에 닿은 한 가지씩 자신을 위로하는 좋은 글들을 적어놓았다. 그리고 변화(Change)라는 단어는 반복되어 기록되어 있다.

열정담은 노트에서 다시 쓴다(2)

이 날은 "젊은이여 세렌디피티를 잡아라."라는 주제로 이어령 교수의 책을 읽었나보다. 책에서 세렌디피티(serendipity)란 "뜻밖의 발견", "운 좋게 발견한 것"으로 설명한다.

아무리 생각해도 풀리지 않은 문제를 어느 날 갑자기 아이디어가 번뜩 떠오르는 순간을 세렌디피티(serendipity)라고 정의했다. 세렌디피티(serendipity)발견의 4가지 조건은 ①예리한 관찰력 ②넓은 시야 ③타 분야와 본인의 분야를 연결시키는 크로스오버 능력 ④깨닫고 실행하려는 의지라고 기록하고 있다. 실패를 성공으로 바꾸는 스위치, 실수나 우연을 통한 창조성을 세렌디피티(serendipity)라고 하면서 그 사례를 이야기로 기록해놓았다.

스코틀랜드 록필드 지방에 플레밍이라는 가난한 농부가 살고 있었다. 어느 날 그가 밭에서 일을 하고 있는데 갑자기 늪 가까이에서 사람 비명소리가 들려와 달려가 보았더니 웬 소년이 늪에 빠져 허우적대고 있었다. 농부는 이 소년을 죽기 전에 살려내 보냈는데 그 다음날 으리으리한 마차를 탄 귀족이 찾아왔습니다. 그가 구해준 아이가 바로 자기 아들이라며 목숨을 구해준데 대한 사례를 하고 싶다고 했습니다. 하지만 농부는 끝까지 사양했습니다. 그러자 그 귀족은 마침 헛간에서 그 광경을 바라보고 있던 농부의 아들을 보고 한 가지 제안을 하였습니다. 농부의 아들을 그가 구해준 아이와 똑같은 수준으로 교육을 시켜주겠다 하였다. 그 귀족의 제안대로 스코틀랜드의 가난한 농부 플레밍의 아들은 당대 최고였던 런던대학교 세인트메리병원 의과대학에서 교육을 받게 됩니다. 그리고 나중에는 페니실린을 발견하고 귀족작위까지 얻게 되었습니다. 그가 바로 알렉산더 플레밍 박사였습니다. 그런데 우연하게도 농부가 구해준 귀족의 아들이 장성하여 폐렴에 걸립니다. 페니실린이 없었더라면 그는 살아남지 못했을 것입니다. 그 귀족이 바로 늪에 빠진 소년의 아버지 랜돌프 처칠 경이었으며 늪에 빠졌던 아이는 제2차 세계대전 때 영국을 구해낸 재상 윈스턴 처칠 경이었습니다.

정직하고 욕심 없는 스코틀랜드의 소박한 농부의 마음이 없었더라면, 랜돌프 처칠 경이 만약 오만한 귀족으로 우직한 농부를 바보로 알고 그냥 지나쳤다면, 그날 소년 처칠이 늪에 빠지지 않았다면, 농부 플래밍이 그를 살려내지 못했더라면, 소년 플래밍이 귀족의 도움으로 교육을 받지 못했더라면, 플레밍 박사가 있지도 않았겠지만 페니실린도 발명하지 못했을 것이다.

페니실린이 없었더라면 제2차 세계대전에서 수많은 부상당한

영국 병사들은 어떻게 되었을까요. 이 무수한 세렌디피티의 얽히
고설킨 행운과 작은 이야기들을 무시하고 살아가지는 않는지..

〈출처: 젊음의탄생 이어령 생각의 나무〉

　행운을 부르는 운의 법칙에 대해서도 기록해놓았다.

　승부력의 5대 요소란, 기량, 정신력, 체력, 임기응변, 운(무엇보
다 운이 좋아야 한다.)운이 없으면 자격미달이다. 부하의 운은 바
로 리더의 운이기도 하다. 운은 모든 사람에게 기회를 주는 만민
평등주의자다.

　운의 속성으로,

　①스스로 잡아야 한다. ②쉽게 달아나려 한다. ③시련의 단계가
있다. ④최후의 순간에 완성된다. 라고도 쓰여 있다.

　"승리란 실력으로만 이뤄지는 것이 아니라 천운이 함께해야 합
니다. 끝까지 살아남는 자, 스스로 운명을 개척할 실력 있는 자는
적이라도 내 사람으로 만든다."

　깨진 유리창의 법칙에 대해서도 적어놓았다. *사소한 공권력 무
시가 국가의 근간을 흔든다. 100-1=0, 강자도 쓰러뜨리는 위력.
열정의 다른 이름=강박관념

　*잘못된 친절-무능하고 불친절한 직원의 방치(가장 심각하게
깨진 유리창=직원) "직원을 이해는 하지만 업무태도가 나쁘면 해
고 할 수밖에", "창조적인 사고에 미래가 있다."

　"지금 우리는 어디로 가고 있는가?"-레밍(lemming)(주로 스
칸디나비아 북부지역에 서식하는 들쥐)은"맹목적"인 집단행동

(herd behavior)으로 유명합니다. 선두의 뒤를 좇아 꼬리에 꼬리를 물고 달려가는 들쥐 레밍의 모습을 빗대어, 누군가 먼저 하면 나머지도 너도나도 따라하게 되는 현상을 레밍 효과(Lemming effect)라고 부른다. 인생에서 가장 중요한 갈림길에서의 선택은 결국 혼자서 해야 한다는 말입니다.

인생의 갈림길에서 누군가가 "이리로 가라.", "저리로 가라." 이런 식으로 도와주지 않습니다. 그렇기에 우리는 스스로 선택과 포기를 할 줄 알아야 합니다.

재밌어야 창의적이다 -학습된 무기력 "여러분은 무슨 재미로 사십니까?"

한국 남자들에게는 어쩌면 학습된 무기력에 익숙하지 않나 생각해보자. 언젠가 광고카피에 "열심히 일한 당신 떠나라!"했다. 막상 떠나려니 갈 곳이 없다. 노느니 뭐 하냐, 한 푼이라도 벌어야지 하고 퇴직 후에도 다른 일터를 찾아 나선다.

남자들뿐만 아니라 개의 경우도 그랬다. 전기고문을 계속하게 되니 처음에는 피하려다가 얼마가지 않아서 포기하고 말았다. 파리의 경우는 유리그릇에 파리를 넣고 뚜껑을 닫아놓았다가 열어놔도 나올 줄을 모른다. 이처럼 평생을 학습되고 굳어버린 사고는 무서우리만큼 모두를 재미를 찾지 못하고 무기력에 빠지게 한다.

인디안 추장의 딜레마(여자들)-"행복하지 않은 많은 엄마들이 자녀들의 성공을 통해서 자신들의 행복을 바란다."

21세기는 유목민의 시대라 정의하며 엘빈 토플러는 "새로운 유목민"을, 자크 아탈리는 "도시 유목민"을, 기소르망은 "디지털 유목민"을 이야기 하고 있다. 그렇다면 유목민은 누구인가? 목축가, 낙농가, 아니다. 디지털 문명은 인터넷기기와 함께 인류의 삶을 급속하게 유목민족으로 탈바꿈시키고 있다. 오늘날의 경영현실은 유목민사회로 이해해본다. 유교적 가치관과는 전혀 다르다.

"부자는 인생을 즐기기 위해, 가난한 사람은 돈을 벌기 위해 이동하므로 21C는 모두가 떠돌이가 될 수밖에 없다. -자크 아탈리

"학교는 대량생산을 하면서도 불량품에 대해서는 책임조차 지지 않고 A/S와 같은 리콜제도가 없다.", "일련번호와 품질보증서처럼 학교장직인과 번호가 찍힌 졸업장뿐이다."

"교육은 한석봉의 어머니처럼 불을 끄고 떡을 썰고, 아들은 글씨를 쓰는 반복적이고 균일한 노동기술을 습득하는 것이 아니다. 그러한 관습과 관행의 조건반사적이고 기계적인 행동에서 벗어나 창의적이고 황홀한 깨달음으로써 존재해야 합니다."어머니는 모기 들어온다고 문을 닫으라 하고 아버지는 덥다고 창문을 열라고 합니다. 오늘의 젊은이들은 아버지 편도, 어머니 편도 들지 않습니다. 바람도 들어오고 모기도 막아주는 방충망을 창조하는 것입니다.

다시 읽을수록 마음에 와 닿는 이야기들이다. 노트에서 대충 정리하고 마지막으로 "생각 뒤집기" 내용을 적어본다.

긍정의 힘이 가져다 준 동산 이야기이다. 강원도 횡성군에 7천 6백 평의 임야가 매물로 나왔다. 감정가는 3억 5천만 원이었다. 그러나 계속 유찰되어 7천만 원까지 하락했다. 이유는"산이 돌투

성이라 집을 지을 수 없다."이다.

그러던 중 어떤 사람이 나타났다. 그 땅을 사겠다는 것이다. 한 가지 묻겠습니다."돌을 팔아도 됩니까?""네, 자연석 반출은 문제가 안 됩니다."그래서 이 사람은 7,450만원에 낙찰을 받아 임야를 매입했다. 그리고 트럭 100대분의 자연석을 팔아서 5천만 원의 수입을 올렸다. 돌이 없어지니 전원주택 부지로 변모되어 평당 15만원을 호가하게 되었다. 결국 이 땅은 11억 4천만 원으로 땅값이 상승하게 되었다. "돌 때문에 안 되겠다."는 부정적인 생각과 "돌만 해결하면 되겠구나."는 긍정의 생각 차이가 엄청난 가치를 만들어냈다는 사례이다. 다이어리에 기록된 이런저런 내용들 중에서 대략 난감한 내용들은 읽어서 남기고 다시 읽고 싶은 이야기들을 두서없이 적어 보았다. 한 해 동안 한 권의 노트에 빼곡히 무언가를 적어 본다는 것이 어떤 의미인지도 알 것 같다. 도서뿐 아니라 살면서 생각하는 열정담은 노트도 리리딩하는 기회를 갖는다면 작은 재미로 새롭게 다가갈 수 있는 소소한 행복이라 말할 수 있겠다.

위기극복은 어떻게 할 것인가?

오늘도 전해지는 각종 뉴스를 봅니다. 하루에 발생되는 뉴스 중에는 나쁜 소식이 대부분이다. 상상조차 할 수 없는 패륜범죄가 거의 매일 발생되고 있는가 하면 안타까운 생명들을 갑작스런 사고로 잃고 있다. 또 정치인들은 단 하루도 거르지 않고 자기들의 관점을 보편화하기 위해 싸우고 있다. 도대체 평화스럽고 행복한 뉴스는 언제나 들을 수 있을까?

분명 지금이 위기라 생각한다. 하인리히의 법칙(1:29:300)을 적용해 봐도 될까?

사회구조가 복잡해짐에 따라 파생된 문제들 역시 복잡 다양한 양상을 띤다. 전문분야의 전공자들로도 문제를 해결해나가는데 어려움을 느낀다는 것이다. 그래서 다툼이 일어나는 것이고 다툼 때문에 충돌이 일어난다고 한다. 상호 신뢰가 없으니 불신과 의혹을 양산하고 서로에게 치명상을 입히는 사례가 넘쳐나고 있는 것을 보면서 안타까움을 금할 수가 없다. 언젠가 설문조사가 있었다. 그 설문에 답은 각자의 입장에서 정반대의 답으로 나타났다.

왜냐면 그렇게 답을 요구했던 설문이었기 때문이다. 흑과 백을 구분하는 식의 설문은 없애야 한다. 지금은 융합을 이야기하고 있으니 말이다.

이제는 전쟁을 통하지 않고도 국가와 개인이 망할 수 있다는 사실이다.

우리는 시시때때로 갖은 위기를 직면하게 된다. 어떻게 하면 닥쳐올 위기를 극복할 수 있을까.

우리의 정년퇴임은 언제입니까? 누가 보장해준다고 했습니까? 이러한 질문 속에서도 열심히 일한 결과 간신히 명예롭게 은퇴했지만 실업1세대가 된다고 합니다. 집에 오니 실업 2세대가 기다리고 있다고 한다. 매년 5만 명이 넘는 학생들이 대학을 졸업하는데 2만 명만이 취업에 성공한다고 한다. 지금부터 2~30년 전에는 10명 중 7~8명이 부모보다 나은 사회적 지위를 얻었으나 요즘은 10명 중 1명 정도만이 부모보다 사회적 지위가 높아진다고 한다. 이것은"가정의 위기"이기도 하다.

은행도 망하는 현실에서 어떤 이는 위기에서도 발전은 한다고도 한다. 기업의 정년은 15~40년인데 절반이 15년 정도이고 나머지가 40년까지 간다고 한다. 어느 날 직장에서 해고가 된다든지 사업이 망한다든지 하는 경우는 "직장의 위기"라고 말한다.

그렇다면 위기를 알아채고 위기에서 탈출하는 방법을 찾아야 하지 않겠는가?

위기는 갑자기 찾아오는 것이 아니라 위기가 오고 있다는 신호를 보내온다고 한다. 보통사람들은 위기가 보내는 신호를 알 수 없다고 한다. 미국의 911테러나 중국의 쓰촨성 대지진도 알림은 있었다고 한다. 2001년 9월 11일 국제무역센터를 무너뜨린 911 테러는 이미 FBI가 정보를 수집했지만 현실적으로 불가능했기에 〈설마〉로 대수롭지 않게 대응했고 중국의 쓰촨성 지진도 수많은 두꺼비 떼가 이동하는 것으로 신호를 보냈지만 무심코 지나쳤던 것 때문에 댐이 무너지고 길이 가라앉고 수많은 사람이 죽는 피해를 감당할 수밖에 없었다.

1. 가정과 경제적인 위기는 어떤 요인을 가져오는가?

우리나라는 요즘 살기가 힘들다고 합니다. 올해 들어 저소득층과 고소득층의 소득 격차가 역대 최고 수준으로 벌어진 것으로 나타났다. 경기둔화와 최저임금 상승 등의 여파로 고용시장이 악화되면서 저소득층의 수입이 크게 줄어든 것이 소득불평등 심화로 번진 것으로 해석된다. 요즘 정부에서는 소득주도성장이라는 기치아래 여러 가지 반대에도 단호한 태도를 보이고 있다. 최저임금이 법으로 제정되고 아르바이트를 고용해서 사용하는 소규모 업체들에게는 위기라고 말하고 있다. 자녀들의 취업난으로 캥거루족이 늘어나고 나홀로족이 늘어나다 보니 출산율은 사상최악이라고 한다. 우리나라에는 255만 명의 아빠가 있다고 한다. 그중에 6명중 1명꼴로 직장이 없다고 한다. 사오정(45세 정년), 오륙도(56세까지 직장에 다니면 '도둑놈' 소리를 듣는다는 뜻)라는 신조어도 등장했으니, 경쟁이 치열해지고 정년도 갈수록 짧아지면서 나온 시대상에 대한 자조적인 표현일 것이다. 예전에는 A직장에서 나오면 B직장으로 전직이 가능했었지만 지금은 더욱 어려운 일이 되었다. 그러다보니 매년 100만여 명이 창업을 한다고 한다. 창업을 하면 망할 것이라 생각하는 사람은 단 한 명도 없다. 그러나 1년 만에 89만 명이 문을 닫는다고 한다. 이로 인해 매일 1,000여 명이 자살을 시도한다고 한다. 그중에 실제로 42명이 자살에 성공한다고 한다. 1년에 15,000명이 자살로 죽는 불명예를 갖고 있는 우리나라는 위기 중에서도 위기라 할 수 있다. 요즘 4~50대 중년 가장들 중 혼자 사는 사람들이 40만 명이 있는데 계속 늘어난다고 한다. 이 중에 경제적인 문제로 20만 명이 집에서 쫓겨난다고 한다. 시간이 지날수록 상황은 더욱 나빠지리라 보고 있다. 가정의 위기이다. 4~50대 남성들이 가정 안의 파워게임에서 완전히 밀리고 있다고 한다. 우리나라는 가정이 가장 연대감이 높은데, 가정의 경제문제로 인해 연대감이 파괴되고 있어 안타까움을 금할 수 없다.

2. 위기를 극복할 수 있는 힘의 원천은 〈뇌〉라고 한다.

의지(뇌)가 확실하면 원하는 것을 얻을 수 있다 한다. 우리의 의지가 얼마나 대단한가 보자. 뇌는 밭과 같다고 한다. 옛말에 "콩 심은데 콩 나고 팥 심은데 팥 난다."했다. 뇌에 희망을 심으면 희망을, 절망을 심으면 절망을 거두게 된다. 희망과 절망은 분명 본인이 심는 것이다. 희망+절망=100이라고 가정했을 때, 희망이 70이면 30이 절망이고, 희망이 30이면 절망은 70이 된다고 한다. 어느 CEO 조찬모임에서 초청되었던 강사는 강의가 시작되기 전에는 절대로 말을 하지 않는다고 한다. "자기는 프로니까 돈을 주지 않으면 절대 이야기하지 않는다."고 했다. "메모하느라 말을 하지 않는다."고도 했다. 성공하는 CEO들은 늘 희망을 심는다고 한다. 사업이 잘 될 때도, 잘 안 될 때에도 희망을 심는다고 한다. 그렇기 때문에 남다른 부를 창출해간다고 한다. 뇌의 생각을 바꾸는 것이다. 긍정의 생각으로 말이다. 보통 사람들은 조금만 어려워도 절망을 심는다고 한다. 항상 "희망+절망은 100이다."라는 생각으로 뇌를 훈련시키기 바란다. 희망과 절망은 관념 속에서 존재하는 것이므로 볼 수도 만질 수도 없는 개념이다. 그러나 뇌는 시키는 대로 할 수 있기 때문이다.

3. 위기극복은 4단계로 나누어 실천하라

첫 번째 단계는 "인정하라."이다.

어려움이 생기면 반드시 가족에게 먼저 이야기하라고 한다. 그러면 가장 강한 연대감이 생긴다고 한다. 그리고 가족 구성원 모두는 서로 다르다는 것을 명심해야 한다. 다름을 인정하지 못하면 불행이 시작된다. 현 상황을 인정하지 않으면 어떤 위기가 닥쳤을 때 부정, 분노, 우울, 수용단계로 변한다고 한다. 우울단계에 이르면 자살을 생각하게 된다고 한다. 가족구성원 간에는 사소한 일로 인해 오해가 생기고 오해가 깊어지면 연대감이 깨지고 이혼이라는 과정을 겪어야 한다고 한다. 그렇기 때문에 서로 다름을 인정하라는 것이다.

네 사람이 노래방에 가면 호랑이형은 마이크를 놓지 않고 자기가 좋아하는 노래를 계속 부르는 사람이고, 돌고래형은 탬버린을 치거나 넥타이를 머리에 두르고 소화기를 어깨에 메고 돌아다니는 사람이다. 코알라형은 다른 사람에게 방해되지 않도록 한 쪽에 서서 박수만 치고 있는 사람이고, 사슴형은 노래책만 계속 보고 있는 사람이다. 또 네 사람이 엘리베이터에 타면 호랑이형은 여러 사람이 있어 손이 닿지 않으면 몇 층을 눌러달라고 한다. 돌고래형은 타는 사람에게 몇 층 가냐고 물어보고 대신 눌러준다. 코알라형은 타는 사람에게 방해가 되지 않도록 한 쪽에 서 있는다. 사슴형은 벽에 붙어있는 글씨만 쳐다본다거나 사람 수를 세거나 많으면 내린다. 이처럼 각자의 성격에 따라 다르므로 상대를 존중하고 배려해야 한다. 나는 어떤 동물형인지 대입해보자. 재미있게도 그중에 하나일 것이다.

두 번째로는 "수정하라(방법을 바꿔라)."이다.

"실패한 사람이 또 실패하더라."에서 "실패를 두려워하지 말라. 실패 없이는 성공도 없다."처럼 생각을 바꾸라는 것이다.

특히 정년퇴직 후 돈에 대한 인식을 바꾸는 것이 필요하다. 사람이 정년 후 80세까지 살려면

6억 3천만 원이 필요하다고 한다. 요즘은 100세까지 산다고 하는데 그러려면 11억 4천만 원이 필요하다는 계산이다. 55세에 2억 9천 6백만 원이 있다고 하자. 12년밖에 살 수 없다. 하지만 걱정 없다. 지금 70~90대를 보라, 그런 돈 없어도 잘 살고 있다.

그리고 아내와 잘 지내기 위해 관계하는 방법을 바꿔라. 퇴직하고 나면 잔소리가 많아진다. "3, 2, 1을 잘 적용하라."이다.

3-아내 말을 3분간 경청하라. 2-아내의 말에 호응하라(아! 예!) 1-1분만 내 이야기를 하라. 그리고 90초만 참아라. 심리적으로 어떤 어려움이 있어도 90초만 참으면 진정이 된다고 한다. 내가 받고 싶은 것을 상대에게 주지 말고 상대가 받고 싶은 것을 줘야 한다. 그러면 관계가 개선될 수 있다.

세 번째로 "열정"이다.

도전과 열정에는 나이가 전혀 상관없다. 우리나라에는 유명한 여의사가 있다. 하루에 4시간 이상 자지 않았고 1끼 이상 먹지 않았다. 그녀가 건국 이후 최고의 여성 지도자라 함에 전혀 의심하지 않는다. 최고의 가치를 창조하는 의사로써 인재양성을 위해 세상을 바꿔가고 있기 때문이다. 그녀는 결혼도 포기하고 꿈을 위해 살았다. 국가와 사회를 향한 큰 사랑의 실천을 위해서....

〈이길여 가천 길 병원 이사장〉

나에게 가장 중요한 시간은 바로 지금이고,

나에게 가장 소중한 사람은 지금 내 곁에 있는 사람이고,

나에게 가장 소중한 일은 지금 하고 있는 일이다.

내게 주어진 24시간은 이 세상 누구에게나 똑같이 주어진 시간이다.

이 시간을 어떻게 사느냐에 따라 그 인생은 달라진다. 또 어떤 목적을 갖고 어디를 향해 가는지 분명하게 아는 사람은 반드시 성

공적으로 위기를 극복할 수 있을 것이다.

네 번째로는 "긍정의 힘을 믿으라."이다.

어떤 이는 "성공 아니면 출세다."라고 한다. 보통 사람들은 "성공 아니면 실패다."라고 한다. 이 내용을 이야기한 송진구 강사는 손금이 일자로 이어졌다. 선생님이 어느 날인가 "야, 너 손금이 일자구나. 참 특이하구나."했다. 집에 와서 엄마에게 물었다. "엄마, 내 손금은 왜 일자로 되었어?"물었더니 엄마가 "그래, 너는 좀 특별하단다. 분명 너는 성공 아니면 출세할거다. 네 손금에 나타난 거란다."했다. 근거 없는 이야기였지만 엄마의 말 한마디가 힘들고 좌절할 때마다 송 교수에게 용기를 갖게 했고 성공적인 삶을 살아갈 수 있었던 계기가 되었다고 한다. 송 교수는 호텔조리학과 교수로 많은 강의를 하고 다니신다. 그분의 친구 중에 한 분은 늘 양복 안쪽 주머니에 아내의 사진을 넣고 다니며 힘들 때마다 꺼내 본다고 한다. 사람들이 아내가 좋아서 그러냐고 묻는단다. 어쩌다 아내는 "여보, 내 사진을 보면 용기가 생겨?"하면서 좋아한다고 합니다. 하지만 송 교수는 그렇게 묻는 지인들에게 "아내 사진을 보는 것보다 힘든 일이 없을 거라 생각하죠. 그래서 아내 사진을 보면서 용기를 냅니다."했다는 것이다. 웃으려는 이야기라 생각합니다.

절대로 긍정의 힘을 믿으면 우리에게 위기란 문제될 게 없습니다. 부정적인 생각, 공격적인 말과 행동을 멀리하고 가정에서나 직장에서나 그 어느 곳에서도 상대에게 용기를 주고 희망을 이야기하는 사람이 되어야 하겠습니다.

　분명 놀라운 열매를 얻게 될 것입니다. 우리는 멀리 있는 사물 하나도 제대로 보지 못하면서 내일, 모레 닥칠 일, 아직 아무 일도 없는데 미래에 대한 희망보다는 염려와 고민과 불평만을 가져다가 위기를 자초하고 있지는 않는지. 긍정의 힘을 믿을 때 위기는 반드시 우리를 비켜갈 것입니다. 희망 100이라는 생각으로 새로운 도전을 시작하여 봅시다.

우리가 희망하는 직원 象

　내가 전국 관리자 친목회장으로 있던 2009년 어느 날 경북의 Y 대학교 영덕수련원에서 관리자 정기 워크숍이 있었다. 행사는 완벽하게 준비해주는 총무가 있어서 협력자들의 도움을 받아 순조롭게 진행되었다. 그동안 모든 대회보다 성공적인 워크숍이었을 것이라고 자부심을 갖는다. 직장생활을 하면서 오래 기억되는 좋은 추억들로 남아있다.

　행사가 진행되면서 초청강사의 강연에 이어 친목회 회장의 "우리가 희망하는 관리자 상"이라는 주제로 강연 순서가 있었다. 전국에서 참석한 회원들 앞에서 나는 다음과 같은 강연을 하게 되었다. 무척이나 영광스런 시간이었다.

　그날의 기억을 떠올리면서 다시 한 번 정리해보고자 한다.

　"여러분 반갑습니다. 먼 길을 오시느라 정말 수고 많으셨습니다. 오시면서 미션은 잘 수행해오셨습니까?"

　"우선 옆에 앉은 동료 직원과 스킨십을 해봅시다. 손을 잡아도 되고 얼굴을 만져도 되고 등을 쓰다듬어도 좋겠습니다. 그러나 절대로 불쾌한 곳은 만지지 마시기 바랍니다. 아마도 여러분은 처음 해보는 관계일 것입니다."했더니 직원들은 의외라는 듯 장난스럽게 시키는 대로 잘 따라주었다.

오늘 나는 여러분과 내 생각이 아닌 우리의 생각으로 여러분 앞에서 감히 제안을 합니다.

첫째로 관계를 잘하는 직원이 됩시다.

관계(connection)란 사전적인 의미로 둘 이상의 사람, 사물, 현상 따위가 서로 관련을 맺거나 관련이 있음을 말합니다. 관계는 남녀관계, 부부관계, 사제관계, 국제관계, 연인관계, 부자관계, 은밀한 관계 등으로 우리의 삶에서 뗄 수 없는 단어이기도 합니다. 이처럼 우리는 태어나면서부터 관계의 시작입니다. 한 남자와 여자의 관계에서 잉태되고 세상에 첫 선을 보이면서 울며 맞이하는 것이 가족관계입니다. 아마도 이 아이는 세상에서 살아가는 동안 "관계"하기가 어렵고 겁나서 울지는 않았을까요? 자라면서 친구관계, 이성을 만나면서 연인관계를 경험하고 사회에 나가서는 이웃관계, 직장에서는 조직관계 등 이해관계를 동반한 수많은 관계들을 경험하며 일생을 마치게 됩니다. 살아 있음 그 자체가 관계이고 그 관계의 연결은 거미줄처럼 연결되어 있습니다. 어쩌면 우리 일생은 관계와 관계 속에서 살아간다고 할 수 있습니다. 관계를 영어로는 커넥션이라고 합니다. 이 용어는 사회 지도층에 계신 분들이 주로 사용하는 행위로 우리들하고는 거리가 멀게 느껴지기도 합니다. 요즘은 공간과 공간을 통해 정보와 교유를 이어가는 네트워킹시대라고 합니다. 네트는 바로 관계를 의미한다고 볼 수 있습니다.

우리는 이러한 직장 안에서 관계를 통해 바라볼 때 소통의 부재, 곧 관계의 부재를 보게 됩니다. 요즘 저희 지점에서는 그냥 관계가 아닌 "오이코스 관계 맺기"를 실천하고 있습니다. 오이코스란 "친한 사이, 가족관계"란 뜻으로 신뢰, 소통문화를 포함합니다.

관계를 잘 하고 못하고에 따라 자기가 속해있는 조직의 성패가 결정된다고 해도 무리는 아니라고 생각합니다. 무엇보다 조직관계에서는 소통이 잘 되어야 하는데 소통의 종류를 세 가지로 요약하면 감성적 소통, 업무적 소통, 핵심정보 공유가 있습니다. 특히나 직장내부 소통의 중요성은 무엇보다 소중한 추구해야 할 가치라고 감히 제안합니다. 소통을 잘하기 위해서는 우선 신뢰가 바탕이 되어야 하는데 신뢰가 쌓이기 위해서는 섬기는 자세가 필요합니다. 스스로 겸손할 줄 알고 상대를 존중하고 배려하는 관계를 한다면 반드시 우리가 바라는 일터를 이룰 수 있을 것입니다. 이런 일터를 만들어가기 위해서는 관계를 잘하는 관리자가 앞장서야 하기 때문입니다. 우리 조직은 관리자와 직원, 직원과 직원관계, 또는 노사관계가 가장 잘 되어진 신뢰하는 조직, 소통하는 조직이기를 희망해봅니다. 우리가 앞장서 노력한다면 반드시 잘 될 줄로 믿습니다.

둘째로 감사할 줄 아는 관리자가 됩시다.

감사(thanks)는 고마움을 나타내는 인사, 고맙게 여김 또는 그런 마음의 사전적 의미가 있습니다.

"여러분, 옆 사람하고 다시 한 번 인사합시다.""손을 마주 잡아주면서 내 옆에 앉아주어서 감사합니다.""함께 할 수 있으니 또 감사합니다."

우리는 직장인으로서 직장생활을 하면서 감사할 일이 별로 없다고 생각했을 것입니다. 하지만 우리에게는 감사해야 할 일들이 많이 있지만 불평이 앞서다 보니 잊고 살아갑니다. 오늘 이렇게 살아 있음도 감사할 일이요, 건강하니 또 감사할 일입니다. 더욱 감사할 일은 정년을 보장해주는 직장이 있으니 얼마나 감사할 일인지요. 늘 감사하는 마음을 갖는다면, 그리고 그 마음을 표현하면 살아간다면 우리 일생은 영화롭고 윤택해지고 뜻밖의 행운을 누리게 될 것입니다. 미국의 유명한 토크쇼 진행자 오프라 윈프리는 매일 저녁 잠자리에 들기 전에 10가지 감사한 일을 적어보았다고 합니다. 특별한 감사가 아니라 소소한 일상에서 쉽게 지나칠 수 있는 일들에 감사하는 것입니다.

나는 먼저 내게 일할 수 있는 직장이 있음에 감사합니다. "아침에 눈을 뜨면 도살장에 끌려가야 하는 마음으로 출근하지는 않습니까? 아니면 즐겁고 신바람이 납니까?"무겁고 찜찜한 마음이라면 언제부터 나에게 그런 마음이 생겼는지 되돌아봅시다. 아마도 입사하고 얼마 가지 않았을 것입니다. 우리가 원하는 정말 일하기 좋은 일터는 존재하기는 할까요? 아니면 누가 만들어줄까요? 결국 우리가 만들어가야 하는 과제라 생각합니다. 이 과제를 완성하려면 반드시 감사하는 마음이 커질 때 가능하다고 믿습니다. 한 사람의 우수한 경영자가 모든 소속원을 섬기고 존중한다면 가능하겠습니까? 무엇보다도 작은 것에 감사할 줄 아는 우리 구성원 모두가 함께할 때 가능한 일이라 생각합니다. 훌륭한 경영자가 직원 한 사람 한 사람에게 생일카드를 쓰고 더불어 가족들의 안부까지 물어보고 아울러 무엇이 필요한지 세심한 배려를 더한다고 해서 직원 모두의 마음까지 움직일 수 있을까요? 아닙니다. 누구 한 사람의 노력도 중요하겠지만 그러한 존중과 배려가 감사로 이어지는 소통이 더 중요할 것입니다.

언제보다도 지금 우리와 함께 하는 CEO는 훌륭하신 분이십니다. 여름철에는 자외선 차단크림을, 화이트데이에는 여직원들에게 사탕을, 입사 백일이면 케이크와 격려카드를, 때로는 등산화를, 각종 다양한 이벤트를 실시하는 등 세심한 배려와 관심과 애정을 우리가 모른 체할 수는 없습니다. 아무나 할 수 있는 일이 아니기 때문입니다. 사장님, 정말 감사합니다. 그동안 이러한 감사를 느껴 보지 못해서 어리둥절했습니다. 사장님께서는 "우리 조직은 사람을 소중하게 생각하는 기업"을 기본 철학으로 삼고 최고의 가치를 "내부고객만족"으로 두고 섬기고 배려하는 본을 보이시겠다고 하셨습니다. 그리고 "감사할 줄 아는 조직"을 만들어가자고 했습니다. 모든 일에 스스로 섬기는 본을 보이시겠다며 취임식 때는 손수 직원대표들의 발을 씻겨주시는 세족식을 하시기도 했습니다. 또한 매월 한 번씩 현장체험을 하시면서 직원들에게 가까이 다가오셨습니다. 우리는 이러한 사장님의 노력에 앞장서서 본이 되는 관리자가 되어야 할 것입니다. 지금은 부족하지만 고치고 개선해나가자고 하십니다. 비록 월급이 생각보다 적더라도, 닥쳐있는 고달픈 현실에 조금은 불만족스럽더라도 아침밥을 먹고 내가 일할 수 있는 일터로 나갈 수 있음에 감사합니다. 우리에게는 행복한 일터를 만들어가자는 사장님과 직원들이 있으니 이보다 더 큰 감사는 없을 것입니다. 직원 동료 여러분, 정말 감사합니다.

셋째로 만족할 줄 아는 관리자가 됩시다.

만족(satisfaction)이란 마음에 흡족함, 모자람이 없이 충분하고 넉넉함이라고 합니다. 만족이란 곧 욕심을 버리는 일이기도 할 것입니다.

우리 회사의 핵심경영목표는 Best CS Company(최고고객만족 전문회사)입니다. 그중에서 만족(satisfaction)이라는 단어가 들어있습니다.

6세기경 활동한 중국의 철학자 노자의 말씀에 "지족부진(知足不盡) 지지부태(知止不殆)-족함을 알면 욕됨이 없고, 멈출 줄 알면 위태함이 없다"고 했습니다.

성경에는 "욕심이 잉태한즉 죄를 낳고, 죄가 장성한즉 사망을 낳느니라(약1:15)."고 했습니다. 인간의 욕심은 저울로 달 수도 없고 바닷물로도 채울 수 없다고 합니다. 우리는 혹시나 욕심 때문에 동료를 미워하고 음해하고 구렁텅이로 밀치고 있지는 않습니까? 혼자서 좋은 것 다 차지하려 맙시다. 나누면 즐거워지고 배가 된다는 진리를 생각해봅시다. 우리는 한 배를 탄 동지입니다. 각자가 맡은 일은 달라도 우리의 항해 목적지는 같기 때문입니다. 욕심은 사망으로 가는 지름길임을 기억합시다. 우리가 앞장서서 우리 조직을 사랑하고 구성원 한 사람 한 사람을 존중하고 섬기면 반드시 일하기 좋은 일터는 이루어질 것입니다. 사람은 원래 끊임없이 위만 바라본다고 합니다. 때론 옆도, 아래도 바라볼 수 있어야 합니다.

월급을 많이 받으면 만족하겠습니까?

훌륭한 복지를 제공받으면 만족하시겠습니까?

힘과 권한이 커지면 만족하시겠습니까?

이런 것들은 금방 우리를 떠나게 되어있습니다. 아무것도 우리의 것이 아니기 때문입니다. 이 시간 우리가 처음 입사했을 때로 돌아가 봅시다.

그때는 지금보다 훨씬 열악하고 힘든 환경들이었을 것입니다. 여러분, 지금의 무엇이 가장 불만족이십니까?

스스로 절망하고 포기하지는 않았습니까?

그렇다면 나는 대우받기에 합당한 직원인가 생각해보아야 합니다. 무엇보다 우리에게 절실하게 필요한 것은 자기 자신을 한 번 더 성찰하는 기회라고 생각합니다. 자기 위치에서 충성된 자로서 행복한 고민을 해본다면 우리의 미래는 밝아질 것입니다. 지금 이 순간 이 자리에서 나에게 주어진 것에 감사하고 만족할 줄 아는 직원이 된다면 우리 인생은 성공했다고 할 것입니다. 우리가 만족하지 못한다면 더욱 어둡고 험한 길을 갈 수밖에 없을 것이며 우리의 미래는 진정 어둡고 비참해질 것입니다.

항상 긍정의 힘을 믿고 맡은 조직을 멋진 관계로 이끌어 하루하루 내게 주어진 일을 감사함으로 완성하며 스스로 만족할 줄 아는 덕을 갖추어 간다면 우리 모두는 행복한 직장생활을 했다고 할 것입니다.

여러분, 감사합니다. 앞으로의 시간들은 여러분의 것입니다. 모처럼 즐겁고 신나는 추억 만들기에 참여하여 주시기 바랍니다.

나의 강연은 100여명의 관리자들로부터 큰 호응을 얻었고 감동적이었다는 평가를 덤으로 받을 수 있었다. 전국관리자 친목회장을 하면서 정말 보람 있고 행복한 시간이었다.

그리움

이 진 주

한줄기 바람이 불어와
그대향기 실어오면
그리움에 보고파집니다.

어디에서 불어오는 바람인지
꽃향기 한가득 실어오면
그대를 사랑하고 싶습니다.

언제부터인지는 모르지만
그리워 그리워하다가
멍하니 파아란 하늘을 바라봅니다.

흰 구름 뭉게구름
당신 모습 만들어
환하게 웃고 있는 얼굴입니다.

나만 보고 웃으시는 당신을
너무 깊이 사랑하기에
그리움이 날로 더해만 갑니다.

녹음이 짙어가는 오월 어느 날
새소리는 청아한데
어디에 계실 당신의 목소리입니다.

어디에선가 꼭 만날 것 같은
당신을 향한 마음을 책갈피에 눌러놓고
손꼽아 기다려봅니다.

회복,

요즘 세상사는 것이 녹록지
않다고 한다. 정부가 하는 일은
언제나 동전의 양면성처럼
찬성과 반대가 부딪치고
사람들의 마음은 제각각이다.
그래서 어떤 것이 옳으니,
잘못되었느니 하는 것은 공허한 공방일 뿐이다.

漁父辭(어부사)를 읽고서..

요즘 세상사는 것이 녹록지 않다고 한다. 정부가 하는 일은 언제나 동전의 양면성처럼 찬성과 반대가 부딪치고 사람들의 마음은 제각각이다. 그래서 어떤 것이 옳으니, 잘못되었느니 하는 것은 공허한 공방일 뿐이다. 무슨 일을 하던지 그 일에 대해서 관점이 다르고 느끼는 바가 서로 다르기에 항상 충돌을 예견하고 있지만 좀 더 가까이에서 바라보고 피부로 직접 느껴본다면 이해의 폭을 넓힐 수도 있으리라 생각한다. 잘 정돈되었던 가치가 어느 날 산산조각 부서지게 된다면 인생만큼이나 중요한 자기만의 가치에도 그 분야를 등지고 멀리 떠나버릴 수도 있는 것 아닌가 생각하게 된다. 어부사에 나오는 굴원도 그랬듯이 질투하는 사람들의 모함으로 조국을 떠나 방랑하는 자신의 신세를 돌아보면서도 자신의 소신이 옳았다는 것을 버리지 못합니다. 나도 그에 비교되지는 않지만 굴원의 그것처럼 혼란의 시간들을 보내야 했다.

어제는 갑자기 시작한 문인화 공모전 준비가 막바지에 있어서 동아리방에 나갔다. 일주일에 한두 번 동아리방에 공부하러 가는 날이기도 해서다.

먼저 나오신 분들과 평소처럼 인사를 나누고 내 자리에서 붓 말이를 풀었다.

물통과 접시를 준비하고 먹물을 조금 따랐다.

반지 화선지를 탁상위에 펼치고 말없이 첫 번째로 그어보는 것이 난(蘭)잎이다.

벌써 수년이 지났으므로 그래도 자신감이 조금 있는 것은 난을 치는 것일 게다.

난(蘭)을 치는 수준을 어느 정도 인정받아 매화 그리기에 돌입한 지도 벌써 한 해가 지나간 것 같은데 매화는 아직도 선생님의 마음에 안 들뿐더러 나도 계속 종이만 버리고 있다. 하지만 이 또한 과정이고 인내의 시간들일 것이다.

공모전이 시작되면 왠지 분위기가 평소와는 다르다는 느낌이 들기 때문에 대범하지 못함은 오랫동안 서예를 배우면서 그랬듯이 공모전작품을 준비하면서 느꼈던 조급함 때문이기도 했다.

작품 제출기한이 다가오면 초조함도 있고 더 잘해보려는 욕심도 생겨서 잘 안 되기 일쑤이다. 그래서 선생님도 대체로 한 달 전에는 공모전 작품을 마칠 수 있도록 지도해주신다. 그림은 좀 다르다. 평상시 연습처럼 그리고 그렸던 것 중에서 택일하기 때문이다. 동아리방에서는 이렇게 준비하는 것이 관행처럼 되어있었다. 다른 곳에서는 미리 체본을 받고 수없이 많은 연습과 노력을 통해서 마무리한 한 장의 작품을 골라 제출한다. 최소한 2개월 전부터 준비하여야 한 장 정도 나름 고를 수 있기 때문이다. 여기 화실에서는 그러한 과정을 거칠 수가 없다.

대체로 취미반이기 때문에 몰두해서 작품을 할 수 있는 환경이 되지 못한다. 그렇지만 괘념치 않고 모두가 정말 열심히 공모전 작품에 몰두하고 있다. 문인화동아리에서도 이번 공모전 제출자를 선정하고 작품을 준비해서 제출하도록 하였다. 이날 아침 나를 당황하게 한 일이 있었다.

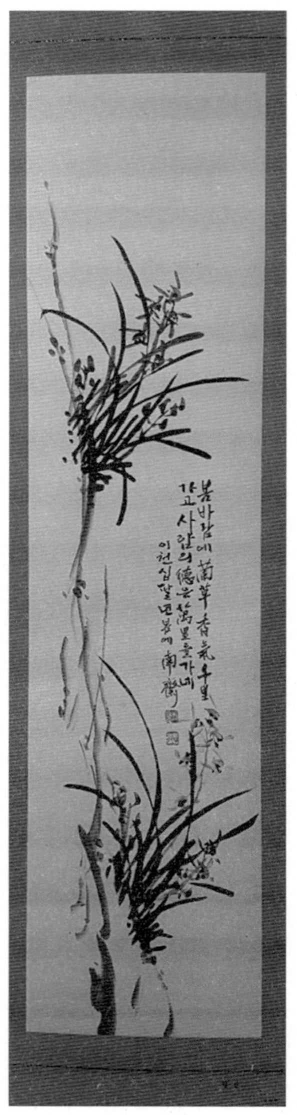

그동안 비슷한 사례들이 관행처럼 행해지는 일들이 있었으나 개의치 않았다. 늘 문화계의 묵시적인 관행처럼 있었기 때문이다. 내가 전부를 완성하지 않은 작품으로 제출해야 한다는 좀처럼 내가 나를 설득하지 못한 일이었기에 당황했지만 가끔은 선생님의 도움이 가미된다는 것으로 알고 어찌하여 공모전에 출품하기로 결정했다. 내 의지와는 달리 말이다. 시간이 지날수록 불편한 마음이 점점 무겁게 다가왔다.

그날 그 상황에서는 어쩔 줄 모르고 지도하는 대로 그렇게 해서 제출했다.

이유는 나중에 알게 되었지만 이번

공모전에서 우리 동아리방에서 좀 더 큰 상을 받기 위해서라는 것이다. 마음이 불편하고 오후 내내 찜찜한 이 기분은 무엇일까?

그 다음날 아침이 되어 관계자에게 전화를 했다. 구차한 변명 같지만 공부하는 과정에서 정의롭지 못한 일로 마음이 편치 않다고 했더니 관계자는 이러한 일이 관행이고 전통이니 이해해 달라고 했다. 나는 어떠한 이유에서라도 마음이 내키지 않았지만 동아리 공동체의 질서와 내부의 암묵적인 관행에 도전하기에도 용기가 나지 않았다.

지금껏 내가 좋아하는 일에 소신껏 임하고 바른 행실로 덕을 키우고 예로써 예능을 가까이 하고 싶었다. 실력이라야 별반 다를 게 없겠지만 어느 위치에 이르기까지는 반드시 세월을 녹여내야 하는 노력과 인내가 함께 할 때 결과로 보여 지는 것이라 믿었기에 단순간에 커다란 결과를 얻는 것은 아니라 생각했다. 내 자존심이 허락하지 않는 일에 부닥치니 수많은 갈등과 부끄러움으로 남는 것 같았다.

잘했던, 부족하던 더 많은 학습과 노

력을 통해 내가 준비한 만족한 작품으로 공모전에 내놓고 싶었는데...

지금껏 관행처럼 여겨지는 방법이 아니고선 절대로 특선 이상을 할 수 없었다. 난 그것을 잘 알고 있다. 10여 년을 서예공모전에 출품하면서 경험했던 일이기 때문이다. 하지만 단 한 번도 이의를 제기할 수 없었다. 개인이 조직을 거스를 수 없었던 것이고 문화계의 관행과 전통을 깨트릴 만한 힘이 없었던 것이다. 특정문하에서 선생님들의 권한과 기능은 상상을 초월하는 묵시적인 것이 있었다. 그런대로 문화계는 흔들림 없이 잘 존재해왔다. 어느 날 어떤 선생님과 이런 부분에 대해 상담했더니 이 분야에서 활동하려면 "그것도 배워야 할 한 부분이라오." 라고 말씀해주셨다. 어디 서실이나 화실뿐이겠는가? 더 넓게 다른 분야의 문화계의 관행과 전통도 잘은 모르지만 그러한 관행이 있다는 것쯤은 의심하게 된다.

난 그래서 그런 세파와 관행을 멀리하고 굴하지 않고 전혀 다른 길에서 공부했다. 그 힘들고 고민했던 시간들이 십수 년이다. 몇 번이고 그만 두고자 했으나 "절대 포기하지 말라."는 선배님의 말씀을 지키기 위함이기도 했다.

내가 굴원의 어부사(漁父詞)를 좀 더 일찍 읽고 지혜로움을 깨우쳤다면, 창랑의 물결에 발이라도 씻었을 텐데..

정직하고 착하게 살아보았자 남는 것은 하나도 없고 오히려 남을 속이고 잇속을 찾아 사는 간신배들이 더욱 출세하는 것을 보면 울화가 치밀 때가 많다. 나는 아무런 잘못이 없는데 주변의 참소와 질투로 인생의 고배를 마신 적도 있기 때문이다. 세상이 혼탁하든 깨끗하든 그것이 내 인생을 어떻게 하지 못한다. 그저 묵묵히 세상에 맞추어 살아가면 될 것이다.

거부할 수 없는 관행과 어지럽게도 또 다른 관행을 만들어가는 우리 주변의 작은 조직사회에서부터 혁신과 밝은 미래를 만들어가는 관행을 만들어야 한다. 예나 지금이나 다를 게 없다지만 요즘에는 이런 것을 적폐라고 하며 적폐청산을 이야기하는 것이다. 상식이 통하는 사회, 더불어 사는 공동체, 차별 없는 공정한 플레이, 질서가 지켜지는 배려하는 세상을 소망하게 된다.

굴원은 추방당해 강가에서 노닐며

못가에서 노래를 불렀다.

안색은 초췌하고 모습은 수척했다. 어부가 보고 묻기를...

"그대는 삼려대부가 아니십니까? 어찌하여 여기에 오시게 되셨습니까?"

굴원이 말하길, "온 세상이 다 혼탁하고 저 혼자만 깨끗합니다. 사람들 모두 취해있으나 저 홀로 깨어있습니다. 그래서 쫓겨났습니다."

어부가 말하기를, "성인은 사물에 얽매이지 않고 세상에 따라 변할 수 있습니다. 세상 사람이 모두 혼탁하다면 어찌 진흙을 휘저어 물결을 일으키지 않습니까?"

"사람들이 모두 취해있으면 어찌 술지게미를 먹고 거른 묽은 술을 들이마시지 않습니까? 어찌하여 깊이 생각하고 고상하게 행동하시어 자신을 쫓겨나게 하십니까?"

굴원이 말하길,

"내 듣기로 새로 머리를 감은 자는 반드시 갓을 털고, 새로 목욕을 한 사람은 반드시 옷을 턴다 합니다. 어찌 깨끗한 몸으로 사물의 더러움을 입을 수 있습니까?"

"차라리 상강물에 뛰어들어 물고기 뱃속에 묻히겠습니다.

어찌 고결한 몸에 세속의 먼지를 묻힐 수 있겠습니까?"

어부는 살짝 미소를 짓고 노를 저어가며 노래하길,

"창랑의 물이 맑으면 내 갓끈을 씻을 수 있고, 창랑의 물이 더러우면 내 발을 씻을 수 있네."

어부는 물러가고 더는 말을 같이하지 않았다.

하루하루 정말 정신없이 살아가는 우리들의 일상입니다. 혹시라도 세상 살다 힘들고 험한 일 당하시거나 마음 상한 일 만나시거든 이 어부사 한 번 읽어보십시오. 조금은 위로와 안심이 될 것입니다.

義를 접어두고 利만 쫓는 요즈음 문화계와 정치인들, 그리고 소수집단들 등등. 이리 옮기고 저리 옮기고, 이 뜻 바뀌고 저 뜻 바뀌고 어찌해서 그럽니까? 하고 묻는다면

그 옛날 漁父는 이리 말하겠죠.

"그야 큰 세력에 그냥 휩쓸려 가는 거야. 그래야 그대 一身이 편안해...."

굴원의 굳은 지조가 그리운 오늘날입니다. 정치인들 대다수가 선비였고 詩人이고 文學人이었던 그 옛날이 부럽고 그립습니다.

섬기는 리더에게서 답을 찾다.

아침이 밝아오면 아직 덜 깬 잠에서도 일터로 향하는 분주함은 시작된다. 그리고 해질 무렵이면 피곤한 육체와 영혼을 이끌고 집으로 돌아온다. 대부분의 직장인들은 개인생활이 아닌 직장생활에 인생의 대부분을 보내게 된다.

직장은 이들에게 삶의 터전인 동시에 한 인간으로서 자신의 가능성과 잠재적 성장통을 실현하는 곳이기도 하다. 그렇다면 사람들은 어떠한 자세로 목숨을 지키기 위한 생존경쟁의 전장 같은 직장으로 향하고 있는가? 그들은 일터에서 직장상사와 경쟁 동료 간에는 물론 경영진에 대한 신뢰를 가지고 일하는가? 일과 조직에 대한 자부심은 가지고 있는가? 개인의 성취와 미래에 대한 기대감을 안고 설레는 마음으로 일터를 향하고 있는가? 이렇게 사람들의 심정을 헤아려본다.

신뢰는 경쟁력의 원천이며 보이지 않는 자산이라고 했다.

조직 안에는 다양한 구성원들로 채워진다. 하지만 조직 안에서는 알게 모르게 상사로부터 평가를 받게 되고 동료 간의 경쟁이라는 생존 질서 속에서 비교되고 순위가 정해지게 된다. 조직이 탄탄하게 구성되려면 구성원 간에 신뢰가 높은 수준으로 축적되어야 한다. 신뢰는 한 기업이 생존하고 번영하기 위한 가장 강력한 에너지일 것이다. 그렇다면 조직 내 서번트 리더십을 어떻게 사용하고 그 안에 어떤 비밀이 담겨져 있을까?

무엇보다 구성원들과의 관계를 소홀히 하면서 훌륭한 리더로 성장한 사람은 한 명도 없을 것이다. 건강한 사회, 건강한 직장은 무엇보다 신뢰를 최우선으로 한다. 좋은 회사, 훌륭한 회사란 다수의 구성원이 상사와 경영진을 전적으로 신뢰하고 자신의 일에 자부심을 느끼고 함께 일하는 동료들과 재미를 느낄 수 있는 곳이다.

서번트 리더십의 창시자 로버트 그린리프는 임파워먼트(조직원들에게 자신이 조직을 위해서 많은 주요한 일을 할 수 있는 권력, 힘, 능력 등을 갖고 있다는 확신을 심어주는 과정이다.)운동의 주창자로도 널리 알려져 있다. 그린리프는 리더의 서비스 정신을 강조하였다. 그는 조직원들이 창의적이고 도전정신을 가지고 일할 수 있는 환경이 조성되어야 하고 책임 있는 구성원들이 조직에 대한 충성도를 더욱 높일 수 있다고 보았다.

그렇다면 서번트 리더십의 특성을 알아보자.

전통적인 리더는 자기존재를 다른 사람을 이끌어 목적을 달성하는 사람으로 인식했다. 그러나 서번트 리더의 경우 자신의 존재를 다른 사람을 이끄는 사람이 아니라 조직원들이 하는 일을 제대로 할 수 있도록 서비스를 제공하거나 지원하는 사람으로 인식한다.

이야기를 하나 소개해보겠다.

헤르만 헤세의 소설 "동방으로의 여행"은 여러 사람이 동방국가를 찾아 함께 여행을 떠나는 순례자들에 관한 이야기이다. 그중 유독 레오라는 사람이 부각되는데 그는 다정다감하고 겸손하며 항상 뒤로 물러나서 봉사할 준비를 하고 있는 서번트(하인)였다. 레오는 여행을 떠나는 날부터 일행들의 뒷수발을 들며 모든 잡다한 허드렛일을 담당하기를 자처했다. 한 마디 불평이나 불미스러운 일은 없었다. 레오 덕분에 다른 사람들은 여행하는 동안 내내 편안하게 보낼 수 있었다. 그렇게 여행하던 중 레오가 갑자기 없어져 버렸다. 단 한 사람이 빠진 여행이었지만 일행들은 질서가 무너지고 오합지졸이 되어 여행자체를 계속할 수 없을 지경에 이르렀다. 섬기는 일꾼이었던 레오가 없어지고 나서야 레오의 소중함을 깨닫게 되었다. 소설에서 레오가 "오래 살고자 하면 봉사를 해야만 한다. 지배하고자 하면 자신의 욕망을 다스리지 못하기 때문에 오래 살지 못한다."라고 말하면서 서번트 정신이 사람의 삶을 풍요롭게 한다는 점을 지적한다. 수년이 지난 어느 날 일행 중 한명이었던 사람이 우연히 레오를 만나게 되어 반갑게 인사하고 그때 여행담을 이야기하게 되었다. 알고 보니 그 여행을 후원했던 교단의 책임자가 바로 레오였다. 그는 정신적인 지도자요, 섬기는 리더로서 많은 사람들에게 본을 보였던 것이다.

헤르만 헤세의 삶과 작품 속에서 이시대가 갈망하는 진정한 리더상을 발견할 수 있다. 그의 인간에 대한 깊은 통찰력은 자전적인 소설형태로 표출되었다. "동방으로의 여행"이라는 소설을 통해

서번트 정신을 바탕으로 한 새로운 리더십개념을 정리하였기에 거론하게 된다.

섬기는 리더, 이말 자체가 역설적이다. 리더라는 의미가 앞에서 끌어가는 역할자를 의미하는데 섬긴다는 것은 맨 뒤에서, 맨 밑에서 구성원들을 받들어 모신다는 의미가 담겨있다. 즉 섬기는 리더가 존중받고 각광을 받는 것은 그동안 권위를 중시했던 리더십에 문제가 있었다는 반증이다.

서번트 리더는 우선 자신을 서번트로 인식해야 한다. 즉 자신은 리더이기 전에 서번트라는 생각을 가지고 있어야 한다.

직장에서는 대부분의 관리자나 임원은 자신이 관리자 또는 임원이기에 어떤 리더십을 발휘할까 고민한다. 그러나 서번트 리더는 먼저 자신이 부하들에게 어떻게 봉사하고 헌신해야만 자신이 일시적으로 맡고 있는 리더의 직분을 다할 수 있는지를 생각한다.

이 땅의 가장 낮은 자로 오셔서 스스로를 죗값으로 버려서 죽으시고 부활하신 예수 그리스도의 섬기는 리더십은 오늘날에도 많은 조직에서 본보기가 되고 있다. 예수님께서는 스스로 무릎을 꿇어 진정 섬기는 자세로 제자들의 가장 더러운 발을 손수 씻기까지 서번트 리더로서 본을 보이셨다.

언젠가 우리 회사에 새로운 사장님이 부임하셨을 때 일이다. 대회의실에서 취임사을 대신하여 전국의 대표사원들의 발을 씻겨준 일이 있다. 손수 재킷을 벗어두고 수건을 목에 두르고 대야에 물을 담아 와서 대표사원 7명의 발을 차례로 씻어주고 수건으로 닦아주심으로 조직에 대한 경영자로서의 이야기하고자 하는 모든 것을 대신하였다. 벌써 오래된 기억지지만 참 좋은 사장님이었던 같다. 그랬던 분도 때로는 좀 다른 생각이 들 때도 있었지만은…

즉 서번트 리더는 부하가 자신의 일에서 성공하고 성장할 수 있도록 섬겨야 하는 대상이다. 그렇기 때문에 서번트 리더는 구성원들이 자신의 일에서 자부심을 느끼고 성장해갈 수 있도록 지원과 코칭을 강화해야 한다.

또한 서번트 리더에게 가장 중요한 덕목은 신뢰이다. 서번트 리더는 자신이 섬기고 봉사하고 기여하는 구성원들로부터의 신뢰를 최우선으로 생각하여야 한다. 그러므로 신뢰를 받느냐 받지 못하느냐는 가장 중요한 일이다. 결국 서번트 리더가 구성원들로부터 신뢰를 받으려하면 무엇보다도 구성원들이 편안하게 리더를 대하고 또 자유롭게 일할 수 있는 환경을 조성해주어야 한다.

지시와 통제의 틀을 벗어나지 못하는 관리자와 함께 일하기보다는 구성원들의 도전과 열정으로 가슴이 뜨거워질 수 있는 서번트 리더와 일하고 싶다.

나 또한 관리자이기에 진정한 서번트 리더로서 가치를 위해 진실성을 매일 체크해 본다.

*나는 나 자신에 대해 잘 알고 있는가?

*나는 부하직원들의 노력에 감사를 표하는가?

*나는 공동체의 공유가치를 지키는가?

*나는 부하들의 능력을 육성하는가?

*나는 다른 사람을 서빙하는가?

*나는 리더로써 꿈을 가지고 있는가?

❦

직장인을 괴롭히는 증후군들

누구에게나 하루 24시간은 똑같이 주어진다. 그 시간을 사람들은 각자의 기준과 정서에 맞추어 활용한다. 우리 직장인에게도 하루 24시간이 주어지는데 최소 8시간은 회사를 위해 일하는 근무 시간이다. 이렇게 주 40시간을 근무하는데 어떤 이는 짧다고도 하고 어떤 이는 너무 길다고 시간 때우기에 급급하기도 하다.

2018년 7월부터 "주 52시간 근무"가 시행된다. 우리나라는 OECD 국가 중 근로시간이 2.124시간(1년)으로 가장 길다고 한다. 가장 짧은 근로시간을 기록한 독일의 1,361시간(1년)과 비교하면 연 753시간을 더 일하고 있으며, OECD 국가 평균보다도 무려 354시간을 더 일하고 있다고 한다.

이러한 장시간 근로 관행을 깨트리기 위해 주 52시간 근무로 근로기준법을 변경하기로 결정되었다.

시간을 알차게 보내는 사람과 그렇지 못한 사람은 삶의 방식부터 다르다. 성공한 사람들의 습관에서 분석하여 볼 때 그들에게서 공통적으로 나타나는 특징이 하나 있다. 그것은 시간 관리에 철저

했다는 것이다. 우리나라의 대표적인 기업인으로서 현대 신화를 이끌었던 정주영 회장의 이야기는 이미 유명한 일화이다. 그는 전날 어떠한 일이 있었어도 다음날 새벽 3시에 일어나 아침의식을 마친 후 왜 해가 빨리 뜨지 않느냐며 재촉했다고 한다. 새벽 5시에는 이미 사옥에 출근하여 하루 일정을 미리 검토하며 시간을 늘렸다고 한다. 인상주의 작가로 유명한 화가 피카소는 사소한 일에 시간을 낭비하는 것이 아까워 집안에 물건이 가득 찰 때까지 내버려두었다가 더 이상 몸 둘 곳이 없어져야 비로소 다른 집으로 이사를 했다고 한다.

이들이 그토록 시간을 아끼며 생활했던 이유는 무엇일까? 순간 순간 자신이 하고 있는 일에 충실할 때마다 솟아오르는 열정이 그 이유이고 그 열정이 자신이 지향하는 목적하는 곳에 이르게 한다는 깨달았기 때문일 것이다.

그런데 시간과의 복잡 미묘한 관계에 있으며 시간에 매몰되어 있는 직장인들에게는 남다른 몇 가지 증후군으로 힘들어 하고 있다. 심한 경우에는 극단적인 행동을 보이기도 한다.

이 또한 시간을 지배하지 못하고 시간에 지배되어 자기 존재의 가치를 상실해버리기 때문이다.

보통 직장인들은 조직 내에서 상호경쟁으로 인해 만성피로, 두통, 소화불량 증상을 겪기도 하고 모든 것을 손에서 놓아버리는 〈번 아웃 증후군〉에 시달리기도 한다. 〈번 아웃 증후군〉은 한 가지 일에만 몰두하던 사람이 신체적, 정신적인 극도의 피로감으로 인해 무기력증, 자기혐오, 직무 거부 등에 빠지는 증상이다.

일에 매달려 자신의 삶보다 직장이 우선이고, 일을 중시하는 직장인들에게 나타나는 〈과잉적응 증후군〉은 고독으로 이어질 수 있다. 일 중독증, 즉 워커홀릭이라고도 불리는 이 증후군에 빠지면 가족이나 고향 친구보다 직장에서의 인간관계를 중시하고 집안 행사도 자신이 하는 일에 방해가 될 것 같아 귀찮아한다. 자신과 가족의 욕구를 제쳐둔 채 가정보다 일을 우선시하는 것이다. 이들에게 직장이나 일이 사라진 순간 몰려올 공허감은 상상 이상이다. 매순간 제대로 돌보지 못한 가정이나 인간관계의 틈을 메우려면 더 많은 시간이 필요하다.

또한 의지와 상관없이 워커홀릭이 되는 현상으로 슈퍼직장인 증후군이 있다. 과잉적응 증후군과 달리 마음속에 있는 불안과 공포 때문에 일에 더 신경 쓰는 경우다. 이들은 누군가 자신의 자리를 위협할 것 같은 불안감으로 일을 붙들고 있기 때문에 스스로 만족하지 못하는 경우가 많다.

경쟁에서 밀려나지 않으려 많은 일을 떠안는 사람들에게는 신체적인 증상까지 나타날 수 있다. 만성피로 증후군이다. 충분한 휴식을 취하여도 늘 피로하고, 일할 때 두통이나 통증도 자주 생기고, 업무 집중력도 떨어지게 되는 것이다.

우리 직장인 대부분은 자신의 삶보다 직장이 우선이고 일을 중시하는 사람들에게 나타나는 〈과잉적응 증후군〉의 결과가 고독으로 이어질 수 있다.

서비스직에 종사하는 사람들은 〈스마일마스크 증후군〉을 겪는

다. "웃는 얼굴 뒤에 숨겨진 우울증"이라는 의미를 가진 이 증후군은 우울증을 숨기고 웃을 수밖에 없는 직업을 가진 사람들에게 발생한다.

늘 고객을 상대하는 직업의 특성상 어떤 고객이든 무슨 상황이든 웃어야 하지만 마음속 온갖 감정을 억누르기 때문에 우울증이 생기는 것이다. 이 증후군이 심해지면 자살을 시도하게 될 수도 있고, 그대로 방치하면 〈정신가출 증후군〉이라는 새로운 증후군을 얻을 수도 있다. 회사도 집도 다 팽개치고 어디론가 사라지고 싶다는 충동이 계속되는 것이다.

직장인들의 건강관련 자료에 따르면 만성피로 증후군은 극심한 피로나 수면 장애, 두통, 각종 통증, 집중력 및 기억력 감퇴, 소화 장애 등이 6개월 이상 지속되는 상태를 말한다.

입사 초년에 있는 직장인들이 겪는 증후군으로는 〈파랑새 증후군〉이 대표적이다. 한 직장에 안주하지 못하고 여기저기 옮겨 다니는 직장인을 가리키는 말로 많이 사용되는데, 현재의 모습에 만족하지 못하고 미래에 더 나은 삶을 살 것이라는 허황된 꿈을 꾸는 현상을 말한다.

이런 이들은 자신의 강점을 활용해 일에 대한 재미를 찾고, 목표를 공유하고 성장을 자극해줄 사람을 찾으며, 직장에서 즐겁게 어울릴 수 있는 동료와 함께 시간을 보내는 것이다.

직장인이 겪게 되는 각종 증후군들은 바쁜 사회 속에 적응하면서 나타나게 된 〈마음의 병〉이다. 동일한 시간이 주어지고 동일한 조건에서 남에게 뒤처지면 안 된다는 강박관념과 조금 다른 삶을

살게 되면 패배자가 될 것이라는 공포가 계속 사람들을 떠밀고 있다. 〈출처-과학향기〉

오늘이라는 날은 다시 오지 않는다.

"시간의 참된 가치를 알고 그것을 붙잡아 억류하라."는 영국의 정치가 체스터필드의 말을 기억하자. 지금 이 순간 우리가 보내고 있는 8시간 역시 다시 오지 않는다.

직장인에게 주어진 하루 8시간은 하루의 일부분이다. 모든 것을 8시간 안에서 담아내려하니 각종 증후군에 시달리게 된다.

생각을 바꿔라, 시간을 늘려라, 직장인에게 하루는 결국 나에게 주어진 하루의 1/3에 불과하지 않는다. 2/3는 각종 증후군을 날려버리는데 사용하자. 어쩌면 갇혀버린 이 시간들에 의해 직장인들의 인생 전체에 커다란 반향을 일으키는 것은 아닐까?

타임머신을 탈 수만 있다면

아침부터 가을비가 내린다. 밤사이 조금씩 내리기 시작하더니 아침까지 내린다.

가을아침 누렇게 익어가는 황금 들녘을 지나 달리다 보면 마음이 센티멘털해진다. "비가 오면 생각나는 그 사람~ 언제나 말이 없던 그 사람~"나도 몰래 흥얼거린다. 비가 오면 나도 모르게 누군가가 그리워지나 보다.

가을비는 많은 사연과 추억을 담아오는 것 같다. 길가에는 코스모스가 한들한들 피어 있고 코스모스가 따가운 햇볕을 피해 고개를 돌리고 허수아비 두 팔 벌려 휘이 휘이 참새를 쫓는데 고추잠자리는 아랑곳하지 않고 허수아비 모자에 앉았다 또 날아간다. 수숫대 모가지는 무게를 이기지 못해 고개를 숙이고 파란 하늘은 뭉게구름을 실어 나른다. 아름다운 풍경과 풍요로움이 있는 이 가을, 곳곳에서는 가을 축제가 현수막에 소개되어 걸려있다. 어느새 붉게 익어가는 대추며, 오므린 입술모양 익어가는 꽃인 듯, 과일인 듯 무화과가 맨드라미와 뒤안 언덕에서 유혹한다.

만약에 타임머신을 탈 수만 있다면 나는 아마도 과거의 시대를 찾아갈 것이다.

옛 선비들의 문학과 사랑이 더없이 감성적이고 서두르지 않고 자연을 벗 삼아 쾌락을 탐닉하니 그 아름다움은 또 하나의 그리움이다.

그들은 세월은 빠르고 인생은 덧없는 것이라며 인생을 즐겁게 살아가자고 권유하는 노래를 시로 표현하며 여유를 즐겼다. 또한 독창적인 자연관을 통해 자신의 솔직한 감정을 표현하였다는 점에서 좀 더 그들 곁에 다가가고 싶은 것이다.

오늘 아침에는 그토록 아름답고 시와 문장과 절제의 덕을 지키며 후세에 이름을 알려준 황진이의 사랑에 대해 사색해본다.

청산리 벽계수야(황진이)의 작품을 떠올려보면 그녀는 당대의 사대부들의 관념적 사고에서 벗어나 자유롭고 과감한 표현으로 사랑과 깊은 감성을 대담하게 표현하고 있어 더 매력적이다.

청산리(靑山裏) 벽계수(碧溪水)야 수이 감을 자랑마라.
일도창해(一到滄海)하면 돌아오기 어려우니.
명월(明月)이 만공산(滿空山)하니 쉬어 간들 어떠리.
(청산 속에 흐르는 푸른 시냇물아, 빨리 흘러간다고 자랑마라.

한 번 넓은 바다에 다다르면 다시 청산으로 돌아오기 어려우니

밝은 달이 산에 가득 차 있는, 이 좋은 밤에 나와 같이 쉬어감이 어떠냐?)

왕족 벽계수가 뭇 남성들이 황진이에게 반한다는 말을 듣고 자

기는 그렇지 않으리라 장담하였다. 황진이가 이 말을 듣고 그를 유인해보려고 사람을 시켜 송도에 구경 오게 하였다. 벽계수가 나귀를 타고 만월대에 이르자 황진이가 곱게 단장하고 나타나 나귀고삐를 잡고 이 노래를 부르니 웬 선녀인가 하여 저도 모르게 나귀에서 내렸다 한다. 황진이는 그만큼 봉건적 윤리의 질곡 속에서 벗어나 자유롭게 살기를 원하였다

이 시조에서 보여주는 것은 자연을 이해하고 벗하며 문학적 감각과 시대적 감회와 애정을 느끼게 하는데 있다.

가령, '벽계수'와 '명월'을 말 그대로의 뜻에 따라 '푸른 물', '밝은 달'로 보더라도 거기에는 벌써 범상(凡常)을 넘어 자연을 어떤 이치(理致)로 보고자 한 데가 있어 놀랍거니와 사람 '벽계수'와 기녀(妓女) 명월(明月)로 풀더라도 그 뜻에 함축미가 있어서 좋다.

황진이는 인생이란, 한 번 죽어지면 다시 되살아오기 어려움은 천리(天理)요, 인력(人力)으로는 어찌할 수 없는 것이매, 한가롭게 쉬었다가 떠나보내는 여유를 가져보라고 유혹한 것이다. 과연 기록에도 벽계수가 이 노래를 듣고, 노새의 등에서 떨어져 웃음거리가 되었다고 했으니, 가히 알 만하다.

이처럼 오랜 시간이 지났어도 사대부들과 여인들의 사랑과 그리움은 솔직하면서도 직접적이지 않아 감성에 젖게 하고 깊은 상념에 빠지게 하는 매력이 있다.

천하의 명사들을 유혹해 품안에 녹여보겠다고 다짐한 황진이가 화담을 가만두겠는가? 그녀는 서경덕 선생을 점찍은 다음부터 욕

망의 불길이 타오르기 시작했다. 시정 잡사를 멀리하고 오로지 초당에 기거하며 학문에 정열을 불태우는 화담 선생, 만인의 존경을 받는 대학자를 반드시 자신의 미모로 유혹해 그의 고매한 인격과 높은 학문을 일시에 땅에 떨어뜨려보겠다는 일종의 오기가 충만해있었다. 그러나 화담을 처음 만나는 순간부터 상황은 달랐다.

지족선사는 황진이의 미모에 너무 당황해 황진이의 얼굴을 똑바로 쳐다보지도 못했는데, 화담은 달랐다.

황진이가 큰절을 올리자 편히 앉으라며 대수롭지 않게 생각했다. 황진이의 미모 따위엔 전혀 무덤덤한 표정이었다.

"그래, 어쩐 일로 날 만나러 왔소?"

"일찍이 선생님의 고매하신 인격과 높은 학문의 경지를 들었사옵니다.

미천한 제가 선생님의 고매한 정신을 배우기 위해 이렇게 불쑥 찾아뵙게 되었나이다."

황진이는 주야로 스승과 글을 읽으면서 화담을 유혹할 기회만을 노리고 있었다. 밤이면 술과 춤으로 화담 선생을 유혹하려 했으나, 화담은 황진이를 그저 귀여운 어린아이 정도로만 여겼다. 황진이는 오기가 발동해 며칠 동안 화담을 유혹했지만 화담 선생은 전혀 그런 것과는 무관한 표정이었다.

하지만 화담의 마음에도 진이를 그리워하고 사모하는 마음이 생겨났음을 어찌 알겠는가? 진이가 찾아오는 날이 뜸해지던 어느 날 화담은 진이를 기다리는 마음을 이렇게 표현했다고 한다.

마음이 어린 후니 하는 일이 다 어리다.

만중운산(萬重雲山)에 어느 임 오리마는

지는 잎 부는 바람에 행여 긴가 하노라.

(마음이 어리석으니 하는 일마다 모두 어리석도다.

겹겹이 구름 낀 산중이니 임이 올 리 없건만,

떨어지는 잎과 부는 바람 소리에도 행여나 임이 아닌가 하노라.)

송도삼절의 두 인물간의 일화는 야사로도 전해지고 있어서 소개해본다.

전혀 흐트러짐 없고 흔들리지 않는 화담에게 황진이는 생각하다 못해 마지막으로 육탄공세를 취하기로 하였다.

비가 부슬부슬 내리는 어느 날, 초저녁부터 황진이는 비를 맞고 돌아다녔다.

탄력 있는 유방, 가는 허리, 물기를 머금은 그 자태는 한 마리의 학을 연상시켰다. 황진이는 온갖 교태를 다 보이며 드러난 물기어린 몸으로 화담의 방에 들어가서 이불도 덮지 않고 하얀 속살이 나오게 하고 잠이 든 척하고 누워 있었다.

잠시 후 화담이 이를 보고는

"허허, 이런. 온몸이 비에 젖었구려, 이러다가 감기 들겠구려. 잠버릇 하나 고약 하군."하면서

화담은 알몸인 듯한 그녀에게 이불을 덮어주고는 아무 일 없었다는 듯 책을 읽고 있었다.

밤은 깊어가고 화담도 졸음을 어찌 할 수 없어 황진이와 조금 떨어진 곳에서 코를 골며 이내 잠이 들었다.

새벽이 가까이와도 화담은 진이 곁에 오지 않고 깊은 잠에 들었다.

참다못해 황진이가 손으로 살며시 서경덕의 거시기를 만져보니 놀랍게도 화를 잔뜩 낸 놈이 분기탱천하여 열을 내고 버티고 서 있는 것이 아니겠는가?

남자에게 취할 수 있는 모든 방법을 다 동원했음에도 불구하고 대수롭지 않은 듯 잠이 든 화담의 모습을 보면서 황진이는 혹 고자가 아닐까도 생각하며 많은 것을 생각하지 않을 수 없었다.

황진이는 화담에게 존경의 마음을 가질 수밖에 없었다. 이튿날 그녀는 마른 옷매무새를 가다듬어 챙겨 입고는 화담에게 큰절을 올렸다. 화담은 진이에게

"밤새 잘 잤느냐? 너무 고단히 자는 것 같아서 깨우지 않았다" 하였다.

아침이 되어 조반상을 마주하고 황진이가 은근히 서경덕에게 물었습니다.

"선생님, 어제 저녁에 하도 조용하여 제가 선생님의 거시기를 만져보니 그 꿋꿋하기가 마치 강철과 같았사옵니다.

어찌하여 참고 그대로 계셨는지요?"

서경덕이 대답하기를

"나는 이미 진이 너를 마음속으로 들어가 사랑했는데 어디를 더 들어간단 말이냐."며 무심한 듯 조반을 드시고 계셨다.

진이는 선생님의 고매하심에 무릎을 꿇은 채 이렇게 말했다.

"선생님, 송도의 삼절을 아시는지요?"

"송도삼절(松都三絶)? 글쎄, 그게 무슨 뜻인고?"

"송도에 삼절이 있사온데, 그 하나는 박연폭포이고, 또 하나는 황진이옵고, 남은 하나는 화담인가 하옵니다."

화담은 대답 대신 미소를 머금고는 황진이를 물끄러미 바라보았다.

자연에서는 박연폭포이고, 여자세계에서는 자신이며, 남자세계에서는 화담이란 말이었다. 송도에서 가장 으뜸이라는 그녀의 말처럼 황진이는 문장의 대가들과 시를 지으면서도 절대로 뒤떨어지는 법이 없었다고 전한다. 〈인용-블로그〉

송도3절(서경덕, 박연폭포, 황진이)로도 유명한 서경덕은 고매한 인품과 절개를 지녔다고 한다. 그런 그를 유혹하는 황진이는 뛰어난 끼와 미모로 두 사람의 관계에서도 가슴 설레게 하는 선비와 기생의 사랑 놀음이 이 가을 빗줄기에 더욱 깊은 상상을 하게 된다.

황진이가 서화담에게 추파를 던지며 그를 유혹하였으나 끝내 곁을 내주지 않았던 서경덕에 대한 황진이의 시조는 지금 이 순간에도 뭇 사내들의 마음을 희롱하고 있는 듯하다.

산(山)은 옛 산(山)이로되 물은 옛 물 아니로다.

주야(晝夜)에 흐르니 옛 물이 있을 손가

인걸(人傑)도 물과 같도다. 가고 아니 오노 매라.

(산은 옛날 그대로의 산이지만, 물은 옛날 그대로의 물이 아니로다. 밤낮으로 흘러

가고 있으니, 옛날 물이 남아있을쏘냐? 뛰어난 사람도 물과 같아, 한 번 가면 다시는 돌아오지 않는구나.)

자연은 옛 그대로이나 자기와 사랑하던 임, 서경덕은 물과 같이 흘러갔으니

뇌리에 스치는 허전한 마음은 형언할 수조차 없다.

스승처럼 애인처럼 흠모해 오던 서화담을 다시는 만날 수 없게 되었다고 생각하니 가슴이 메어지고 설움이 밀려와 지은 시조 "산은 옛 산이로되." 이다.

황진이가 당대의 내로라하는 뭇 남성들의 치근덕거림을 멀리하고 절개 있고 품격 있는 여인으로서 아름다움을 지켜 준 것은 오늘날 성적으로 문란하고 절제되지 못한 이들에게 많은 교훈으로 남는다. 황진이도 여자였기에 남성들의 애정공세가 싫기만 했을까 만은 남성들만의 전유물처럼 여겨졌던 그 시대를 넘어 당당하고 끼 넘치는 지조 있는 여인의 절개는 아름다운 시로 오늘날에도 회자되고 있다.

가을비가 추적추적 내리는 오늘 같은 날에는 타임머신을 타고 고매한 선비가 되어 산수가 아름다운 정자에 들어 멋진 여인 황진이를 마주하여 기름진 안주에 오래된 약주 한 상을 사이에 두고 시와 자연을 풍미해 봄이 최고의 즐거움이 아닐까.

지워지지 않는 흉터

아직 여름의 끝자락이라 햇볕은 따갑게 내리쬐고 더위만큼이나 일에 대해 땀깨나 흘리게 되었다. 내가 가장 힘들고 어려운 시간을 보내고 있을 때 큰아버지께서 나를 이곳에서 일해보라고 보내셨다. 처음 나에게 업무적으로 도움을 준 사람이 김진수 소장님이다. 같은 회사는 아니지만 같은 사무실 한켠을 사용했기 때문에 자연스럽게 알아가게 되었다. 생소한 새로운 일이었기에 무엇보다 열심히 익히고 습득해야 할 일들이 많았다. 대체로 전문적인 분야이기에 특별한 공부도 필요했다.

처음에는 "네가 뭘 알겠니. 낙하산타고 내려와서 어디 한 번 해봐라."였다. 현실은 그랬다. 나보다 나이가 훨씬 많은 분들이라 아저씨뻘이었다. 그들에게 다가가기가 그리 녹녹하지 않았지만 사람은 마음으로 다가서는 것이라 믿었기에 직원들은 조금씩 마음을 열어 받아주셨다. 나중 내가 다른 지역으로 발령 받았을 때는 본사에 전화해서 "왜, 우리 소장님을 발령했느냐."고 따져 묻던 직원분도 계셨다. 그렇게 정 많고 따뜻했던 분들이셨다. 직원들은 본사에서 이루어지는 일들에 대한 관심이 많았고 어떤 때는 지시하는 일에 부당함도 서슴없이 지적하고 항의하기도 했다. 이 럴 때마다 직원들을 설득하고 노력해나갔다.

나는 직원들의 입장에서 회사에서 잘못하고 있는 부분에 대해 과감하게 문제 제기하기도 했다. 그럴 때마다 돌아오는 평가는 "너는 잘못됐다."는 것이었다. 나는 지금도 왜 그런 일들이 잘못 되었는가 이해를 할 수 없다. 이때는 갑질이라는 것이 존재한다는 사실을 몰랐던 것이다. 나는 지금도 갑질의 본질은 잘 모르지만 잘못됐다고 강하게 신념하고 있다.

나는 경영학을 공부하지도 않았고 노동운동에 참여한 경력도 없다. 다만 우리 직원들의 땀 흘려 일한 근로의 가치를 존중했고 부당함에는 상대를 무론하고 바로 잡기위한 노력을 게으르지 않 았다. 다만 열정만큼은 남달랐다고 자부한다. 주변에서 흔히들 보 잘 것 없는 자리에 연연해서 각종 부적절한 일을 자행하고 스스로 부정한 일에 빠져들어 고난당하는 행태들을 몇몇 보아왔다. 처음 에는 본사 사장님과 인척간이라고 해서 다른 소장님들에게 남다 른 대우도 받았지만 또 다른 면에서는 소외되기도 했다. 내가 뭘 몰랐다. 왜 그렇게 나의 제안과 건의는 묵살되었는지…나는 정이 있는 직장, 재미있는 일터, 일 잘하는 사람도 조금 못하는 사람도, 문제만 늘 만드는 사람도 다함께 더불어 살아가는 조직이어야 한 다는 생각에는 변함이 없다. 나는 가끔 돌담에 비해 이야기할 때 가 있다. 돌담은 하나도 똑같은 모양의 돌이 없다. 그 돌들이 모여서 각기 위치에 잘 맞물려 있을 때 아름답고 튼튼한 돌담이 되는 것이다. 어떠한 강한 바람에도 인위적인 힘에도 쉽게 무너지지 않는 다는 진리를 거기에서 배운다. 나는 내 위치에서 현장소장으로서 최선을 다했다. 윗선에 아부하지 않았고 오롯이 직원들과 소통하며 재미있는 일터를 만들어 가는데 온 열정을 쏟았다. 나의 체면 따위는 직원들을 위해서는 아무렇지도 않았다.

　가끔은 저녁에 일찍 퇴근하는 날이면 양파와인을 한 잔씩 한다. 오래전부터 내가 느끼기로 심장이 불규칙하게 뛰는 일이 생겼다. 혈관 이상을 예방하는 차원이기도 하지만 10여 년 전에 큰 충격을 받은 후로 몸에 이상이 생겼다. 갑자기 잠을 잘 수가 없도록 불안감과 불규칙한 맥박은 죽을 것 같은 심한 고통으로 다가왔고 응급실을 찾아 심전도를 하는 등 정밀검사를 받았다. 특별한 병명은 나오지 않았으나 내과의원을 개원하고 있는 조카사위가 우선 안정제 처방을 하도록 하여 일단은 고비를 넘길 수 있었다. 우리 조카사위인 소원장께 항상 감사한다. 가끔씩 이런 증상이 나타날 때면 조카에게 처방을 받아 약을 먹으면 괜찮아 진다. 그 이후 대학병원과 종합병원을 찾아 혈관과 심장 정밀 검사를 받았으나 이상이 없다는 교수님의 이야기다. 다 마음에서 생긴 불안감과 긴장 때문이라는 것이다. 그런 증상으로 죽지 않으니 마음을 편하게 하고 살아가라고 한다.
　어찌 사람이 마음 편히 살고 싶지 않은 사람이 있겠는가?
　이런 증상이 처음 생긴 것은 내가 전북총괄소장 겸 익산사업소장으로 발령받고 2년쯤 지나서였을 것이다. 문제가 많은 사업소였고 직원들도 54명이나 되는 곳으로 다양한 구성원들로 조직의 안정이 필요했던 터라 본사에서 나를 승진 발령하여 보냈던 것이다. 개인면담도 하고 소그룹미팅도 하면서 한 사람씩 알아가기 시작 했다. 나의 장점인 친밀함을 주로 하여 관계의 폭을 넓혀가기 시작했다. 조직은 점차로 안정되어갔으나 보이지 않는 그룹이 형성되어 있어 직원 간 갈등과 분쟁의 불씨는 여전히 남아있었다. 서로 흠을 만들고 공격하고 질서가 무너지고 상사의 지시에 불응하는 좀처럼 있어선 안 될 일들이 가끔씩 나를 괴롭혔다. 문제가 심각하다는 직원들은 별도로 불러 설득과 읍소를 적절히 적용하며 그나마 안정을 되찾기 시작했다. 이런 나의 노력은 본사에서도 긍정적으로 평가해주셨고 특별한 관심과 배려를 받을 수 있었다.

그렇게 평온을 되찾아 갈 때쯤 어느 날 갑자기 본사에서 특별감사팀이 내려왔다. 대거 10여명이 넘는 사람들로 팀을 이루어 들이닥쳤다. 영문도 모르고 어리둥절할 수밖에 없었다. 무언가 단단히 벼르고 온 것 같았다. 감사팀장으로 온 문 팀장은 본사로부터 강한 지시를 받고 왔다고 했다. 아무리 생각해도 일상감사도 아닌 특별감사를 한다고 하니 이런 사례가 전무한 상태였기에 나로서는 당황하고 긴장할 수밖에 없었다. 그렇게 일주일간을 현장과 사무실을 두루 감사하고 나하고 잘 아는 감사팀원들도 문제를 찾기 위해 혈안이 되어 마음까지 숨기며 적극적으로 진행하는 것을 보았다. 무엇이 목적일까, 누구를 잡기 위한 일일까? 도대체 누가 무슨 일을 만들어 이러한 특별감사를 받게 되는 것일까? 최고 관리자는 이런 일이 최대의 약점이 되고 발목을 잡는 일이기도 하다. 감사결과 2명이 해고를 당했고 2명이 무기정직을 3명이 유기정직을 10여명이 감봉과 경고조치를 받았다. 지금까지 우리 회사에서는 전무후무한 감사결과이다.

이 일로 나는 책임을 지고 직위 해제되어 다른 지역으로 인사조치 되었고 견딜 수 없는 자괴감과 깊은 상처를 받게 되었다. 왜, 나에게 이런 일이 생겼는지 이유라도 알고 싶었다. 나중에 들려오는 이야기지만 노노갈등에서 상대 무리를 잡기 위해 비롯됐다고도 하고, 노조에서 나를 제거하려고 했다고도 하고 다양한 이야기들이 있었지만 난 스스로 이런 일도 담담히 받아들이기로 했다. 나는 직장에서는 항상 "을"일 수밖에 없기 때문이다. 그래서 직원들에게 나는 한 번도 지금까지 "갑"으로 위치하지 않았다. 항상 수평적인 관계에서 서로를 존중하고 배려하며 섬기는 본이 되는 것을 가치로 삼기 때문이다. 사태를 마무리하는 과정에서도 나는 무던히도 노력했다. 사장님께 직접 전화하여 저를 벌하여 주시더라도 직원들은 용서해달라고 했다.

사실 엄밀하게 따지고 보면 그렇게 크게 확대하여 처리할 일도 아니었는데 본사에서 갑질의 진수를 보여줬다고 생각함에는 변함이 없다. 결국 해고는 면하고 무기정직으로 있다가 타 지역에 복귀시켰고 무기정직은 유기정직으로 타 지역에 이동 조치하여 마무리 되었다. 그 일이 있은 후 한참이 지나서 내가 다시 원직에 복귀하여 원래 위치로 전원 복귀하게 마무리 지었던 일이 있다. 직위 해제되고 인사조치 후 고통으로 생긴 병을 지금도 안고 살아가는 나는 심장맥박이 때때로 불규칙적으로 작동하면 그때의 기억이 되살아나는 악몽을 떨쳐버리기 어렵다. 사람들이 무섭다. 시간이 한참이나 지나고 그 당시 감사의 단초를 놓았던 노조에서 활동했던 사람이 찾아와서 눈물을 흘리며 용서를 구했다. 이미 다 늦은 후이기에 나에게 용서를 비는 직원이 원망스럽지 않았다. 새삼스럽지도 않게 이미 짐작하고 있었기 때문이다. 그리고 내가 용서할 그런 일이 아니었기에 서로 잊자고 했다. 진실은 언제나 드러나기 마련이지만 이미 받은 상처는 흉터로 남아 있기에 영영 지울 수는 없을 것이다. 갑질은 참으로 무섭다. 그것도 내부고객인 우리에게 직장 내에서 우리 서로에게 행해지는 갑질 횡포는 지울 수 큰 흉터를 남길 수 있기 때문이다.

우리의 일터인 직장은 생명과도 같기에 서로에게 상처를 주지 말아야 한다.

정읍과 갑오동학의 이해

정읍지점으로 발령을 받아왔다. 내가 살고 있는 전주에서 가장 거리가 먼 곳이기도 했다. 아침부터 눈이 내린다. 하얗게, 하얗게 내리는 눈은 그새 발목을 덮을 기세다. 정읍에는 유달리 눈이 많이 내린다. 인사명령에 따라 이곳 정읍지점장으로 발령을 받아왔으나 마음은 아직 정리되지 않았다. 하지만 인사는 직장생활의 애환이고 스스로 달래가며 살아가야 한다. 집에서 멀다고 불평하기보다는 긍정의 마음으로 이렇게 눈이 내리는 날에는 창밖으로 두승산 자락에 흩날리는 눈을 보며 설경에 위로를 삼는다.

정읍은 내장산 단풍으로 유명하지만 역사적 고찰을 하다보면 현존하는 유일한 백제가요인 〈정읍사〉와 전봉준의 동학농민정신이 살아있는 의기와 절개의 고장이다. 봄은 오고 있었고 눈이 녹으면서 제일 처음 꽃을 피우고 반기는 이가 있었으니 수선화다. 정읍 내장산자락 전봉준 공원에 가면 "갑오동학혁명 100주년 기념탑"을 세우고 주변으로는 조각공원을 조성해놓았다. 마음을 달래려고 공원을 산책하다가 우연히 그곳에서 만난 수선화를 핸드

폰 카메라로 클로즈업해서 담아두고, 정읍에 처음 와서 처음 만났던 꽃으로 작은 액자에 담아 보관하고 있다. 참 예쁘다. 꽃말은 '자존'이고 꽃은 필 때 아름답고 향기가 그윽하다.

어느 날은 책상에 앉아서 지난날을 돌아보니 멀리 나와 있는 내 모습에 울컥한다. 마음의 위안이라도 받으려고 찾은 곳이 정읍시 덕천면에 위치한 동학농민혁명 기념관이다. 녹두장군의 기라도 받아볼 요량으로 말이다. 기념관 1층 입구에 들어서면 동학농민운동의 주력자들의 모습이 사진으로 걸려있다. 가장 압도적인 포스로 카리스마를 드러내고 있는 이가 전봉준이었다. 전봉준은 전라도 고부(지금의 정읍시 이평면 장내리) 사람이다. 몰락한 양반 집안에서 태어나 어린 시절 아버지를 따라 이곳저곳을 이사 다니며 살았다. 그는 어린 시절 키가 작아 '녹두'라 불렸고 그 때문에 녹두장군이 되었다.

1895년 4월 23일 전봉준 장군은 교수형에 처해졌다. 그의 처형을 지켜본 일본군 형리는 "그의 청수한 얼굴, 정채 있는 이마와 눈, 엄정한 기상, 강장한 심지(心地)는 과연 세상을 한 번 놀라게 할 만한 큰 위인, 대영걸로 보였다."고 증언했다고 한다. 눈을 마주치는 순간 단번에 압도하는 카리스마에 매료되어 지금 이 순간에는 나를 온전히 잊고 전봉준 녹두장군에 집중해본다.

1860년에 최제우가 창도한 동학은 농민들에게 빠르게 전파되어 1890년대 들어 호남지방까지 교세가 확대되었으며 변혁적 농촌 지식인들이 동학에 입도했다고 한다. 성리학을 지배개념으로 삼던 지배층은 동학을 사교로 몰아 탄압하였다.

전봉준은 1890년경 동학에 입교했으며 그 뒤 얼마 되지 않아 2대 교주 최시형에게 고부지방의 동학접주로 임명되었다. 1892년 고부군수로 부임한 조병갑의 탐학과 농민착취가 극심하였다. 그의 아버지 전창혁은 고부 향교의 장의(掌議)를 맡을 만큼 배움이 있었으나 가난을 벗어나지 못했다. 그는 훗날 군수 조병갑의 탐학에 못이긴 백성들의 대표로 관가에 소장(訴狀)을 냈다가 모질게 두들겨 맞고 장독(杖毒)으로 한 달 만에 세상을 뜬다.

이에 1893년 11월 전봉준을 비롯한 고부, 고창, 부안, 정읍의 지도자 20여명이 모여 다음 사항을 결의하고 사발통문을 돌렸다.

1. 고부성을 격파하고 고부군수 조병갑의 머리를 벨 것

2. 무기창고와 화약창고를 점령할 것

3. 군수에게 아부하여 백성에게 탐학한 탐관오리를 징치할 것

4. 전주감영을 점령하고 서울로 곧바로 올라갈 것 이다.

갑자기 조병갑이 익산 군수로 발령되어 "사발통문 모의"는 유보되었으나 1894년 1월 조병갑이 다시 고부군수로 임명되었다. 1894년 1월 10일 전봉준과 고부농민들은 말목장터(지금의 이평면사무소 앞)에서 봉기하여 고부관아를 점령하고 만석보를 혁파하였다. 고부농민 주력은 백산으로 옮겨 진을 치고 다른 지역 농민들의 봉기를 촉구하였다. 지금도 말목장터가 있는 면사무소 앞에는 말목장터와 감나무에 대해서 기록해놓고 있다. 그 내용을 소개하자면 "이곳은 1894년 1월 고부봉기 때 배들평 농부들이 고부관아로 진출하기 전에 모인 곳으로 전봉준선생이 감나무아래에

서서 당시 고부군수 조병갑의 비리와 포악한 실상을 설명하고 고부농민봉기의 필요성을 설명하였다. 이에 수천 농민이 호응하여 고부관아를 기습 점령하니 이곳은 우리민족사에 길이 빛나는 농민혁명의 첫 집결장소로 유서 깊은 곳이다. 이곳에는 봉기현장의 역사를 간직한 감나무가 있었으나 2003년 고사되어 현재는 동학농민혁명 기념관에 보관, 전시되고 있으며"라고 쓰여 있다.

전봉준은 농민군을 이끌고 3월 13일 무장으로 가서 새로운 싸움을 준비하였다. 무장으로 모여든 농민군은 창의문을 발표하고 "제폭구민(除暴救民) 보국안민(輔國安民)"을 앞세우고 싸웠다, 무장 창의문은 조선사회 전체의 통치층을 문제 삼았으며, 농민들의 큰 호응을 받았다. 제1차 농민전쟁을 위해 본격적으로 집결한 곳이 백산이며 다른 농민군들이 백산에 모여 연합부대를 형성하였다. 조선정부는 농민군을 토벌하고자 홍계훈을 양호초토사로 임명하고 병정 800여명을 보냈으며 전라감사도 감영군을 동원하여 농민군진압에 나섰다. 농민군은 4월 6일과7일에 감영군을 기습하여 크게 이긴 후 남쪽으로 인근지역을 함락했다. 농민군은 전주 입성 이후 전주성을 둘러싼 완산을 방치한 결과 홍계훈 경군과 싸워 많은 희생자를 남겼다. 정부는 농민군을 회유하는 한편 청에 출병을 요청하였다. 전봉준과 홍계훈사이에 농민군이 요구한 폐정개혁안을 정부에 요구하고 농민군의 신분을 보장한다는 조건으로 합의가 이루어져 농민군은 5월 8일 전주성을 철수하였다.

폐정개혁안은 다음과 같았다.

1. 탐관오리, 양반, 토호들의 탄압과 경제적 수탈을 금지할 것

2. 노비제도를 폐지하여 신분상의 차별대우를 없앨 것

3. 무명잡세를 폐지하고 고리대를 무효화할 것

4. 친일분자를 처벌하고 미곡유출을 금지할 것

이 개혁안의 내용들은 그 시대의 무질서하고 무정부적이며, 외세에도 얼마나 무기력 했는가 실상을 보여주는 것 같다.

청일전쟁이 시작되고 전봉준과 김개남은 민중이 중심이 되는 참여자치 권력기구인 집강소를 설치하여 자치정부의 기능을 담당하게 되었다. 청일전쟁에서 승리한 일본군은 친일개화파정권과 모의하여 농민군 토벌에 나섰다. 전봉준은 9월 들어 "일본군을 몰아내고 친일정부를 타도하자"는 통문을 돌려 농민군을 모았다. 농민군은 11월 9일 우금치에서 4~50회의 공방전을 벌이며 총공세를 폈으나 일본군의 최신식 화력에 크게 패하고 곳곳으로 흩어졌다. 김개남부대는 10월 14일 남원에서 북상하여 11월13일 청주를 공격하였으나 패배하고 태인으로 후퇴하였다. 나주의 손화중 부대는 나주성 공략에 실패한 뒤 1894년 12월 부대를 해산하였다. 12월까지 싸웠으나 일본군과 정부군 민보군의 추격으로 흩어지거나 죽음을 당했다. 김개남은 체포되어 전주에서 처형되었으며 전봉준, 손화중도 체포 후 서울로 압송되어 처형되었다. "농민군은 새로운 세상을 꿈꾸며 싸움에 나섰으나 이루지 못하고 패배하였다."라고 전봉준과 김개남이 주도한 동학농민혁명을 정리해놓았다.

"때를 만나서는 천하도 내 뜻과 같더니

운 다하니 영웅도 스스로 어쩔 수 없구나.

백성을 사랑하고 정의를 위한 길이 무슨 허물이랴.

나라 위한 일편단심 그 누가 알랴. - 전봉준 장군의 유언 시 -

1984년 농민전쟁은 실패했지만 농민군들이 요구한 생존권과 평등 세상에 대한 염원은 패배하지 않았고 지금도 그 정신만은 살아있다.

여기에서 동학농민혁명의 농민군 지도자로 활약했던 김개남에 대해서 재조명해 본다. 김개남은 전봉준과 함께 1894년 농민전쟁의 2대지도자이며 급진적 강경파로 알려졌다. 본명은 영주(永疇), 자는 기선(箕先)으로 1853년 태인현 산외면에서 태어나 동곡리 지금실에 살다가 30대 후반부터 기범(箕範)이라는 이름을 썼다. 개남(開南)은 1894년 농민전쟁이 전개될 때에 지은 이름이다. 백산에서 농민군 조직편재 시 손화중과 함께 총사령관이 되었으며 김개남의 태인 농민군 세력이 합류하여 연합부대가 정비되었다. 김개남은 전봉준과 달리 호남을 중심으로 남원 임실 쪽을 담당하였으며 강원, 경상, 충청 동부를 중심으로 봉기하였다.

김개남은 한때 상이암 정치를 하게 되는데 상이암은 전북의 임실군 성수면과 진안군 백운면 사이의 성수산에 있으며 김개남이 집강소시기에 상이암에서 집강소를 뛰어넘는 새로운 농민정치를 구상했다. 상이암 정치는 "개남(開南-남쪽을 열겠다.)"이라는 이름에 상이암 전설을 더해 근본적 변혁의 뜻을 다지고 권력의지를 보인 것이다. 상이암의 전설은 "이 사찰에서는 왕이 되리라는 소리를 들었다."는 전설이 전해져 내려오고 있었다. 백일기도를 끝내고 못에서 목욕을 하던 고려 태조 왕건에게 하늘로부터 용이 내려와 몸을 씻어주고 승천하면서 '성수만세(聖壽萬歲)'라 했다고 한다. 이곳의 산 이름이 성수산인 것이 거기에서 유래된 것일 것이다. 다음으로 조선 태조 이성계가 조선을 세우기 전에 이곳에 와서 치성을 드리니 하늘에서부터 "앞으로 왕이 되리라."는 소리가 들렸다고 한다. 이렇게 성수산 상이암은 고려와 조선의 태조가 왕이 될 것을 예언하는 소리를 들었기에 산 이름과 절 이름을 얻은 곳이라 할 수 있다.

김개남의 농민군은 공주로 집중하는 일본군과 관군을 분산시키기 위해 청주병영을 공격하였으나 일본군과 청주병영병에게 패배하였다. 김개남은 고향인 태인으로 피신하였으나 옛 친구의 고발로 붙잡힌 뒤 전주로 이송되어 재판도 없이 처형되었다. 지금은 정읍시 산외면 동곡리 지금실 마을 길가에 가묘를 만들고 "동학농민혁명 도강 김씨개남장군묘비"가 세워져 있다.

이렇게 동학농민혁명은 실패하고 말았지만 그들이 꿈꾸었던 새로운 세상은 더디게도 점차 이루어지리라 생각한다. 나는 정읍에 와서 그동안의 내가 살아왔던 시간들을 안타깝게 정리해 두고 새로운 관점으로 새로운 꿈을 꾸게 되었다. 지난날의 시행착오와 오래가지 않을 세상의 가치만을 쫓았던 시간들은 그 나름대로 가치

있게 생각하지만 지금에 나는 정읍 내장산과 두승산으로 이어진 가난했지만 정직했던 고부농민의 정신을 배우고 전봉준처럼 분개할 줄 알고 김개남처럼 평등 세상에 대한 꿈은 꾸지 못한다 하여도 그분들을 내 마음에 담아보는 것으로도 정읍에 온 나에게는 큰 영광이요 위로가 된다. 한참을 있다 보니 그 시절에 있는 것 같고 나도 농민군의 하나인 듯 하여 마음이 숙연해져서 기념관 밖으로 나온다.

동행자 없는 트래킹의 의미

동행자가 없는 산행이나 여행은 참으로 쓸쓸한 일이다. 동행자란 "함께 길을 가는 사람"이라는 뜻이다. 동행자라고 하면 상하관계가 없이 서로에게 관대하고 더 많이 이해하는 사람이 되어 함께 길을 가는 사람이다.

하지만 혼자서 걷는 나름의 재미는 있다. 주변의 사물들을 꼼꼼하게 느끼며 걸을 수 있기 때문이다.

"오늘은 어디로 가요?"아내가 아무렇게나 묻는다. 항상 토요일 아침이면 산에 가는 줄 알면서도 그렇다.

"응, 황방마운틴."그러자 아내가 다시 묻는다."왜? 요즘은 모악산 안 가요? 장로님하고 박 지점장님은 안 간대요?"아내는 언제나 같이 다니는 줄 로 안다. 오랫동안 그랬으니 그러는 줄 지레 짐작하고 있다. 한참 있다가 대꾸 없이 나는"오미자나 한 병 담아주세요."한다.

그랬다 벌써 몇 년 동안은 금산사 모악산 마실 길을 트래킹 했다. 금산사 주차장에서 차를 주차하고 만나서 관광안내소 뒤로 오르는 길을 시작점으로 한다. 여기는 금산사 문화재관람료를 내지 않고도 돌아서 갈 수 있기 때문이다. 경험이 있는 사람들은 대부분 이 길을 택하고 외지에서 오는 사람들은 입장료를 내고 금산사 경내를 통해서 정상에 오르거나 마실 길을 걷는다.

이 길에는 언제나 동행자가 있었다. 그래서 즐겁고 재미있는 길이었다.

절친하게 지내게 된 박 지점장하고 둘이 시작한 코스이다. 약 2시간에서 해찰 부리면 2시간 반 정도 걸리는 그리 힘들지 않는 코스이다. 어느 날부터인가 넷이서 동행이 되어 거의 매주일 토요일은 금산사 주차장에서 만났다. 아내가 이야기한 두 사람과 홍 지점장하고 넷이서 상당히 오랜 시간을 함께 했던 금산사 모악산 마실 길이다. 하지만 나와 박 지점장은 개근생이었고 두 사람은 가끔 무릎이 아프다고, 허리가 아프다고, 일이 있다고 빠지기도 했다.

그런데 우리 넷이서 모악산 정상을 단 한 번도 오르지 못했다. 박 지점장이 힘들다고 한사코 마다해서다. 그러나 송 지점장하고는 몇 번 정상까지 오르기도 했다. 정상을 오를 때는 박 지점장이 일이 있어서 못 올 때 나와 송 지점장하고 전주 중인리코스를 택해서, 한 번은 구이코스를 통해서 정상까지 올랐다. 새해맞이 정상탈환도 몇 번했으니 모악산은 전주시민이면 거의 안 가본 사람이 없을 정도로 발길이 이어지는 곳이다.

금산사 주차장에서 닭지붕으로 향하는 도통사 길로 들어선다.

모악산 정상까지는 그리 쉬운 길이 아니어서 숨 가쁘게 올라가야 하고 많은 시간을 보내야 하기에 우리도 그냥 등산이 아닌 트래킹코스를 수년이나 거의 매주 토요일이나 쉬는 날에는 꼭 다녔다. 하지만 준비는 등산하는 것처럼 했다.

금산사 주차장에서 시작하여 쉬엄쉬엄 오르기 시작한다. 처음 20여분 정도가 오르막으로 처음부터 무리할 수 없다. 한 발짝 한 발짝 오르다 보면 숨이 턱까지 차오르고 추운 겨울날에도 땀이 고이기 시작한다. 한숨 고르고 가라는 길가에는 전라도 사투리로 푯말이 걸려 있다 "오메, 깔끄막한 길을 올라오느라 겁나게 고생했구만이라."이 푯말을 읽으면 힘이 솟는다.

숲길로 들어서 한참을 진행하다 계단을 오르면 작은 정자를 만난다. 닭지붕에 오르면 정자에 앉아 한숨 돌리고 오미자 효소 한 잔 마시며 잠시 쉼을 얻는다. 겨울에는 따뜻한 보온병에, 여름이면 보온병에 얼음물로 희석해서 담아와 넷이서 한 잔씩 마시며 우정을 나눈다. 보통 여기서 10분 정도 쉬게 된다. 대부분의 사람들이 여기 닭지붕에서 쉬어간다. 가지고 온 간식도 나누고…. 청명한 봄 날씨가 무척 맑다. 가끔씩 피어있는 연분홍 진달래가 우리 갈 길을 즐겁게 한다. 대체로 이곳에 오를 때까지는 별말을 하지 않고 오른다. 무슨 운동이든 시작하여 30분이 가장 힘들다. 이 시간이 지나면 몸도 풀리고 호흡도 여유가 생긴다. 그러면서 한참 내리막을 내려서면 평탄한 소나무 숲길이 이어진다.

닭지붕에서 용화사삼거리로 가는 길 중간에서 마침내 시야가 터진다. 모악산 정상 그 밑으로 금산사가 단아하게 앉아 있다. 역사적 커다란 행적을 고스란히 담고 있는 고찰의 위엄보다 옹기종기 사찰 건물이 모여 있는데 사계절 바라보지만 문외한이 보아도 "참으로 명당이다."라는 생각을 지울 수 없다.

이때부터는 이야기하며 걷기 좋은 길이 이어진다. 넷이 만나면 회사이야기, 직원들 이야기, 가정사 등 주제 없이 서로 바통을 이어가며 약간씩 오르막으로 이어지지만 이야기는 끊이지 않는다. 여기서도 "경청의 기술"이 필요함을 느끼기도 한다. 가끔씩은 충돌이 생기기 때문이다. 숲속을 걷다보면 머리는 맑고 발걸음도 가벼워진다. 도통사 삼거리에 이르면 길은 다시 모악산 정상과 주차장으로 갈린다. 여기서 백운동 뽕밭 옆 정자에서 2차 휴식을 한다. 여기에서 헬기장으로 올라 정상으로 가는 등산길과 금산사 경내로 내려가는 마실 길로 갈라진다. 뽕밭 정자에서 한참을 이야기 삼매경에 빠진다. 준비해온 다과며 과일, 계란 등을 나누어 먹으며 해찰은 주로 여기에서다. 이유가 있다 여기서부터는 계속 내리막길이기 때문이다. 다시 숲길로 한참을 내려오다 보면 계곡물 흐르는 소리가 난다. 이 계곡물은 정말 시원하고 깨끗하다. 여기는 그냥 지나칠 수가 없다. 목수건이라도 씻어보고 더운 날에는 세수라도 하고 간다. 시원하게 폭포를 이루며 흐르는 계곡을 따라 내려가다 보면 연리지를 만날 수 있다. 등산객에 의해 발견된 후 김제시에서 보호수로 지정하여 관리하고 있다. 연이은 폭설과 태풍에 한 쪽 나무가 부러졌지만, 서로 의지해 사랑을 나눈 세월이 100년을 넘는다고 한다. 우리의 우정도 저렇게 변함없기를 바라면서 연리지를 뒤로 하고 내려오다 보면 모악산에서 가장 오래된 큰 소나무를 만나게 된다. 이 소나무를 보면 소원이 빌고 싶어진다. 나는 그냥 지나치지 않고 큰 소나무를 두 팔 벌려 끌어안아 본다. 우리도 이 소나무처럼 아름드리 자리 잡을 수 있기를 소망하며 금산사로 내려선다. 내려오는 길에 시멘트포장길이 영 마음에 안 든다. 모악산 남쪽 자락에 터를 잡은 금산사는 천년고찰이다. 후백제 견훤이 아들에게 쫓겨 유폐됐던 절로 알려진 호남 미륵신앙의 도량이다. 미륵전은 독특하다. 밖에서 보면 3층, 안으로 들면 단층이다. 이런 형식의 목조건물은 국내에서 유일하다. 조선 중기 사상가 정여립이 모악산 줄기 제비산에서 혁명을 꿈꿨고, 조선 후기 동학농민혁명을 이끈 전봉준과 증산교를 창시한 강증산 역시 모악산을 무대로 활동했다. 어지러운 세상, 미륵의 힘을 빌려 세상을 구원하려 했던 이들이다. 금산사를 뒤로 하고 계곡 길을 따라 모악산 주차장으로 돌아온다. 이처럼 이야깃거리가 많고 힘들지 않는 아름다운 트래킹코스는 전국에서도 빠지지 않을 것이다. 이 글을 읽는 사람이 이 길을 트래킹하고 싶다면 연락주시면 기꺼이 안내해주겠다.

"늘 다니던 이 코스를 마다하고 웬 황방산이냐고요?"

동행자가 없어졌기 때문이다. 어떤 이유에서든지 무슨 이유가 분명 있기 마련이지요. 어느 날 서로에게 못마땅한 문제가 생겨 마음이 멀어진 까닭일 것이다. 동행자에게서 흔히 볼 수 있는 경우이기도 하지만 항상 기본적인 예의는 무시해서는 안 되는 원칙이 있다. 갑자기 껄끄러운 사이가 되었다면 상대에 대해서 비판적인 마음을 가져서는 안 되는 원칙을 어겼기 때문일 것이다.

이렇게 동행자 없는 트래킹코스는 변화를 시도했고 처음으로 황방산을 택하게 되었다. 전에도 가끔씩 다니던 곳이라 낯설지는 않지만 홀로 걷는 황방산은 나름 이야깃거리가 많고 운동도 제법 되는 곳이다. 산을 좋아하시는 분은 산이라 하지 않고 언덕 정도로 생각할 것이다. 하지만 내게는 알맞은 트래킹코스이다.

녹음이 짙어진 지난 6월부터 토요일 오전에는 황방산(黃尨山)을 나 홀로 트래킹 하였다.

황방산은 배낭대신 작은 크로스백 하나면 된다. 핸드폰과 고글, 그리고 오미자 한 병이면 좋다. 황방산(높이 217m)은 서쪽에 위치한 나지막한 산으로 홍산, 서고산 등으로도 불리는데 산책로가 아주 잘 닦여 있다. 입구에 야생 진드기예방 문구와 소독약이 비치되어 있다. 오르는 길에는 야자매트를 깔아 놓아서 미끄럽지 않고 촉감도 좋다. 흙을 밟으며 오르는 처음구간이 조금은 힘들다. 하지만 어린아이부터 나이 드신 어르신까지 많은 사람들이 가볍게 트래킹 하기에는 최고라 생각한다. 조금 오르면 납암정(納岩亭)과 고인돌을 만나는데 청동기 시대의 유물인 고인돌이 상당히 양호한 형태로 보존되어 있으나 고임돌받침 1개가 어긋나있다. 이 고인돌에는 여러 개의 성혈(性穴)이 파여 있다.

　민간에 전하는 이야기에 따르면 아들 낳기를 원하는 부녀자들이 영험 있는 돌을 갈아서 그 가루를 마시면 아들을 낳는다는 말이 있다.

　고인돌 위의 여러 개의 원형 구멍들은 이러한 속설에 따라 만들어진 흔적이라 생각된다. 납암정에서 내려다보면 오른쪽으로 밑으로는 전주제지 굴뚝에서 하얀 연기가 숨 가쁘게 뿜어져 올라온다. 납암정을 뒤로하고 또 하나의 오르막을 올라 97개의 계단을 올라서면 황방산(黃榜山) 우암(牛岩)과 여의송계기념비(如意松契紀念碑)를 만난다.

　우암은 소 모양을 한 고인돌을 말하며, 고인돌 위에는 여의송계 기념비가 세워져 있다. 여의송계기념비는 1932년(〈壬申年〉)에 세워졌으며 송계(松契)는 '소나무 숲을 보호하기 위한 계'라고 한다.

　황방산을 소개하는 안내판을 읽으며 곳곳에 산재되어있는 고인돌 무덤을 본다. 이 산은 서남쪽으로 일원사를 아래로 공동묘지를 안고 있기도 해서 사후명당일 수도 있다는 생각이 든다. 정상에 오르다 보면 시비가 하나 있어서 관심 있게 보았다.

　교회 지붕 위에 비둘기가 졸고 있는데

　당신들은 떨어질까 걱정되지 않나요?

　세상에 고민 많은 고3 학생들

정신없이 멍한데 보이지 않나요?

도대체 이해할 수 없는 글을 검은 대리석에 새겨 세워놓았다.

정상에 오르면 전주혁신도시의 만성지구 건설현장이 보이고 드넓은 땅위에는 아파트만 짓는 것 같다. 날씨가 좋은 날은 군산까지 보이지만 삼례 정도는 항상 볼 수 있다. 전주 월드컵경기장이 보이며 익산 미륵산까지는 보인다. 완주군 이서와 김제로 이어져 넓은 평야는 황방산 정상에서 누릴 수 있는 경관이다. 일원사를 앞두고 산성정에 앉아서 쉬었다가 다시 처음으로 돌아간다. 2㎞가 조금 넘는 산길과 황방산 산성정(山城亭)에서 조망한 전주대학교 주변 시가지도 온통 푸르렀다. 홀로 걷는 황방산도 나름 숲속으로만 걷기에 금산사 모악산 둘레길 만은 못하지만 이야깃거리나 재미있는 풍경들을 만날 수 있어서 좋다. 그래도 함께 걷는 트래킹이 좋아서 다시 함께 걸을 날을 기대해본다. 혼자라면 자주 이 길을 걷게 될 것 같다. 처음 오르는 길에는 내려올 때 먼지를 털라고 에어펌프가 준비되었다. 신발에 먼지를 털고 집에서 가까운 황방산 나 홀로 트래킹을 마무리하였다. 함께 걸을 수 있는 동행자와의 회복과 새로운 동행자를 기다리며...

내 몸을 회복시켜준 마라톤

몸이 정상이 아니다. 몸무게도 많이 늘었다. 스트레스 살일까?

40대 중반이 되어 건강에 적신호가 켜졌다. 나는 어느 때보다 열정적으로 회사 일에 매달렸다. 밤낮을 가리지 않고 무언가에 집중하면 시간 가는 줄 모르고 집중했다. 누가 알아주기를 바라서도 아니고 목숨처럼 아끼는 직장이었기 때문이다. 나름 인정을 받아 "놀고 먹는다."는 소리는 듣지 않았다. 건강을 위한 운동이라고는 전혀 하지 않았다. 그러니 심장에 무리가 생길 수밖에 없었다. 먹는 것은 잘 먹었다. 중년배가 나오기 시작했다. 72kg이었던 몸무게도 80kg을 넘어섰다.

언젠가는 처남들과 구이 모악산 코스를 올랐다. 정말 오랜만에 해보는 운동 겸 산행이었다. 처음부터 힘이 들었다. 대원사에 이르렀을 때는 숨이 목에 차서 죽을 것만 같았다. 발은 천근만근 무거워서 도저히 앞으로 나갈 수가 없었다. 이런 심정을 아무도 모를 것이다. 나의 상태가 이정도 이었다. 처남들은 쌩쌩하게 오르고 있었다. 한참을 쉬었다가 겨우 몸을 일으켜 수왕사를 오르는데 여기서부터는 도저히 한 발짝도 앞으로 나갈 수가 없었다. 그 자리에 주저앉아 있다가 겨우 숨을 돌리고 포기하고 내려왔던 기억이 있다. 그토록 나도 모르게 몸은 나빠져 있었다.

고혈압이 생기고 그야말로 중년에서 맞는 건강 위험군에 들어서게 되었다.

이때부터 혈압 약을 복용하고 있다. 그러면서도 점점 더 게을러지고 나태해졌다.

무슨 대책을 세워야한다는 위기의식을 느끼게 되었다. 마침 우리 집 앞에는 천이 흐르는데 천변 걷기운동이 유행처럼 번져 많은 사람들이 저녁이면 걷곤 했다.

어느 날 나를 회복으로 이끌어주신 분이 있다. 진안 지점장님이셨던 장시진 지점장님이시다. 그때는 소장님이라 불렀다. 장 소장님은 평소 나를 존중해주고 섬겨주시는 겸손하시고 덕이 많으신 분이셨다. 나의 이런 상태를 옆에서 보시고 주저 없이 마라톤을 하라고 권유하셨다. 마라톤은 단거리가 아니고 장거리를 뛰는 일이라 나로서는 상상할 수가 없었다. 그러나 장 소장님은 더욱 끈질기게 마라톤하기를 권유했다. 그리고 처음에는 걷기부터 시작해서 천천히 뛰기, 거리를 좀 더 늘리며 뛰기를 반복해서 하라고 했다.

퇴근 후 운동복 차림으로 천변에 나왔다. 날씨가 운동하기 좋은 시원한 날이었다. 벌써 많은 사람들이 하나 둘씩 어울려서 걷는다. 빠르게 걷는 사람도 있고 이야기하면서 천천히 걷는 사람들도 있다. 정말 짜증나고 불편한 일이 있다. "따릉~ 따릉~"깜짝 놀란다. 이 좁다란 길에 웬 자전거는 이렇게 많이 지나가는지.

천변에 잘 포장된 길에는 구간별로 거리가 100m 단위로 표시되어 있다. 우리 집에서 홍산교 조금 지나서까지 거리가 2.5km라는 것도 처음 알았다. 조금 걷다가 한 번 뛰어보기로 했다. 표시된 곳에서 뛰기 시작했다. 내 딴으론 한참을 뛰었는데 100m 구간이 나타나지 않는다. 도저히 다리가 떨어지지 않아서 걸었다. 그랬다 100m도 뛸 수 없는 저질체력이었다. 그날은 하는 수없이 걸었다 1km 구간에서 되돌아왔다. 다음날 아침에 다리근육이 당긴다. 나보다 못한 이가 또 어디 있을까?

난 그래도 쉬어서는 안 된다는 생각으로 그날도 다음날도 계속해서 조금 걷다가 뛰고 조금 뛰다가 걷고 하면서 왕복 5km를 반복했다. 물론 처음 몇 주는 걷기만 했다. 처음에는 걷는 것도 힘들었으니까.

그렇게 한 달 정도를 했더니 제법 체력이 늘어나는 것 같았다. 몸도 조금은 가벼워지고 다리에 근육이 생기는 것 같았다. 어느 날 500m를 쉬지 않고 뛰었다. 그리고 나머지는 걸었다. 그 다음에는 500m는 뛰고 500m는 걷고를 반복했다. 두 달이 지나면서 1km를 뛰고 500m를 걷고 점차 뛰는 거리를 늘려갔다. 이제 1.5km를 뛸 수 있을 무렵 김제벽골제 마라톤을 한다는 현수막이 걸렸다. 접수기간을 확인하니 아직 며칠 남았다. 진안에 계시는 장 소장님에게 전화를 했다. "장 소장님, 잘 계시죠? 이번 김제 마라톤대회가 있는데 5km에 도전해보고 싶은데 함께하실 수 있겠어요?"그랬더니 "여부가 있습니까?"기꺼이 오케이하고 허락을 해주셨다. "그럼 제가 접수를 하겠습니다." 하고 생각하니 둘만 뛰는 것이 재미가 없을 것 같아 김제 지점에서 직원들을 모집했다.

선뜻 몇 명의 직원이 함께 뛰겠다고 했다. 주관처인 김제시 체육회에 인터넷으로 직원7명과 함께 단체 접수를 했다. 그러던 중 마라톤 마니아인 서울에 있는 강천실 이사에게 전화를 해보았다. 마침 김제마라톤에 풀코스(42.195km)를 신청했다고 한다. 그동안 소식도 궁금했는데 반가웠다.

내가 처음 마라톤이라는 분야에 입문하는 날이 다가왔다. 그래도 그럴듯하게 폼을 갖추었다. 마라톤 운동화와 팬츠, 대회에서 지급하는 티셔츠를 입고 챙모자까지 준비했다. 당일 고맙게도 전주 집 앞까지 장 소장님께서 태우러 오셨다. 장 소장님은 평소에도 마라톤을 즐기고 연습도 사모님하고 꾸준하게 하신다며 벌써 여러 번 다른 대회에 하프와 10km에도 참석하셨다고 한다. 내가 5km에 도전한다고 했더니 옆에서 같이 뛰어주겠다고 했다. 출발 신호가 울리고 풀코스, 하프코스, 10km, 5km 순으로 차례로 출발했다. 나와 직원 몇 명이 같이 뛰는 코스였다. 우르르 몰려 운동

장을 한 바퀴 돌아 밖으로 이어져 달린다. 제법 빠르게 출발해서 달리는 사람도 있지만 나는 처음부터 무리할 수 없어서 천천히 장 소장님과 보폭을 맞추며 뛰기 시작했다. 10여 분 뛰고 있을 때 벌써 반환점을 돌고 오는 선수급 마라토너들이 몇 있었다. 그에 개의치 않고 어쨌든 안 쉬고 5km를 뛴다는 목표를 가지고 뛰었다. 나에게는 엄청난 도전이었다. 장 소장님이 옆에서 뛰시며 "하나, 둘. 하나, 둘."구령을 하시며 뛰어주셨다. 겨우 반환점을 돌아 약간 오르막에 다다르니 숨이 턱밑까지 차올랐다. 발이 천근만근 땅에서 떨어지지 않았다. 호흡도 힘들고 다리도 무겁고 쉬고 싶은 마음은 더욱 간절했다. 이런 고비에서 "조금만 더. 조금만 더." 하시며 다시 구령을 넣으신다. "하나, 둘. 하나, 둘." 이를 악물고 장 소장님의 구령에 힘을 내어 뛰었다. 보폭은 점점 짧아지고 발의 무게는 점점 무거워졌으나 "여기서 포기하면 앞으로 아무것도 할 수 없다."를 속으로 되뇌며 악착같이 발을 옮겨 놓았다. 오르막이 끝나고 평지에 들어서니 조금씩 힘이 생기는 듯 했다. 이렇게 해서 처음 5km를 완주했다. 남들이 생각했을 때에는 "그 정도를 마라톤이라 하느냐."할 것이다. 나에게 의미는 하프코스였다. 아니, 풀코스만큼이나 힘든 경험이었다. 처음 기록은 29분이었다. 장 소장님은"잘 뛰었어요. 잘했어요." 연신 추켜세우신다. 풀코스를 뛴 강 이사는 몇 시간 뒤에, 4시간도 넘어서 들어왔다. 하얗게 소금에 절여서 말이다. 적당히 하지 뭐 하러 죽을 둥 살 둥 뛰는가? 안쓰러운 마음이다.

  나는 태어나서 처음으로 마라톤이란 걸 해보았고 평소 느끼지 못했던 희열과 자부심을 느낄 수 있었다. 이것은 나만이 느끼는 행복이기도 했다.

언젠가 책을 읽다가 세계적인 작가 무라카미 하루키가 보스턴 마라톤 풀코스를 해마다 뛴다는 알게 되었다. 그것도 3시간대에. 정말 대단한 능력이다. 나로서는 감히 상상도 못할 일이다. 그런데 책에서 그는 소소한 일상이라고 써놓았다.

그 이후로 매년 김제 대회는 빠지지 않고 있다. 왜냐하면 김제 벽골제축제에 맞추어 열리는 지평선마라톤대회는 일요일이 아닌 10월 3일 개천절 휴일에 열렸기 때문이다.

마라톤 대회는 대체로 일요일에 열리기 때문에 참가하기가 녹록지 않다. 주일은 교회에 가야 하기 때문이다. 자신감이 생긴 나는 직원들을 설득하여 익산 보석마라톤, 고창 고인돌마라톤, 진안마이산마라톤 등 장소장님이 추천하는 전북권에서 열리는 대회는 5km를 주로 뛰었다. 완주메달이 15개가 넘었다. 이전에도 이후에도 나는 5km 이상에는 도전하지 않았다. 더 이상은 무리고 욕심이라 생각했다. 주변 지인들은 늘려보라고 하지만 나는 한사코 손사래를 쳤다. 이러는 동안 내 몸은 몰라볼 정도로 좋아졌고 마라톤의 효과를 톡톡히 보았다. 장 소장님의 말이 옳았다. 나는 그분을 내 인생의 멘토로 모시고 퇴직하신 10년이 지났어도 변함없는 관계를 유지하고 있다. 참 부지런하시고 성실하고 건강하게 살아가시는 분이다. 나이 어린 직장 상사를 단 한 번도 무례하게 대하지 않고 언제나 한결 같으신 장 소장님을 존경하고 좋아한다. 지금도 가끔 전화하셔서 놀러오라고 하신다. 나로서는 정말 고맙고 감사하신 분이다.

  뱃살도 줄고 다리에 힘도 생기고 호흡도 훨씬 편해졌다. 컨디션도 좋아지고, 이제 천변에서 5km는 쉬지 않고 뛴다. 아내는 따라 걷다가 나만 먼저 마치고 들어온다. 재작년부터는 대회일정이 일요일로 바뀌어서 마라톤 대회를 참석하지 못하고 있다. 그나마 요즘은 천변 걷기도 못하고 주말에 황방산 나 홀로 트래킹이 전부다. 날씨가 선선해지면 다시 뛰어보아야겠다. 메달이 30개 될 때까지... 건강에 문제가 있고나 자신 없으신 독자들께서도 한 번 시작해보시라 권하고 싶다.

감사하게 되어 회복되어지는 나

오늘 아침은 임실 지점으로 출근을 한다. 임실 지점장님이 허리 수술을 받고 입원치료 중이어서 지사관리를 담당하는 내가 지점을 방문하기로 했다. 혹서기에 고생하는 직원들을 격려하고 지점장 부재로 인한 공백을 최소화하기 위해서다. 평소에 출근길과는 반대방향이다. 평소에는 서쪽으로 이동하면서 러시아워를 피해서 기발한 생각들을 하게 되나 오늘만은 다르다. 나는 평정심을 흩트리지 않고 동쪽으로 달리고 있다. 다니는 차가 적고 길은 한가롭다. 전주를 중심으로 서쪽은 내가 다니는 정읍을 비롯하여 김제, 부안, 익산, 군산, 논산으로 나가게 되고 동쪽으로는 남원, 순창, 임실, 진안, 무주, 장수로 나가게 된다. 평소에 내가 다니는 서쪽 길은 나가고 들어오는 차량이 많고 동쪽 길은 그쪽에 비해서 차량이 적으므로 한가로이 물 흐르듯 달릴 수 있다.

아침 라디오 방송을 들으면서 산길로 이어진 임실 방면은 오래 전에 내가 다녔던 출퇴근길이다. 그때나 지금이나 별로 변한 것 없는 도로를 달리다 보니 옛날 기억이 새록새록 하다. 내가 직장생활을 하며 가장 편안하고 행복했던 시간들을 보낸 곳이기도 했다. 그때만 해도 임실읍내는 작은 도랑을 양쪽으로 옹기종기 모여 시장을 중심으로 형성된 아주 작은 읍 소재지였다. 지점 건물도 개인주택만 했고 옹색하기가 그지없었다. 퇴근시간쯤 되면 인적마저 드물고 작은 시골마을에 비할 바였다. 하지만 정이 있었고 서로 위하는 마음으로 추운겨울 컨테이너 막사에서도 마음 편했던 곳이다. 임실에서 처음으로 칠면조 고기도 먹고 겨울이면 개구리탕에 용봉탕도 먹을 수 있었다.

이제는 커다란 공장이 들어오고 군부대가 이전하여 그나마 읍내는 제법 그럴듯하게 변모했다. 커피숍이 몇 군데 생겼고 군청이 새로 지어 이전하여 지점 앞 논이었던 곳은 잘 정리되어 제법 작지만 군 소재지 형태를 갖추어가고 있는 것 같다. 몇 해 전에는 임실치즈테마파크가 외곽에 조성되어 임실치즈축제 때는 많은 사람들이 치즈체험행사에 다녀가기도 한다. 작지만 평범한 일상을 하고 있는 시골 읍 소재지는 느리지만 조금씩 깔끔하게 잘 정리되고 있다.

예전에 지점 뒷길로 조금 오르면 삼일동산이 있는데 그곳에 정자가 있어서 여름에 더위를 피해 신문지 몇 장 깔고 시원한 음료수 몇 병 들고 와 놀았던 직원들과 한가했던 시간들이 생각났다. 모든 것이 평화롭고 즐거웠던 시간들이었다.

어느 날, 본사 사장님으로부터 전화 한 통을 받고 역정의 시간들을 맞게 되었다. 나더러 익산지점으로 가서 전북총괄소장을 맡으라는 것이었다. 그때만 해도 어리둥절했다. 본사가 사정이 있어서 경영진이 바뀌고 나는 혹시나 불이익을 당하지 않을까 노심초사하던 때였다. 전혀 생각지도 않았던 명령을 받고 보니 부담은 백배요 앞으로 처신과 행동거지에 긴장을 감출 수가 없었다. 이날부터 새롭게 시작되어지는 나의 일상은 긴장과 스트레스라는 트라우마를 털어내지 못하게 되었다. 하지만 항상 감사한 마음을 갖기로 하며 내게 주어진 일에 더욱 열심히 최선을 다했다. 별로 능력도 없고 배움도 많지 않아서 잘 한다고 하여도 항상 부족함을 면치 못했다. 하지만 내 노력과 성실함을 인정받아 염려했던 일들은 기우로 치부됐고 나름대로 평온을 찾을 수 있었다.

익산 지점 근무가 시작되고 나는 전라북도 11개 지점을 관장하는 전북총괄소장의 임무를 감당하게 되었다. 임무가 막중하고 직원 수만 해도 200여 명이 넘었다. 내가 부임하기 전부터 문제가 많다던 익산에서 3년을 근무하던 중 상상도 못했던 참담한 일을 겪게 되고 나는 김제 지점으로 다시 발령받게 되었다. 김제 지점은 내가 입사해서 두 번째 근무했던 곳이다.

김제에 다시 오게 되며 맞는 직장생활에서 나는 큰 변화를 겪게 된다. 이때부터 내면의 갈등과 처음 겪는 가치관의 혼란으로 고통스럽고 힘든 시간들을 보내게 되었다. 갑작스럽고 황당한 일들이 나를 너무도 괴롭혔다. 내 건강을 걱정하던 처재가 건강실비보험에 가입해보라고 권유했다. 그래서 혈압 체크가 필수라고 해서 재어보았던 혈압이 150이었다. 나는 단 한 번도 내 혈압이 관리수준이고 보험회사에서도 거부당하는 수치란 것을 몰랐다가 처음 알게 되었다. "고객님, 혈압수치가 높아서 보험가입 거부될 것 같습니다."하고 보험회사에서 나왔던 조사원은 돌아갔다. 이때부터 나는 10년 넘게 혈압 약을 복용하고 있다. 본태성 혈압일까? 아마도 유전적일까? 아버지께서 오래토록 혈압 약을 드셨으니까 그렇게도 유추해볼 수 있지만 나는 다른 이유가 있다고 지금도 의심을 지우지 않고 있다. 그렇게 지내던 어느 날 저녁 나는 갑작스럽게 호흡곤란을 느끼며 금방이라도 죽을 것 같은 불안증상을 호소하였다. 맥박을 짚어보니 두세 번에 한 번씩 건너뛴다. 맥박이 한 번씩 건너뛸 때마다 금방이라도 죽을 것 같은 불안함은 아무도 모를 것이다. 잠을 자려는 아내를 깨워 가까운 당직병원을 찾았다.

　위급함을 느낀 당직의사가 어찌할 바를 모르고 간호사도 쩔쩔매고 있었다. 심전도를 찍어보자고 한다. 서툰 당직간호사는 심전도를 물리고 그 결과를 본 의사는 협심증이라고 판단했다. 좀처럼 불안 증세와 호흡곤란이 잦아들지 않아서 서신동에서 개원했던 조카에게 전화를 해서 오도록 했다. 조카사위인 소군호원장이 모임을 하다가 급히 달려왔다. 내 상태를 보더니 고개를 갸우뚱하면서 심전도를 다시 찍어보자고 했다. 결과는 협심증이 아니라고 했다. 다만 안정을 취하게 링거를 처방하도록 당직의사에게 주문했다. 링거를 맞으면서 점차 안정을 찾고 집으로 돌아올 수 있었다.

　마음의 평안함이 얼마나 감사한지 알았고 내 조카사위인 소원장에게도 얼마나 감사한지 모른다. 전혀 다른 처방으로 더욱 혼란을 가져왔다면 힘든 밤을 보냈을 것이다. 나는 변함없이 지금은 수원으로 간 소원장을 깊이 신뢰하고 특별한 감사를 하게 된다.

벌써 몇 년인가? 이런 응급상황을 몸에 담고 조마조마 살아온 시간들이, 나의 평범했던 일상들이 흐트러져버린, 실타래처럼 꼬여버린 시간들이 원망스럽기도 하다. 내 의지와는 전혀 다른 시간들을 살아오면서 아직도 다 치유되지 않은 불규칙 맥박이 원인을 어디에서 찾아야 할 것인가? 누구를 원망할 것인가? 작년 가을에는 연거푸 두 번씩이나 종합병원 응급실을 찾았고 최고 응급환자로 처리되기도 했었다. 병원에만 가면 편안해지는 나의 병을 알 수가 없다.

Y병원 심장내과에서 정밀진단을 받았다. 동맥혈관조형술, 심장초음파, 운동부하 검사, 24시간 심전도착용 등 교수님의 처방에 따라 다 해보았지만 이상 징후를 발견하지 못했다. 하지만 병명 없는 맥박 불규칙 고통은 낮이나 밤이나 찾아왔고 그럴 때마다 불안과 고통은 나를 더욱 힘들게 했다. 우리 교회 장로님이신 장내과에서 특별한 진료와 소원장의 소견 등은 특별한 검사나 치료가 없이 편하게 지내면 된다는 것이다. 10여년을 나는 이 고통을 겪으며 깊은 트라우마가 생겼다. 혹시나 여행을 하거나 멀리 이동할 때는 반드시 응급약으로 우황청심환을 준비하고 안정제를 잊지 않았다. 하지만 여행 중이나 즐거운 산행이나 마음 힐링하는 시간에는 전혀 이런 증상이 나타나지 않았다. 하지만 조금이라도 몸의 컨디션이 나쁘거나 스트레스를 받으면 영락없이 찾아오는 증상이었다. 그래서 가능한 한 마음을 편하게 하고 화내지 않고 모든 일에 긍정하는 습관을 기르고 있다. 욕심을 버리고 현재 내게 있는 것에 감사하고 즐거운 일에 몰두하면 이상하게도 그런 증세는 나

타나지 않음도 이제는 여유가 조금 생겨서 알게 되었다.

　얼마 전에는 대학병원 특진을 받기로 하고 예약을 하고 전문의 박사님께 진료를 받게 되었다. 그동안의 증상을 다 말했더니 조용히 들으시고 약간 웃음 띤 얼굴로 "얼굴에 여드름이 생겼는데, 이게 병입니까, 아닙니까?" 하신다. 나는 어리둥절하여 "병은 아닙니다." 했더니 "그러면 여드름으로 사람이 죽습니까? 아닙니까?" 했다. 나는 쉽게 "안 죽습니다."했다. 이렇게 쉬운 질문을 하시는 교수님이 너무 쉽게 이야기하시는 것 같았다. "그렇습니다. 이런 증상으로 죽지 않습니다. 다른 사람들도 간혹 이런 증상들을 호소하지만 특별한 것은 아닙니다. 그냥 편하게 잊어버리고 사십시오."하신다. 의사의 한 마디가 병이 되기도 하고 약이 되기도 한다고 하였던가? 이날 이후로 나는 모든 생활에서 그동안의 패턴을 완전히 바꾸어가고 있다.

　나는 누구보다도 욕심이 많았고 성취욕도 많았다. 남에게 뒤지지 않으려고 부단히 노력했고 내게 부족한 부분을 커버하기 위해 학습과 훈련을 게으르지 않았다. 누군가와 비교되는 것도 견딜 수 없었다. 하지만 현실에서는 열등감을 벗어날 수가 없었다. 살기 위해서는 다 내려놓아야 한다. 이제부터는 그냥 내게 있는 것으로 만족하고 평범하게 살아가는 것에 대한 깊은 감사와 건강을 회복하는 일에 더 많은 시간을 할애하고 싶다. 올 들어 글을 쓰면서 가슴에 남아있던 쓴 뿌리들을 다 뽑아버리고 그들에 대한 원망과 미움도 다 지워버릴 것이다. 가장 즐거웠던 순간들을 기억하며 평범하게 살아가는 일상으로 바꿔가고 있다. 지금은 지난날의 모든 오해와 진실게임으로 상처를 받게 했던 사람들이 다 떠나고 없다.

　모처럼 오늘 임실로 출근하면서 평온하고 즐거웠던 기억들이 생각났다. 작은 읍 소재지이지만 예전에 같이 근무했던 직원은 한 명 뿐이고 모두가 다 바뀌었다. 오랜만에 읍내를 관통하여 좁은 길로 돌아왔다. 임실호국원을 지나 강진에 오니 시골 버스정류장은 예전 그대로다. 길가로 새롭게 지어진 방앗간과 새로 심어진 소나무 몇 그루가 변화의 전부다. 이렇게 더디게 변화하는 삶에서 무언가 쫓기듯 변모해가는 도심을 비교하면서 칠보 발전소를 지나 정읍으로 향한다.

　한 직원이 전화가 왔다. "지사장님, 바쁘시지 않으면 날씨도 더운데 삼계탕 한 그릇 하시고 가세요."한다. 참 마음도 정겹고 넉넉하신 분이시다. "아이고, 감사합니다. 말씀 고맙지만 이미 임실을 벗어나고 있습니다. 담에 하시도록 합시다.""그럼 다음에 뵙도록 하죠?""네, 더위에 몸 관리 잘 하시고 다음에 또 봬요. 수고하세요."하고 전화를 끊었다. 고맙고 인정 많으신 직원들이 요즘은 거의 만나볼 수가 없다. 요즘에 후배직원들은 어찌나 인색하고 자기 것밖에 모르는지. 정말 콩 한쪽도 나눠먹던 정 많던 선배들과는 판이하게 다르다. 지금은 그런 정은 먼 옛날 얘기다. 세상이 그렇다. 나도 세월을 지나다 보니 사람도 변해가고, 마음도 변해가고, 인정도 변해가는 것을 어찌 모르겠는가?

　오늘도 짬을 내어 글을 쓰면서 다시 생각해본다. 탈무드에서"세상에서 가장 행복한 사람은 감사하며 사는 사람이다."라는 대목을 마음에 다시 새기게 된다. 물질과 권세의 소유 유무와 세상의 가치기준의 환경조건에 상관없이 감사하는 사람들은 행복한 인생을 살게 된다고 한다. 오늘 하루도 평범한 일상 가운데 회복되어 가고 있는 나를 느끼며 어떤 상황에서도 모든 일에 감사하며 살아야겠다고 생각한다.

털어내지 못한 문콕 노이로제

우리는 명절이 다가오면 가까운 콘도나 펜션을 예약하고 어머니를 모시고 하룻밤을 지내고 돌아온다. 언제부터인가 어머니께서 집으로 다니러 오는 자식들이 반갑기는 하지만 왔다 가면 해야 할 일들이 많아지기 때문에 나이 드셔서 힘들어 하시는 모습을 눈치 채게 되었다. 본인의 생활을 중요시하는 엄마성격에 며느리나 딸이 와서 자기 물건에 손대는 것도 그렇고 자식들이 왔다 가면 사용한 이불이나 청소거리도 만만치 않아서 힘에 부대끼는가 본다. 나는 어렸을 때부터 따로 나와서 살았기 때문에 눈치가 누구보다 빠르다. 그리고 엄마 성격을 닮아서인지 소심할 정도로 예민하기도 하다. 내가 이런 분위기를 알고 말을 꺼냈다 "아버지, 어머니, 다음 명절부터는 콘도나 펜션을 빌려서 나갔다오면 좋을 것 같습니다.""두 분은 어떻게 생각하세요?" 했더니 엄마가 흔쾌히 기다렸다는 듯이 "그러자, 요즘에는 다른 사람들도 그렇게 한다고 하더라."아버지께서도 좋다고 하고 아내와 동생네도 만장일치로 찬성이다.

올해 설날도 미리 변산에 있는 콘도를 예약하고 군산에 들러 홀로 계시는 어머니와 함께 가겠다는 누나를 모시고 콘도에 들었다. 바닷바람이 온몸을 싸고돌면 겨울이라기보다는 신선하고 상쾌한 기분이 든다. 이래서 밖으로 나오나보다. 짐을 풀고 먼저 가보는 곳이 바닷가 회 센터이다. 벌써 많은 사람들이 수산물센터 앞에서 흥정을 하고 있다. 우리도 이곳저곳 횟감을 둘러보면서 작년 추석에 들렀던 9번 집 회 센터 앞에 선다. 호객하는 아주머니는 우리에게 최고의 서비스를 할 양으로 친절하게 소개한다. 이때쯤이면 농어회가 좋단다. 농어, 숭어를 회로 뜨고 해삼과 덤으로 주시는 멍게를 포장하여 담고 찌개거리를 담아 콘도로 돌아왔다.

회를 좋아하는 동생네와 입이 짧으신 어머니와 누나까지 한 상에 둘러앉아 먹으니 명절이라는 느낌이 더욱 들었다. 모이면 으레 이런저런 이야기꽃을 피운다. 우리 가족은 그렇게 다른 가족들처럼 깔깔대고 요란스럽지는 않지만 엄마를 중심으로 지난 이야기를 하며 시간을 보내게 된다. 아이들 이야기도 하면서… 우리 아이들은 둘 다 결혼을 했고 누나네 아이들도 넷이 다 결혼해서 아이들 낳고 잘 살고 있다. 동생네는 우리 집안의 유일한 아들인 석이가 대학교에 다니고 여군이 되겠다고 여군학교를 나온 수미는 입대 준비 중이다. 아버지께서는 먼저 가셨지만 가끔씩은 아버지의 추억을 이야기하곤 한다. 설날 아침이 되었다. 예전같이 세배를 다니고 산소에 다니지 않기 때문에 아침식사를 같이 하는 것으로 설날을 맞는다. 우리의 고유명절로 지켜지는 설날이지만 풍속도는 달라지고 있다. 이렇게 큰 콘도에 가득하도록 수많은 가족들이 우리처럼 여행 겸 명절을 보낸다. 겨울 아침이라 바람이 많이 분다. 바람의 고장 부안이기도 하지만 앞에서 이야기한 것처럼 바람이 강하게 불지만 싫지는 않았다. 엄마가 신경 쓰지 않아도 되는 콘도는 우리 형제 모두가 지내기는 안성맞춤이다.

아침을 먹고 도란도란 앉아서 담소를 나누다가 퇴실시간이 되어 짐을 정리하고 프런트로 향했다. 아내가 프런트에서 계산을 하는 동안 나는 지하 주차장에서 차를 빼서 콘도 앞 주차장에 주차할 장소를 골랐다. 나는 차를 주차라인에 맞게 댈 때마다 노이로제처럼 신경 쓰이는 것이 있다. 바로 "문콕"이다. 누구에게나 겪을 수 있는 흔한 일이지만 나는 좀 더 민감하고 신경이 많이 쓰인다. 짐을 싣고 식구들을 태우려고 잠시 주차하기 위해서다. 이곳에 차를 주차해도 되겠구나 싶어 약간 넓게 자리하여 이 정도면 문콕 염려 없이 주차했다고 생각했다.

바람이 좀 세차게 불었다. 나는 뒤 트렁크를 열고 아내가 들고 온 짐 몇 가지를 정리하고 있는데 갑자기 옆 차 식구들이 차를 타려고 왔다. 혹시나 바람도 불고 하는데 확 열어서 콕 찍히지 않을까 생각하는 순간 고등학생으로 보이는 학생이 자기 아버지가 운전하려는 차에 오르려고 문을 확 젖혀 열어버렸다 "쿵"눈앞에서 염려하는 일이 생겼다. 아찔했다. 어쩌면 혹시나 그럴 거라 생각하는 순간 문콕을 하고 만 것이다. 화가 났다. "이봐, 학생. 문 열어봐. 조심해야지, 이게 뭐야?"학생은 자기 잘못을 아는지 모르는지 차 안에서 꿈쩍도 안하고 있어 내가 화가 나서 막 혼내려 하니,

아버지 되는 사람이 그 광경을 보았다. "죄송합니다. 아이가 부주의로 한 일이니 이해하십시오. 어떻게 해드릴까요? 제가 다 처리해드리겠습니다."나는 문콕으로 유난히도 신경 쓰이고 속상해하던 차에 눈앞에서 벌어지니 황당할 뿐이다. 얼마 전에 사실 나는 새 차를 뽑았다. 썩 좋은 브랜드의 좋은 차는 아니지만 만족하고 아끼고 깨끗하게 타고 있다.

어느 날 아파트 지하주차장에 휴일과 겹쳐 이틀정도 운행을 하지 않고 있었다. 다음날 교회에 가려고 차를 가지러 갔더니 문콕이 선명하게 생겼다. 너무나 속상했다. 나는 차를 타기 전에 항상 문콕이나 긁힌 사고가 있는지 살펴보는 습관이 있다. 오죽했으면 그럴까? 좀 예민한 것은 아닐까 생각도 해보았지만 난 그랬다. 옆에 주차된 차를 보니 분명 그 차 운전자의 소행 같았다. 찍힌 자리나 주차형태로 보았을 때도 틀림없었다. 나는 그 차주를 찾아 따질 요량으로 차량에 비치된 전화번호를 찾기 시작했다. 전화번호도 표시해두지 않았다. 더욱 의심을 하게 되어 우선 보험회사에 연락을 했다. 요즘에는 문콕하고 가는 일이 많다보니 문콕하는 차주에게 잘못을 물을 수 있다는 것을 알고 있다. 보험회사 직원이 사실을 확인하고 나더러 먼저 경찰서에 사고 연락을 해달라고 했다. 화가 점점 나고 침착성도 잃어간다. 인근 파출소에 사고 신고를 했더니 경찰이 출동하여 사고 현장을 확인하고 차주를 찾아서 문콕 사실을 확인했지만 그 차주는 아니라고 했다. 자기는 밤중에 들어왔지만 그런 일은 없다고 했다. 할 수 없이 아파트 주차장

CCTV를 확인해보기로 했다. 아파트 관리 관계자의 협조를 받아 CCTV를 경찰과 보험회사 직원의 입회하는 가운데 확인하였다. 내 차 옆에 주차하고 나가는 차량들을 확인하였으나 지금 현재 주차되어 있는 차도 그전에 들어왔다가 나간 차도 문콕하는 장면을 확인할 수 없었다. 문콕하는 장면은 찾을 수 없었으나 이틀 전 주차할 때까지 확인되지 않았던 문콕은 언제 생긴 것일까?. 너무 속상했지만 어쩔 수 없었다. 괜히 보험사직원과 경찰, 아파트관리원 등을 한때나마 귀찮게 해드려서 미안하다. 아파트 주차장에 주차할 때도 나는 항상 CCTV가 비추는 쪽에, 그리고 주차장을 넓게 사용하는 쪽에 문을 열어도 닿지 않을 곳에 주차하는 습관이 있다. 그렇지 않고는 마음 편히 쉴 수가 없다. 나만 유독 민감하게 구는 것일까? 지나가는 차들을 보면 어떤 차들에게서 종종 볼 수 있는 문콕이지만 어떤 차는 전혀 작은 흔적조차 없다. 문콕이 사회적 이슈가 되다보니 차량들이 문에 스펀지를 붙여 상대방에게 피해를 주지 않으려는 노력들도 늘어나고 있다. 간혹 막무가내도 있지만 말이다.

어떻든 나는 주차할 때마다 병적인 트라우마처럼 신경을 많이 쓰는데도 문콕 흔적을 남기고 떠나는 범인들을 만나고 싶다. 설날 아침에 눈앞에서 벌어진 문콕으로 속상했지만 그 차주의 설명으로 어디서 어떻게 수리하는 줄을 알려주었다. 이런 경우는 〈덴트〉하는 곳에 가면 한 방에 3만 원 정도 한다는 것도 그 사람의 설명으로 알게 되었다. 마침 그 차주가 보험처리를 해주어서 덴트전문점에 가서 전에 생겼던 문콕과 설날 생긴 문콕 두 곳을 말끔하게 수리 받을 수 있었다. 거의 원상회복이라고 할 정도로 몰라보게 수리되었다. 마음이 시원해졌다. 이리보고 저리보고 불빛에 보아도 말끔하게 수리되어 만족하게 되었다.

이 일을 겪고는 문콕에 대해 민감하게 마음 쓰지 않기로 했다 혹 그런 일이 또 있으면 수리하는데 생각했던 것만큼 어렵지 않다는 것을 알았다. 전에 타던 차도 곳곳에 문콕의 상처를 지우지도 못하고 떠나보냈다. 그 차도 12년을 거의 새 차처럼 탔지만 알 수 없는 문콕으로 마음에 생채기가 될 정도로 마음이 쓰였다. 언젠가 고속도로 휴게실에 들러 잠시 볼일을 보고 쉬었다가 출발하려는데 바로 옆으로 들어와 주차하더니 한 남자가 차 문을 발로 확 열면서 쿵하고 부딪혔다. 점잖은 남성은 미안하다는 말도 않았다 "여보세요, 문을 좀 살살 열어야지 이게 뭡니까?"화가 잔뜩 나서 차에서 내려 살펴보니 다행히도 보기 싫을 정도가 아니어서 그냥 온 적도 있고, 식당 주차장에 막 차를 주차하고 내리려는데 갑자기 승용차 한 대가 옆에 들어오더니 차 문을 양쪽으로 열면서 여러 분이 내렸다. 노인 분들이셨는데 발로 문을 확 밀어 문콕을 하고 말았다. 연신 미안하다는 노인을 뭐라 할 수도 없고 어둡고 해서 그냥 왔더니 아침에 보니 역시나 콕, 특히 어린아이들 태우고 내릴 때 부주의는 문콕의 비중 있는 사례이기도 하다.

또 생겼다. 범인을 알 수 없어서 속상하다. 회사 주차장에서 그랬을 것이다. 바로 옆에 실내체육관이 있는데 배드민턴 클럽에서 운동하러 오는 사람들이 많다. 주로 SUV를 타고 오는데 우리 주차장에 차를 주차한다. 배드민턴 운동 장비를 꺼내고 넣느라 뒷문을 열고 닫는데 이들의 범행이 분명하다고 믿는다. 어느 날 내가 차에 타고 있을 때 쿵하는 소리에 깜짝 놀라 나왔더니 "죄송합니다." 하고 잠시 망설이더니 잽싸게 차를 빼서 나가버렸다. 이후 확인해보니 이 사람이 한 방, 또 한 방. 불빛에 옆을 훑어보면 잔잔한 흠부터 벌써 몇 개나 된다.

에라이~~ 욕이 나오지만 들을 상대가 없다. 이제는 좋은 차를 타고 싶어도 문콕을 예방할 수도 없고 대응할 수 있는 방법도 모르고, 혹시 알았다 해도 미미한 흔적으로 그때마다 수리할 수도 없고...... 문콕을 얼마나 신경 쓰는지 이 이야기를 쓰면서 흥분된 마음을 가라앉힐 수가 없다. 왜 내 차에게는 이런 일이 자주 생길까? 나에게만 유독 이런 일이 있었다면 믿겠는가?

어느 날 군산에 갔다. 기분도 전환할 겸 금강 하굿둑을 건너 장항 해변가 카페에 차를 마시러 갔다. 널따란 주차장에 차가 한 대도 없었다. 혹시나 누가 옆에 차를 댈까봐서 한적한 곳에 차를 대고 들어가 모처럼 편안한 마음으로 시간을 보내다 나왔다. 이 어쩐 일인가. 그 넓은 주차장 안에서 내 차 옆에 바짝 차를 대놓았다. 참으로 놀랄 일이다. 나는 가끔 지하주차장이나 마트 주차장에 들어갈 때면 좀 넓은 주차 장소에 차를 댄다. 그런데 나와 보면 꼭 옆에 바짝 차를 대어 놓았다. 장소가 넓은데 다른 곳도 있지만 여유 있는 주차 장소에서 왜 하필 바짝 붙여서 댄단 말인가? 아직도 알 수 없는 아이러니이다. 참으로 "세상에 이런 일이"다.

정말 신경 안 쓰고 차를 타고 다닐 수 있는 강철판 차량은 언제쯤 나올 것인지. 제발 남의 차에 문콕을 하였다면 반드시 알리고 수리할 정도라면, 수리를 해주는 양식 있는 사회를 만들었으면 좋겠다. 문콕도 이제는 범죄다. 남의 재산에 손실을 끼쳤다고 보기 때문이다. 어디 문콕 뿐이랴. 남의 차 뒤 문짝부터 뒤 후랜다까지 하얗게 문질러놓고 뺑소니한 나쁜 놈들도 있는데. 그나마 이때는 다행히도 표면 흔적 없이 처리되어 한숨 돌렸지만 자기 잘못된 행위에 대해 책임지지 않는 몰염치한 사람들이 없어지는 명랑하고 밝은 사회, 최소한의 예의와 질서가 존재하는 사회에서 살고 싶다.

누와 정에서 힐링 포인트를 담아본다.

힐링(healing)은 치유, 고치는, 회복을 뜻하는데 때론 하던 일을 잠시 멈추고 힐링이 필요할 때가 있다. 쫓기듯 달려온 일상에서 벗어나 쉼표 하나 찍고 싶을 때 훌쩍 떠나보고 싶다. 복잡 다양한 속세를 잠시 벗어나 자연에서 마음을 쉬고 학문을 논하고 창조적 기상을 키웠던 선비들의 고고한 숨결과 흔적을 찾아서 잠시 여유와 힐링을 느끼기에는 누와 정이 제격인 듯하다.

바람과 달의 주인이 되는 곳, 산수풍경, 선비의 마음자리를 물들인 곳이다.

한국의 누각과 정자는 자연경관 감상과 휴식을 위한 공간이며 동시에 선비들이 공유한 정신문화의 산물이기도 하다.

누각과 정자를 살펴보는 일은, 우리에게 아름다운 자연 속 누정을 감상하는 심미적 만족과 더불어 선비들의 사상과 문화를 읽는 중요한 단초를 제공한다.

'누각' 혹은 '정자'라는 단어를 떠올릴 때 머릿속에 자연스레 그려지는 풍경이 있다. 고즈넉한 산수풍경 속에 자리한 단아한 목조

건물. 사방이 활연히 트인 그 모습을 떠올리면 절로 마음이 여유롭고 편안해진다. 누정은 우리에게 자연 속에 자리한 옛 선조들의 여유 있는 삶의 흔적으로 기억된다.

누와 정은 자연경관 감상과 휴식을 주된 목적으로 지어진 간소한 목조 건물이다. 하지만 어디에 어떤 용도로 지어졌는지, 이름을 갖게 된 내력이 무엇인지에 따라 누정은 저마다의 개성과 매력을 갖는다.

산수를 울타리 삼고, 구름을 병풍 삼은 자연 속의 누정부터 개인의 별서 정원이나 사찰, 궁궐에 있는 누정까지. 누정은 이윽고 저마다의 풍경 속에서 선비들이 휴식을 취하고 마음을 다스리는 공간으로 자리매김을 한다.

나는 직접 사대부들이 누렸던 누정 생활의 풍류를 이해하기 위해 지난 며칠 동안 전남 화순에 있는 누정을 탐방하고 있다. 청명한 달밤, 안개 낀 아침이나 눈비 오는 날에도 누정에 올라 옛 풍류객들의 마음자리를 찾아 서성이며, 누정을 통해 옛사람들의 생활철학이나 윤리관, 현실적 욕망을 읽어냈다.

2018년 6월 28일 KBS광주방송에서 방송된 〈남도스페셜〉 남도선비문화의 산실-화순 누정편에 화순군 문화재전문위원으로 있는 심홍섭(사촌매제)이 아들과 함께 출연한다기에 특별한 관심을 갖게 되었다. 태풍 솔릭이 지나가고 폭우가 국지적으로 내렸지만 정자를 찾아 떠나는 힐링을 시작했다. 마침 점심식사시간이 되어 화순군청 옆에 위치한 수림정이라는 한식당을 소개받아 찾았다. 화순에 오니 무슨무슨 정(亭)이라는 상호들이 많이 눈에 뜨인다. 남도의 맛깔 나는 음식을 앞에 두니 마음마저 흡족하다. 식사를 마치니 비가 개인다. 처음으로 찾아가는 정자는 〈부춘정(富春亭)〉이다.

지금은 잡풀이 무성해진 지석강을 따라 마을 어귀 언덕 위에 자리하고 있어 예전에 앞에 보이는 산과 그 강을 따라 흘렀던 물과 수려한 풍경을 만들어냈던 것과는 달리 많은 세월의 흔적들로 그 비경은 많이 퇴색되었다 하겠다. 산수가 아름다운 곳에 사람들은 누정을 세우곤 했다는 느낌을 받으며 〈부춘정(富春亭)〉에 오른다. 강을 바라보고 아주 좋은 곳에 지어져 있다.

자연과 벗하고자 하는 선비들에게 누정은 문학공간이자 자유로운 소통의 공간이었다. 부춘정은 여기에서 사람들이 쉬기도 하고 저런 아름다운 경치도 바라보고 모여서 회의도 하는 곳이었다고 설명해준다. 이 정자의 주인이었던 선비들은 떠나고 없지만 이 공간에서 누리고자 했던 풍경 있는 문화의 자취와 자연의 정취는 여전히 남아있다. 아직도 후손들이 옛 경관을 보존하고 잘 정리되어 있어 찾는 이로 하여금 그 시대에 와있는 느낌을 더해주었다. 부춘정 앞 오래된 백일홍 나무는 정자를 더욱 고풍스럽게 보이게 해주었다. 심홍섭 매제는 요즘에는 현대인에게 쉼과 도시생활에서 지친 삶에서 잠시나마 심신의 안정을 취하고 피로도 풀고 힐링도 되는 최고의 유적지가 누정이라고 소개한다.

　남도에서 누정문화가 가장 발달했던 화순, 선비문화의 꽃이자 전통 건축의 꽃 누정으로 이해하며 그 시대를 살았던 선비들과 같은 향취에 젖어본다.

　지석강을 따라 조금 더 내려가면 또 하나의 정자를 만나는데 바로 〈송석정(松石亭)〉이다. 송석정은 강을 내려다보며 산수화를 그려놓은 듯 풍경을 빨아드리는 분위기다. 농로를 따라 정자 앞에 서니 그 위용은 대궐을 보는 듯 했다. 다른 정자에 비해 기와지붕의 곡선미와 하늘을 나는 새의 날개처럼 그 당시 선비의 위상을 보는 듯 했다. 송석정은 그 이름처럼 세월을 가늠하기 힘들 정도의 오래된 소나무 숲과 수려한 암벽들 사이에 터를 잡고 있다. 지금도 잘 정리되고 보호하고 있다는 정자 앞 후손을 만나 보니 선대에 대한 자부심이 대단하게 간직하고 있었다. 송석정에는 이곳을 찾았던 30여명 선비들의 시와 글이 현판에 쓰여 있다. 되돌아 나와 도로에 오르니 비가 더 심하게 폭우로 내린다. 정자를 탐방하는 순간은 이 비도 정겹다. 화순의 모든 도로 양옆으로는 가로수가 특색이 있다. 모든 도로에 가로수는 백일홍이다. 백일홍 가로수를 즐기며 찾아간

곳은 강을 거슬러 상류 쪽으로 올라가다 보면 풍광이 멋들어진 유원지를 만날 수 있다. 건축양식은 조금씩 달랐지만 대체로 비슷한 모습으로 지어져 있었고 가운데에 사각으로 문을 달아 방처럼 되어있고 사면으로는 터있는 마루형식을 갖추고 있다. 비슷한 양식이지만 이층으로 지어진 누정 〈영벽정(映碧亭)〉을 만날 수 있다. 다시 차를 몰아 한참이나 달려서 도착한 사평에 위치한 정자는 〈임대정(臨對亭)〉 원림이다.

바로 비밀의 정원으로 들어가는 것이다. 울창한 원림 속에 감춰져 있는 공간에 정자 한 채가 고고한 선비처럼 서 있다. 임대정은 시공을 초월하여 역사를 뛰어넘는다. 정자 앞으로는 작은 규모의 사각형 연못(방지)이 조성되어 있다. 이 방지에는 한가운데 둥근 섬(원도)이 있는데 이 지당은 우리 선인들이 가장 중요시했던 음양의 구조를 나타내고 있다. 방지 안의 섬 정면에는 조그마한 입석이 세워져 있고 '세심(洗心)'이라는 글씨가 쓰여 있다. 깨끗한 마음을 지니고자 한 선비의 정신이 깃든 글이다. 이처럼 시대의 변화를 꿈꿨던 선비들에게 누정은 소통과 교류의 거점이기도 했다.

임대정 원림을 나와 사평천 근처 찻집에 잠시 들렀다. 잠시 차 한 잔 시키면서 찻집 주인에게 화순의 정자에 대해 물었더니 잘 모르겠다 해서 조금은 실망스러웠다. "사장님, 그럼 사평에서 소개할 만한 곳이 있습니까?" 했더니 소개해준 곳이 "사평 기정떡집"이었다.

출출하기도 한 터라 기정떡 한 상자를 사고 동생이 가보라는 물염정을 찾아 나섰다. 내비게이션을 켜고 물염정을 찾아가는 길에 삼국지에서 나온 듯한 적벽을 만나게 되었다. 길가에서 적벽을 바라볼 수 있는 관람 장소를 마련해놓고 화순적벽을 소개해주는 안내문도 게시되어 있어서 도움이 되었다.

화순군 이서면 깎아지른 절벽인 화순적벽은 1억년 전후로 퇴적되어 시루떡처럼 쌓여서 생긴 적벽이다. 적벽위에서 꽃을 떨어뜨려 노는 낙화놀이가 있었다고 한다. 화순 적벽에서 바라본 산 풍경은 물안개가 산허리를 감아 흐르는 유명한 화가의 한 폭 산수화가 틀림없었다. 그 물줄기를 따라 적벽은 또 다른 모습으로 이어져 있고 그 풍경을 다르게 펼쳐져 보였다. 화순의 천하제일경이라는 물염 적벽을 마주하고 터를 잡은 정자 〈물염정(勿染亭)〉은 460여 년 전 정자가 처음 지어질 당시에는 소박한 초가집이었다고 한다. 광주 전남 8대 정자 중 으뜸으로 꼽히는 물염정은 화려함보다 단정하고 정갈함을 추구하고 있는 선비 정신이 담겨져 있다. 속세에 물들지 않는다는 뜻으로 정자의 당호를 지었을 것이라고 소개한다. 당대의 최고의 내로라하는 김삿갓을 비롯하여 시인 묵객들이 머물렀다고 한다. 다산 정약용과도 인연이 깊다고 한다. 소년 다산은 부모님을 따라 이곳에 와서 적벽을 바라보고 호연지기를 기르고 그 감회를 물염전기라는 기행문으로 남겼다 한다.

호남 사림문학을 품고 있는 화순의 누정에서 선비로서의 새로운 시대, 새로운 정치를 모색하기도 했다고 한다.

자연 그대로의 자연스러움이 그대로 표현돼있는 아름다움을 지금까지 유지한 정원이 아름다운 정자이기도 하다. 정자를 짓고 학문에 정진하고 때론 휴식을 취하면서 역사를 이끌었던 쉼과 열정의 산실이기에 오늘에서 그냥 오래된 건축물로 볼 것이 아니라 고고한 선비정신의 계승과 전통을 이어가야 할 것이다. 누와 정은 우리가 간직해야 할 소중한 무화유산임을 새롭게 인식하게 된다.

이처럼 누와 정을 새삼 되돌아보게 된 것은 이시대의 삶이 피곤하며 바쁜 일상에서 지쳐있기 때문일 것이다. 아직 직접 찾아보지 못한 정자가 몇 개 더 있다고 하여 다음 기회에는 맛과 멋을 담은 더 깊이 있는 힐링 여행으로 만들어봐야겠다. 특히 화순에 살고 있는 사촌 여동생의 안내로 화순의 정자를 찾아보는데 도움이 되었고 매제의 전통문화재 보존과 연구에 특별한 노력을 하고 있고 관련 서적을 출판하였다고 하니 가상하기도 했다.

내가 사는 전주에도 유명한 한벽루가 있다. 그동안은 관심밖에 있었으나 정자를 탐방하면서 새롭게 인식하게 된다. 지금은 한옥

마을 뒤편에 초라하게 숨겨져 있어 찾는 이가 거의 없는 한벽당은 조선왕조 태조의 개국을 도운 공신이며, 집현전 직제학을 지낸 월당 최담 선생이 태종 4년에 별장으로 건립하였다 한다. 당시 한벽당은 전주뿐만 아니라 호남의 명승으로 알려져 시인 묵객들이 그칠 새 없이 찾던 곳으로 원래 옥처럼 항시 맑은 물이 흘러 바윗돌에 부딪혀 정경이 마치 벽옥한류 같다 해서 한벽이란 이름이 붙여졌다 전해진다. 한벽루 밑의 천은 많은 사람들이 떡 감고 놀았던 어린 시절을 추억하기도 한다. 전국에는 많은 누와 정이 산재 보존되고 있다고 한다. 시간을 내서 전국의 누와 정을 계속 탐방하며 옛 선비의 고고한 정신을 담고 여백의 정취로 마음을 채우는 힐링 포인트로 담아보려 한다.

마음의 즐거움은 얼굴을 빛나게 하여도
마음의 근심은 심령을 상하게 하느니라
명철한 자의 마음은 지식을 요구하고
미련한 자의 입은 미련한 것을 즐기느니라

고난 받는 자는 그날이 다 험악하나
마음이 즐거운 자는 항상 잔치하느니라
가산이 적어도 여호와를 경외하는 것이
크게 부하고 번뇌하는 것보다 나으니라

잠언 15장 13~16절

변화,

요즘 세간에는 품격이라는 단어가 등장했다.
예전같이 먹고 살기 힘들 때는 품격이라는
이야기는 사치였을 것이다.
이제는 먹고 살만한 세상이 되었다고 그런지
간혹 품격을 지키라고 요구한다.

품격이 경쟁력이다

요즘 세간에는 품격이라는 단어가 등장했다. 예전같이 먹고 살기 힘들 때는 품격이라는 이야기는 사치였을 것이다. 이제는 먹고 살만한 세상이 되었다고 그런지 간혹 품격을 지키라고 요구한다.

품격이란 일부러 만들어내지 않아도 일상 속에서 그 모습이 우러나오는 성품이다.

성공한 사람은 품격이 높을 수 있다고 한다. 하지만 전혀 그렇지 않는 경우도 종종 볼 수 있다. 꼭 성공과 품격을 비례하지는 않는다.

품격(品格)은 사람 된 바탕과 타고난 성품, 또는 사물 따위에서 느껴지는 품위를 말한다. 품질(品質)은 물건의 성질과 바탕을 말한다. 품위(品位)는 사람이 갖추어야 할 위엄이나 기품을 말한다.

품격에는 국가, 조직, 가정, 개인에 이르기까지 중요한 덕목으로 평가되어진다. 경제적으로 성공하였다고 해서 도덕적인 품격이 동일하게 따라오지는 않는다.

독일의 비판 철학자 임마누엘 칸트가 "인간은 뒤틀린 목재와 같다"고 했다. 인간의 불완전성을 빗대서 한 말이다. 품격의 완성을 위해서는 스스로의 결점을 명확하게 깨닫고 진정으로 노력해야 발전적일 수 있음을 암시한다. 품격은 겉으로 보여 지는 것이 아니고 그 안의 영혼이 담겨져 있어야 한다.

날이 갈수록 자기중심적인 이기주의가 팽배해지고 있다. 거기에 지역 이기주의까지 겹쳐서 거의 전쟁과 파괴의 위험으로 치닫고 있는 것도 간혹 볼 수 있다. 남들보다 앞서가기 위해 고군분투도 모자라 자신의 영달을 위해 남을 헐뜯고 무참하게 공격하여 희생시키는 경우도 종종 볼 수 있다. 대학생들은 졸업을 뒤로 미루고 스펙 쌓기에 점철돼가고 SNS에 자신의 잘남을 스스럼없이 드러내기도 한다.

이제는 자기의 가치를 회복해야 할 때라고 강조하기도 한다. 대의를 중시할 줄 아는 겸손과 더 큰 목적을 위해 작은 욕망을 억누를 줄 아는 절제, 부와 명예의 수단으로서 직업이 아닌 천직으로서 소명의식과 헌신이 키워드가 되어가고 있다. 인간의 품격은 이같은 가치의 실천 속에서 모습을 서서히 드러낸다, 그러므로 스스로를 낮출수록 개인의 품격은 높아진다고 볼 수 있다.

미국의 34대 대통령 드와이트 아이젠하워는 어릴 때에는 천방지축이고 반항아적인 자세였다고 한다. 그는 어른이 되면서 스스로 화를 이겨낼 방법을 직접 고안해내고 실행하여 차분한 성격을 가지게 되었다고 한다. 그는 가끔 사람들에 대한 분노가 생기면 일기장에 그들의 이름을 적어놓고 다시는 펴보지 않거나 종이에 휘갈겨 쓴 다음에 구겨서 휴지통에 버렸다고 한다. 이를 반복하자

놀랍게도 감정을 수월하게 조절할 수 있었다고 한다. 그는 품격은 갈고 닦는 것이라고 했다고 한다.

불평불만과 품격을 연결시키기란 어려운 일이다. 불평불만은 사회적 통념상 좋지 않는 모습으로 비쳐지기 일쑤이다. 그저 조용히 묻어가는 것이 입을 달싹거려서 불평분자로 낙인찍히기보다 나을 것이기 때문이다. 우리들은 대체로 살아가면서 자기 뜻에 부합되지 않으면 평가를 하게 되고 불평을 드러내놓기 때문에 "제발 품격을 지켜라"한다. 적당한 불평은 개인과 조직을 발전시키는 촉매제로도 작용할 수 있다.

요즘 우리들의 라이프스타일이 변해가고 있다. 이웃은 점점 사라지고 홀로 사는 가옥이 많아지면서 더욱더 품격을 찾아볼 수 없게 되었다. 생활주거공간의 다변화로 원룸세대의 증가와 사회적인 가치와 통념을 무시해버리는 품격 없는 이웃들이 환경과 질서를 어지럽히고 있다. 공동체 생활에서 지켜야 할 질서의식과 규범은 아랑곳하지 않고 자기만의 편리를 찾는 품격 없는 이웃들로 눈살을 찌푸리기도 한다. 쓰레기 분리수거 통에 아무거나 넣어버리고 음식물 수거 통에는 비닐까지 함께 버리는가 하면 베란다에서 담배를 피워 다른 가족에게 피해를 주는 일, 차를 운전하면서 방향지시등도 켜지 않고 제멋대로 끼어들기 차선변경 회전하기는 정말 몰상식한 행동들이다. 품격이 없는 사람을 몰상식하다고 한다.

직장에서는 자기 부하직원들을 마치 하인 다루듯 하고 말도 짧게 하는 몰지각한 관리자들이 있다. 회사 내에서는 알맞은 호칭과

적절한 단어를 사용하는 것만으로도 높은 경쟁력을 확보할 수 있다고 한다. 아무리 부하직원이라도 직위에 알맞은 책임이나 권위를 무시하고 인격에까지 상처를 입히는 막말은 주의해야 한다. 특히 언어는 품격을 넘어 인격을 좌우한다. 정확한 언어에 어휘와 화술의 사용은 훨씬 깊이 있는 품격을 드러낼 수 있다. 진짜 품위 있는 사람은 무심코 던진 말 한마디에도 그 사람의 됨됨이가 자연스럽게 드러난다. 말의 품격, 성품의 품격, 옷차림의 품격 등 요즘은 품격전성시대라 했는데 아직도 우리의 현실은 멀기만 하다. 품격이라는 단어는 단순한 고급차를 타고 고급 백에 사치스러움이 아니라 그 이상의 조건들을 담고 있기에 누구에게나 품격을 담고 품위를 담기는 과분한 이야기가 아닌가 한다.

21세기는 소통과 협력이 필수적인 융복합시대라고 말한다. 이제 기업들도 품질경쟁이 아닌 품격경쟁에 대비해야 할 필요가 있다고 한다. 소비자들이 자기 기업의 제품을 쓸 수밖에 없도록 더욱 좋은 품질서비스의 제공으로 독특한 품격을 갖춰야 한다는 것이다. 갈수록 문자와 메시지, 비대면 서비스 등의 확대로 사람들이 홀로 살아가는 모양이 늘어나는 시대이다. 배달 앱과 콜택시 앱은 말 한 마디 하지 않아도 집 앞까지 원하는 것을 척척 보내주고, 문자메시지와 메신저 앱으로 웬만한 업무는 어렵지 않게 볼 수 있는 요즘 같은 때 오히려 사람들과 말을 하고 품격을 이야기하는 것은 동떨어진 이야기일 수도 있다.

이제는 물질적인 여유가 아니라 정신적인 여유가 있어야 우리의 사회적 지위에 상응하는 품격을 갖출 수 있다. 하늘을 두려워하고 도덕적 가치를 담는 사람으로서 도리를 다할 때, 그리고 여유를 가지고 삶에 임해야 마음이 너그러워지고 품격이 영혼 안에서 자라나게 된다는 것이다.

나 위주로 판단하지 않고 타인을 위하는 경청의 자세. 자신의 불만을 타인에 대한 폭력으로 해소하지 않는 태도, 예의 없는 자들에게 웃음과 재치로 맞서는 기술, 자신을 지키면서 사회의 변화를 추동하는 실천이 모이면 불만에 품격을 불어 넣을 수 있다는 것이다. 내가 하는 일이 평가 절하되어 질타의 대상이 되기도 하지만 의기소침하지 않고 어떠한 어려움도 긍정으로 대처하여야 한다. 다른 사람의 꿈이라도 뜨겁게 응원해주고 다른 사람들의 행복에 힘차게 박수쳐주어라. 나쁜 일은 빨리 잊고 질투심으로 마음 상하고 건강 망치지 마라.

서로에게 용기를 주고 기쁜 소식에 맞장구쳐 주라. 그리고 기죽지 말고 당당하게 품격을 유지하라. 물론 처음부터 이 모든 사항을 동시에 고려하기는 어렵겠지만 품격에 익숙해지면 좋은 무기가 될 것임에 틀림없다고 생각한다.

조직의 생존을 위해서 리더는 반드시 필요한 존재이다. 모든 조직은 리더가 어떤 존재이냐에 따라 그 조직의 명운이 갈린다고 한다. 품격 있는 리더 하나가 전체 조직에 어떠한 영향을 끼치느냐는 불을 보듯 명확하기 때문이다. 그래서 리더는 갖추어야 할 덕목으로 품격을 이야기할 수 있다. 조직 내에서 누군가가 반드시 해야 할 일이라면 "내가 하겠습니다."라는 긍정의 힘을 길러가는 것도 큰 덕목 중에 하나일 것이다.

10년 전 노벨문학상을 수상한 전 미국대통령 엘고어는 "물질적 풍요가 역사상 최고에 이르렀지만 인생의 허무함을 느끼는 사람의 수는 역시 최고에 이르렀다"고 말했다. 이러한 이유의 연장선상에서 품격을 이야기하게 되었다. 사람을 사람답게 만드는 품격, 이제 삶은 더 다양해지고 품격이 경쟁력인 시대가 왔다고 생각한다. 〈한전사보 2월호 참조〉

한국산 토종 며느리의 실종

오늘은 추석명절 연휴 후 첫날이다.

직장인들은 긴 연휴로 피로와 스트레스를 한꺼번에 풀 수 있을 것이란 오류를 남긴다. 오히려 피로와 스트레스를 가득 짊어진 채 출근길에 나선다. 언제부터인지 잘 모르겠지만 한국산 며느리들의 실종사건이 있고 난 후부터 남자들은 오히려 더 무거운 마음으로 명절을 보내고 있다.

주방에선 해도 해도 끝이 안 난다는 아낙네들의 일거리들……

차례음식 준비에서부터 뒷설거지까지 허리 한 번 펴보기 어려운 어머니도 계시고 아내도 있다. 우리가 무심결에 한국산 며느리들의 보통 일상이라 여겼던 명절의 풍경이었다.

특히나 종갓집 종부라는 타이틀은 전통적으로 이어져 내려온 가풍이라는 전통을 이어가기 위해 헌신적인 며느리의 삶을 당연시 이어온 게 사실이다.

점점 핵가족으로 가족의 형태가 변화되고 명분만으로 유지되어 오던 종갓집 종부도 어려운 손님도 뜸해지고 그냥 식솔들만 드나들 뿐인데도 갈수록 한국산 며느리들의 마음과 몸은 힘들다고 하소연이다.

오죽하면 가장 사랑스러운 아들, 딸, 손주들, 며느리, 사위들조차도 오면 한없이 반갑지만 갈 때는 더욱 더 반갑다고 하니 말이다.

명절 차례상을 차리거나 기제사를 모실 때는 시집와서 한 번도 뵌 적 없는 시댁 조상님들께 절을 하면서 "이런 형식적인 행사가 누구를 위한 것일까?"

"조상님을 위한 것일까, 아니면 살아있는 우리들을 위한 것일까?"

하는 발칙한 생각도 수없이 했다는 며느리들의 이야기이다.

아직도 우리나라의 많은 가정에서는 조상을 섬기는 유교적 관습과 전통에 뿌리를 깊이 내리고 있어 특히 어른들이 생존해있는 가정에서는 결코 소홀히 할 수 없는 조상에 대한 예와 법도일 것이다.

어려운 시대(6.25, 4.19)를 겪고 자란 세대의 한국산 며느리의 이야기이다.

"이번 추석에도 노구(老軀)를 무릅쓰고 며느님의 눈치를 살피며 정성을 다해서

조상님께 올릴 음식을 만들어 차례를 모셨습니다. 달포 전부터 마트를 다니고 음식재료 선별 및 손질에 수없이 많은 손길을 오가서인지 차례모시고 할일이 끝났다 생각하니 급격히 피곤함이 쏟

아지더군요.

　힘은 들지만 이런 것이 사람들 살아가는 모습이고 또 삶의 보람이기도 하겠지요.

　요즘은 시대가 많이 변해서 명절도 간소화하고 기제사도 늦은 밤이 아닌 저녁에 모신다고 하지만 저희 집의 고집불통 옆지기 님은 "간소화"란 단어를 아주 모른 척 합니다. 기제사도 꼭 밤 12시가 되어야 모시니 끝나면 새벽 2시가 됩니다. 수십 년 아니 50년 이상을 이렇게 하다 보니 제겐 슬픈 사연도 많았지요.

　오곡백과 영글고 코스모스 길가로 가슴 설레게 했던 추석명절은 이렇게 즐거움과 행복함이 있었기에 또 힘들고 어려움도 함께 남기고 또다시 내년을 기약하며 떠났습니다.

　"행복의 조건을 따지면 불행하고, 삶의 의미를 찾으면 더는 살지 못한다."는 (알베르 카뮈)의 말이 생각납니다.

　조건 따지지 말고 의미가 무엇인지 찾으려 하지 말고 지금이 행복하다 생각하고 사는 것이 제일일 듯합니다.

　의식주 걱정 안하고 삼남매가 건강하고 속 안 썩이니 세상에서 제일 행복하다 생각하고 지금도 열심히 살아내고 있습니다.

　하늘에서(신께서) 점지해주신 제 생의 나머지 시간이 얼마나 남아있는지는 가늠할 수 없지만요.

　가슴 찡한 몇 안 될 것 같은 어느 한국산 토종며느리의 고백이다.

　오랜 전통이 있는 추석명절에는 여러 가지 행사와 놀이가 세시

풍속으로 전승되고 있다. 추석이 되면 조석으로 기후가 쌀쌀하여
지므로 사람들은 여름옷에서 가을 옷으로 갈아입는다. 추석에 입
는 새 옷을 추석빔이라고 한다. 어렸을 때는 추석을 앞두고 고무
다라이에서 목욕을 하고 내복을 처음 입는 날이기도 했다.

옛날에는 머슴을 두고 농사짓는 가정에서는 머슴들까지도 추석
때에는 새로 옷을 한 벌씩 해주기도 했단다. 추석날 첫 번째 일은
아침 일찍 일어나 조상 앞에 차례를 지내는 일이다. 여자들이 수
일 전부터 미리 준비한 차례 상을 차려놓고 차례를 지낸다. 햅쌀
로 밥을 짓고 햅쌀로 술을 빚고 햇곡식으로 송편을 만들고 가장
좋은 산해진미를 풍성하게 차려놓고 차례를 지낸다.

차례가 끝나면 차례에 올렸던 음식으로 온 가족이 음복(飮福)을
한다.

아침식사를 마치고 조상의 산소에 가서 성묘를 하는데, 추석에
앞서서는 반드시 산소에 가서 벌초를 해야만 한다.

추석 무렵은 하늘은 높고 말이 살찌는 좋은 계절이고 풍요를 자
랑하는 때이기에 마음이 유쾌하고 넉넉해서 여러 가지 놀이를 하
고 즐긴다. 사람들이 모여서 농악을 치고 노래와 춤이 어울리게
된다. 농군들이 모여 그해에 마을에서 농사를 잘 지은 집이나 부
잣집을 찾아가면 술과 음식으로 일행을 대접한다. 먹을 것이 풍족
하니 인심도 좋아서 기꺼이 대접을 한다.

이처럼 추석명절이 우리에게 주는 의미는 우리 민족의 삶과 전
통의 맥을 잇는 중요한 날로 정하고 명절이라 부른다. 이런 명절

을 보내기 위해서는 누구보다도 며느리들의 수고와 노력이 절실하다. 그렇기 때문에 딸이라는 여자보다 며느리라는 이름으로 여자들은 모든 수고와 희생을 감당하게 된다. 우리나라에서는 전통적인 유교관습을 따라 남자들은 행사를 준비하고 여자들은 음식과 수발을 담당하게 된다. 그러다보니 남녀가 유별하여 남자들이 담당하는 가문의 책임과 어른으로서의 위엄은 힘이 들지 않는다 생각하고 여인들이 담당하는 음식과 뒤치다꺼리는 종이 없는 요즘에는 힘이 부치다 못해 고생한다는 것이다. 예전에는 권세와 빈부의 차이에 따라 종이 있고 없고 하여 사대부들의 집안에서는 여인들이 감당하는 부분은 요즘 남자들처럼 가풍을 중시하고 그에 걸맞게 가문을 이끌어왔다. 하지만 요즘은 종이 없는 구조(가정부로 존재)에서 며느리가 종처럼 모든 일을 감당할 수밖에 없기 때문에 여느 때보다 견디기 힘든 시간들이 되어버렸다. 점점 며느리들에게 지워지는 짐은 과연 누구를 위함인가에 의문을 담게 되면서 한국산 토종며느리의 실종은 시작되었다.

일단은 명절의 의미는 변질되었고 가족들에게 제공 되어질 음식 만들기에도 며느리들은 손을 놓아가고 있다는 것이다. 우리나라뿐 아니겠지만 여자들은 딸이라는 이름으로 사랑받고 살다가 결혼을 하게 되면서 며느리가 되고, 아이를 낳고부터는 엄마가 되고 나이 들어 할머니가 되니 그녀도 역시나 며느리를 보게 되는 것이다. 한국산 며느리는 위대하고 강한 존재였음에 부정할 수 없는 현실이었다. 한국산 며느리는 언제나 남편과 아이들을 위해 자신을 희생하고 가풍과 가업에 지극히 헌신적인 노력을 보여 왔기 때문이다. 그러나 며느리는 어머니에 비해 적절한 대우를 받지 못했다. 항상 암울했던 한국산 며느리는 언제부터인가 해방구를 찾아 탈출하기 시작했다. 점점 귀한 존재로, 이제는 그 가치를 인정받아야 할 존재인 한국산 며느리는 멸종위기의 보호되어야 할 존재가 되어버렸다.

명절을 맞은 요즘의 세태 풍속은 며느리들의 가출, 해방을 외치며 나 홀로 시간과 여유를 찾아 가족과 풍습을 떼어놓는 새로운 형태의 패턴을 만들어내고 있다.

결혼 15년차 40대 주부 임 모씨는 올해 추석에는 시댁에 가지 않겠다고 남편에게 통보했다고 한다. 20대 중반에 결혼해 지난 14년간 명절마다 전과 송편을 만들었던 "모범 며느리"의 변심이었다. 남편은 당황했고 장차 며느리가 될 수도 있는 초등학생과 중학생 두 딸은 응원을 보냈다고 한다.

임 씨는 모 일간지와의 통화에서 "말이 아닌 행동으로 며느리들의 희생을 요구하는 명절의 틀을 깨버리고 싶었다."며 "서울근교에 작은 숙소를 잡고 나만을 위한 요리를 만들어 수입 맥주와 함께 혼자만의 시간을 보냈다."고 말했다.

지난해 9월부터 대학원에서 여성학을 공부하고 있다는 임 씨는 "시부모님이 노하셨다는 이야기에 불안하고 힘들었지만 여기서 물러나고 싶진 않다."며 "내년에는 돈을 모아 해외여행을 한 번 다녀오고 싶다."는 희망도 밝혔다. 임 씨와 같이 기존 명절 문화를 거부하는 〈행동하는 며느리〉들이 늘어나고 있다고 한다. 가부장적인 제사 문화에 거부감을 느끼지만 전통이라는 이름 아래 "조용한 불만"을 표출해왔던 며느리들이 본격적인 목소리를 내는 것이다. 모 한국여성정책연구원 연구위원은 "사회적 지위가 올라간 여성들이 과거와는 달리 제사라는 가부장적 규범에 의문을 던지고 있다."며 "며느리들이 숨겨왔던 솔직한 심정을 드러내는 것"이라고 분석했다.

제사 때는 현관문으로 여자가 들어오지도 못한다는 사연부터 설거지를 도와 달라고 하니 황당한 반응을 보였다는 시동생의 이야기, 명절 당일 오전 10시에 시댁에 도착한 며느리에게 "늦게 와서 꼴도 보기 싫다."는 시어머니까지. 한 여성 사용자는 "이런 명절을 보내는 것은 나 하나로 충분하다."며 "내 딸들에게는 〈메이드인 코리아 사위〉는 사절이라 선언했다."는 글을 남겨 공감을 얻기도 했다고 한다.

"지난해부터 며느리를 가사도우미로 취급하는 시댁에는 가지 않고 있다."는 경험담을 전했다. 며느리는 언젠가 시어머니가 된다는 것도 잊어버렸다.

한국의 전통 문화가 여성의 지위가 상승하고 있는 시대상과 조화를 이루지 못한다면 급격히 쇠퇴할 가능성이 있다는 생각에 공감하게 된다.

우리나라에는 일 년에 두 번 있는 큰 명절로 설날과 추석에 겪어야 하는 한국산 며느리의 실종으로 남자들은 오히려 힘들고 지친 맘 불편한 시간들을 보내야 한다. 여자들의 성 평등을 넘어 상

위를 점하려는 세태와 전통적인 문화학습을 받고 며느리가 키워
온 남자들은 보이지 않는 기득권 다툼에서 결국 꼬리를 내리는 형
상을 보이고 있다. 어떻든 명절의 의미가 우리에게 주는 전통문화
의 계승과 발전마저 사라지게 하는 일이 없었으면 좋겠다. 전통문
화는 우리의 가슴속에 맺힌 한과 끼와 삶의 여유를 담아가는 선물
보따리임에는 틀림없다. 그리고 추석명절은 빈부귀천, 남녀노소
가 따로 없음이 그 근본일 것이라 믿기에 가여운 한국산 며느리가
아니라 자랑스럽고 존중받아야 할 가장 소중한 가치요, 자산일 것
이다.

임파워먼트를 이야기하다

어느새 직장의 관리자로써 근무한지가 20년째를 맞이했다. 그동안 뒤돌아보면 얼마나 피동적이고 감시와 통제의 대상이었나는 생각을 지울 수 없다. 나는 현장 관리자로써 회사의 권한을 위임받아 사장님을 대신하여 현장관리 및 직원평가와 조직원을 리더해가는 관리자이다. 가끔 나 자신에게 당신은 리더입니까? 관리자입니까? 라고 묻게 된다. 리더와 관리자는 차원이 다르다. 리더에게는 그에 상응하는 임파워먼트가 있기 때문이다.

임파워먼트(Empowerment, 권능감)를 직역하면 '권리 강화' 혹은 '권한 위임'이란 뜻으로, 조직원 자신들이 조직에 많은 중요한 일을 할 수 있는 권력 및 능력 등을 가지고 있다는 확신을 심어주는 것을 뜻한다. 때문에 권력을 위임하거나 의사결정에 참여시키는 등의 방법을 통해서 회사의 구성원들에게 권력을 맛보게 해준다는 뜻으로 이해하게 된다.

어느 커피 전문점에서 실제로 일어났던 이야기다. 임마누엘모임 형제들하고 모이는 모임이 있어서 커피를 마시러 카페에 들렀다. 한 분은 커피를 이미 마셨다며 안 마시겠다고 했다. 그런데 주문을 받는 직원이 인원수에 맞게 시켜야 한다고 이야기하는 게 아닌가. 자세히 둘러보니 메뉴판에 "사람 숫자대로 주문하셔야 합니다."라고 쓰여 있는 것이다. 그래서 주문을 받는 사람에게 꼭 그렇게 해야 하느냐고 물었더니 담담하되 단호한 목소리로 '그렇다'는 답이 돌아왔다. 우리들은 소개받아 들른 가게인데 매장은 텅텅 비어있었는데도, 그녀의 태도는 까칠했고 눈빛은 완강했다.

"어, 커피 값 아끼려고 그러는 게 아닌데."

우리들은 모두 그녀의 쌀쌀맞은 태도에 불쾌감을 느끼게 되었다. 커피를 사기로 한 사람이 주변의 반대를 뿌리치고 그냥 사람 숫자 대로 차를 주문했다. 그렇게 함으로써 알바인 게 분명한 젊은 알바생과 벌어질 수도 있었던 갈등을 평화롭게 마무리 지은 셈이다. 그러나 이후 우리들은 다신 그 가게를 찾지 않았을 뿐만 아니라 그 가게에 대해 부정적인 입소문마저 내고 다녔다. 그 가게는 커피 한 잔 더 팔려다가 미래의 수백, 수천 잔 판매 기회를 놓친 셈이다.

무엇이 문제였을까? 그녀는 주인에게서 받은 알바 교육을 그대로 실천하려고 한 모범생이다. 다만 고지식한 게 문제였다. 물론 고지식한 직원이 있을 수 있다는 생각을 미처 하지 못한 채 근무 매뉴얼을 너무 단순하게 제시한 주인도 문제다. 자기들의 영업이

익에만 포커스를 맞춘 상사의 지시에만 잘 따르는 고지식한 직원이 영업에 도움이 되지 않는다는 걸 알기는 하는 것일까. 직원에게 상황 판단을 할 수 있는 재량권을 주려고 전혀 고려하지도 않고 업무에 대한 적극성과 창의성도 그런 재량권이 있을 때에 발휘된다는 것을 알지 못하기 때문일 것이다.

우리는 살아가면서 자신이 조직을 위해서 많은 주요한 일을 할 수 있는 권력, 힘, 능력 등을 갖고 있다는 확신을 얼마나 하고 있을까 하는 것이다. 그러한 확신은 우리 직장인들에게는 엄청난 권한으로 생각되어진다. 우리 직장인들에게는 스스로 능력과 의지를 키워가는 일이 공식적 권한을 사실상 위임해주는 일이라고 생각한다. 그리고 회사의 어떤 의사결정과정에 깊이 참여토록 함으로써 자신의 영향력을 체험토록 하는 일들이 전제되기를 간절히 바라기도 한다. 임파워먼트의 개념은 조직 내 권력의 분배 보다는 자주적이며 책임 있는 권한의 증대 또는 창조 문제에 초점을 두어야 한다.

임파워먼트의 성공적 실천전략으로는 첫 번째 정보의 공개이다.

조직원이 필요한 정보를 선점하여 얻었을 때 조직원은 임파워먼트를 높게 느낄 것이다. 즉 자신이 그만큼 정보력이 뛰어나고, 정보를 얻을 만큼의 관계의 폭이 넓다고 생각하게 된다. 또한 그럼으로써 자신의 위치가 어디쯤이고 조직원에게 자신이 얼마나 중요한지를 인식시키고 싶어 한다. 한 해 계획표만 봐도 알 수 있는 목표 달성이나 성과, 장려금 따위 등의 조금 시간이 지나면 알게 되는 정보를 중요한 기밀인양 조직원들에게 비공개하는 것은 그들의 자긍심마저 감소시킬 것이다.

두 번째로는 신뢰이다.

직원들이 수많은 정보를 수집하고 자랑스럽게 긍지를 느끼는 정보가 흐지부지해져 버렸다면 이 또한 망신거리이기도 하다. 스스로가 자율적으로 다양한 활동을 하여 얻어낸 정보이지만 실현되지 않았다면 그 의미마저 무의미해져 버리기 때문이다. 이렇게 각자 다른 부분에 참여하고 활동하며 얻은 정보는 서로 공유하며 신뢰성 있는 정보로 공유되어질 때 임파워먼트 뿐만 아니라, 조직원들에게 일에 대한 재미도 유발시키고 가치도 증대시킬 것이다. 즉 임파워먼트는 신뢰수준에서 커진다는 개념으로 이해해본다.

세 번째로 적극적인 참여활동 유도이다.

조직원들은 자신들이 발전적인 활동이라고 생각하는 것을 제안 받았을 때 임파워먼트를 높게 느낄 것이다. 이는 참여뿐만 아니라, 그들에게 새로운 시도를 하도록 권한을 위임할 필요성이 있다. 그럼으로써 그들 스스로 적극적이고 책임 있는 자세로 주인의식을 갖고 조직의 부정적인 문화나 관습도 개선해나가려고 시도할 때 자긍심과 자부심은 더욱 조직 안에서 단단해질 것이다. 그리고 자신들이 꽤 영향력이 있는, 또 그러한 영향력을 행사했다고 믿게 하는 좋은 방법이 될 것이다.

네 번째로 존중과 동시에 배려이다.

존중함에는 당연히 신뢰가 따른다. 그 신뢰가 얼마나 조직원 한 사람에게 큰 힘과 책임을 강조해주는지 알게 될 것이다. 이는 배려에 대해서도 조직원이 부담감도 느낄 수 있지만, 그만큼 대단하고 중요한 일을 부여받았다는 느낌을 줄 수 있어 임파워먼트의 향상에 많은 의미를 부여한다. 이 때문에 조직원들은 조직에 주인의식을 자연스레 가지게 되고 충성하게 되는 것이다.

이렇듯 직원들에게 책임과 권한을 위임해주는 걸 가리켜 임파워먼트(empowerment)라고 말할 수 있다. 우리말로 번역하자면, "힘 실어주기, 권리 강화, 권한 위임, 권한 위양"이라고 할 수 있겠다. 자기 자신의 판단에 의해 행동을 취하거나 통제를 할 수 있게 만들어주는 것으로, 조직생활의 다양한 분야에서 쓰이는 개념이다.

임파워먼트를 위선적·사기적 용도로 써먹는 것 못지않게 임파워먼트를 겁내거나 두려워하는 것도 문제다.

우리가 수시로 들르는 다른 찻집에도 메뉴판에 언제부터인가 사람숫자 대로 주문하라고 쓰여 안내되고 있다. 재량권도 없고 창의성이나 자율성도 없는 통제 안에 갇힌 우리들과 별반 다를 게 없다. 우리는 어쩜 오늘도 임파워먼트하고 전혀 다른 통제적 권리를 위임받아 살아가고 맡겨진 조직원을 관리하고 있는 것은 아닐까. 그래서 언젠가부터 일을 실제로 수행하는 관리자들의 판단력과 역량에 대한 불신에서 비롯되는 비관적인 조직원이 되어버렸다.

　어느 날은 본사에 현장에서 이뤄지는 인사권한을 위임해줄 것을 요구하기도 했다. 돌아오는 답은 "권한을 줬어도 사용하지 못한다."고 했다. 정말 조직 구성원들에게 권한을 넘겨줄 용의가 있는지 묻고 싶었다. 말로는 직원들을 믿는다고 하면서 어깨너머로 그들을 계속 감시하고, 그들이 해야 할 결정을 대신 해준다면 직원들의 반응은 회의적일 수밖에 없을 것이다. 임파워먼트를 하기는커녕 오히려 정반대로 '디스임파워먼트(disempowerment, 무력화, 권한 박탈)'를 일삼으면서 무슨 혁신과 변화를 기대할 수 있을까?

새로운 가치창조를 패러디(parody)에서

패러디(parody)란 전통적인 사상이나 관념, 특정 작가의 문체를 모방하여 익살스럽게 변형하거나 개작하는 수법이다. 또는 기성 작품의 내용이나 문체를 교묘히 모방하여 과장이나 풍자로서 재창조하는 것으로 때로는 원작에 편승하여 자신의 의도를 효과적으로 표현하기 위해 이를 이용하기도 한다. 패러디는 대체로 친숙한 것과 낯선 것을 섞고 고상한 것을 상스러운 것과 비비고 딱딱한 것을 부드러운 것과 버무리는 기술로 특히 우리들의 문화유전자에 깊숙이 배어있는 것 같다.

개미와 베짱이가 급속도로 확산된 시기는 산업화가 추진되던 그때였다. 그때는 근면, 성실, 부지런함이 최고의 가치였다. 게으름을 죄악시하는 시절이었다. 우리나라든 외국이든 노동력 착취를 위해서 이 우화를 많이 권장했음은 사실이다. 결론은 어떻든, 여기서 중요한 것은 이 이야기를 통해 개미는 좋은 친구, 베짱이는 나쁜 친구라는 인식이라는 것이다. 개미는 불확실한 미래를 준비하기 위해서 현재의 삶과 행복을 포기하면서 사는 너무 안전만 추구한다는 것이 못내 이기적인 발상이다. 베짱이를 어떻게 생각할까? 예전에는 〈딴따라〉라고 부르면서 천대하고 무시를 했지만, 지금은 예술을 하는 문화인으로 자리를 잡았다.

그래서 인지 노래만 아니라 이솝우화의 이야기도 패러디한 버전이 많이 있다. 각국마다 서로 다른 〈개미와 베짱이〉 이야기의 새로운 버전이 등장하고 있다.

오늘은 이솝우화에서 읽었던 〈개미와 베짱이〉를 다시 읽어보기로 한다.

초등학교의 교과서에도 실린 이솝우화이다.

"부지런한 개미와 게으름뱅이 베짱이가 이웃에 사는데 개미는 더운 여름에도 땀 흘려 열심히 일하여 겨울양식을 넉넉히 마련하였는데 베짱이는 시원한 나무그늘에 앉아서 기타를 치며 즐겁게 노래만 불러 세월을 다 보냈습니다. 겨울이 오자 베짱이는 춥고 배가 고파 개미한테 가서 양식을 구걸했지만 거절당하고 주려 죽고 말았습니다."이다. 어린 마음에 베짱이가 좀 불쌍하고 개미가 인정머리가 없어서 미웠다.

일본버전을 소개해본다. "겨울이 되어 눈이 내리자 베짱이는 먹을 것을 찾아 집을 나섭니다. 여름 내내 노래만 부르고 놀았던 탓에 비축해둔 양식이 한 톨도 없었습니다. 하는 수 없이 베짱이는 개미에게 먹을 것을 구하기 위해 찾아가서 문을 두드렸다. 똑, 똑, 똑, 힘없이 두드렸으나 아무런 응답이 없어 점점 세게 두드려 봤지만 아무런 인기척이 없어 베짱이는 문틈을 비집고 안으로 들어

갔습니다. 그런데 놀라운 광경을 보게 됩니다. 여름내 모아들인 양식이 곡간에 그득 쌓여있는데 개미들은 한 마리도 보이지 않았습니다. 여름 내내 일만 한 탓에 모두 지치고 병들어서 과로사로 숨을 거둔 것이었습니다. 베짱이는 신이 나서 배가 부르게 먹고 노래하며 겨울을 편안히 났습니다."

베짱이는 개미의 수고에 감사하지도 않고 남의 불행이 곧 나의 행복이어서 미웠습니다.

미국 우화의 베짱이 역시 개미집 문을 두드리는 대목까지는 다름이 없지만 그 다음이 아주 기발합니다.

"배가 고픈 베짱이는 개미네 집을 방문하여 문을 두드려 보았지만 개미들은 들은 척도 안 하고 문도 열어주지 않았습니다. 여름내 연주나 하며 노래만 부르던 베짱이는 욕만 먹고 쫓겨났습니다. 춥고 배고프고 설움에 눈물이 났습니다. 베짱이는 이러다 죽겠구나 하고 죽기 전에 즐거웠던 지난 여름날을 추억하며 기력을 다해 바이올린을 연주했습니다. 그의 연주는 유난히 슬프고 감동적이었습니다. 여름내 일만하느라 음악이 무엇인지도 모르던 개미들은 비로소 베짱이의 음악에 매료되어 모여 들었습니다. 베짱이는 이 기회를 놓치지 않았습니다. 재빨리 개미의 무리를 향해 〈Ticket pleace!(입장권을 내라)〉고 외쳤습니다. 결국 베짱이는 겨울마다 리사이틀을 열어 마이클잭슨 같은 큰 부호가 되었습니다."이다. 한류스타가 좋은 예이기도 하다.

그렇다면 옛 소련의 우화를 소개해보자. 위의 이야기들과 다른 점이 있다면 베짱이도 개미도 모두 굶어죽는다는 점이다. 구소련의 붕괴를 패러디한 이솝우화의 새로운 버전은 이렇다.

개미들은 밖에서 떨고 있는 베짱이를 보자 위대한 사회주의공화국의 이념을 전 세계에 고하기 위해서 플래카드를 걸고 환영합니다. "베짱이 동무, 이제 우리 집단 노동장에서 함께 일하고 함께 먹는 동무가 된 것을 환영합니다."그러고는 베짱이를 당원으로 받아들여 성대한 파티를 열어주었습니다. 하지만 덩치가 큰 베짱이가 객식구까지 데려오는 바람에 며칠 안 가서 비축한 식량이 바닥나 버렸습니다. 그래서 겨울을 나기도 전에 그들은 모두 굶어 죽고 말았습니다.

결국 파이가 없는 분배는 가난과 죽음뿐이라는 이야기입니다.

개미와 베짱이의 각 나라별 패러디를 읽으면서 어쩜 원작보다도 더 재미있고 깊은 의미의 교훈을 주는지 새삼 깨닫게 된다.

프랑스의 작가 라퐁텐의 우화에서는 비록 구소련의 우화와는 다르지만 개미와 베짱이의 두 개체가 서로 융합하는 상태까지 이릅니다. "당신이 여름내 노래를 불러줘서 우리는 고단함을 모르고 열심히 일할 수 있었습니다. 자, 여기 당신 몫이 있습니다."라며 음식을 나눠주며 베짱이와 공생하는 개미 이야기가 등장한다. 이제는 사회가 변화하고 문화의 변혁을 거치면서 베짱이가 개미를 압도하는 상황으로 바뀌고 있는 것 같다. 음악만 하는 유명한 음악가들이 오히려 열심히 연구하고 생산하여 이익을 내는 사람들보다 훨씬 큰 부를 이루고 있기 때문이다. 이제는 일만 하는 개미가 아니고, 노래만 하는 배짱이가 아닌 이분법적 경계가 없는 일과 삶의 융합을 이야기하고 있기 때문이다.

새로운 한국판 패러디를 소개한다. 한국의 베짱이도 개미에게 찾아간다. 예상대로 엄청난 수모를 당한다. 베짱이는 지혜와 인내심을 발휘하여 개미와 정략결혼을 한다. 베짱이는 결혼을 하고서도 구박을 받는다. 세월이 흘러 베짱이의 아들 개짱이와 딸 베짱미를 얻게 된다. 개짱이와 베짱미는 부모의 우성을 유전 받아 열심히 일하면서 재미있게 즐기는 존재가 된다.

요즘 등장한 신조어"워라밸"을 연결시켜 주는 이야기로도 들린다. 일과 삶의 가치를 위해 어느 한 쪽에 매몰되지 않는 밸런스를 추구하고 있는 현실이다. "님도 보고 뽕도 따고"라는 속담처럼 노동+놀이관을 갖게 되었다. 그래서 이솝우화에서 나오는 개미와 배짱이가 하나로 융합되어 〈개짱이〉라는 말이 만들어지게 되었다 생각한다. 이러한 개짱이 문화는 새로운 패러다임으로 이어져 재생산을 거듭하며 4차 산업이라는 신개념을 만들어내는데 일조하게 되었다. 화투장이나 만들던 닌텐도가 신개념 놀이문화를 만들어 세계 어린아이들의 마음을 사로잡고 있는 것도 그런 맥락에서 이해해본다.

패러디는 이처럼 전혀 다른 관점에서 접근할 수도 있고 원작을 훼손하지 않으면서 재미와 교훈을 줄 수 있기에 베낀다는 개념보다는 창작의 일부로 보아도 무리는 없을 것이다. 이제는 패러디란 이솝우화처럼 우리 일상생활에서도 다양한 패러디가 자연스럽게 전개되기를 희망한다. 저작권을 침해했다는 공격은 속 좁은 견해일 수도 있다. 음악도 전통문화도 패러디를 통해 더 큰 가치를 창조하고 있기 때문이다. 오히려 원작을 중시하면서도 재미와 이해의 깊이는 커질 수 있다. 어렵고 난해한 분야라도 새롭게 패러디하여 관객이나 독자들에게 쉽게 다가갈 수 있어서 더 넓은 관심으로 이끌어낸다면 아주 보람 있는 일이라 생각한다.

워라밸을 이야기해본다

요즘 직장에서나 정가에서도 유행하는 용어이다.

워라밸(work-life balance)-'워크 앤 라이프 밸런스'를 줄여 이르는 말로, 일과 개인의 삶 사이의 균형을 이르는 말이다.

우리의 워라밸은 일의 효율성과 삶의 자율성을 함께 추구하는 라이프스타일 중심으로 변화해 가고 있다. 이에 따라 사회와 조직도 워라밸을 뒷받침하기위한 방향으로 조금씩 나아가고 있다. 5시 퇴근제, 유연근무제, 금요일 조기퇴근제 등 업무시간을 줄이기 위한 다양한 시도가 이루어지고 있다. 정부에서 7월 1일부터 시행되는 주 52시간 근무제를 제도화한 것도 연계된 맥락에서 이해하면 될 것이다.

문재인 대통령은 2일 300인 이상 기업에서 주 52시간 근무가 본격적으로 시행된 것과 관련 "과로사회에서 벗어나 나를 찾고, 가족과 함께 하는 사회로 나아가는 중요한 계기가 될 것"이라고 말했다.

문 대통령은 "노동시간 단축은 노동생산성의 향상으로 이어진다.”며 “그동안 습관적인 장시간 연장노동이 우리나라 노동생산성을 낮은 수준에 머물게 했다.”고 말했다. 이어 “주당 노동시간이 1% 감소할 경우 노동생산성이 0.79% 상승한다는 국회 예산정책처의 연구 결과도 있듯이 우리 기업들도 높아진 노동생산성 속에서 창의와 혁신을 바탕으로 더 높은 경쟁력을 발휘할 수 있을 것”이라고 덧붙였다.

문 대통령은 노동시간 단축에 대해 “과로로 인한 과로사와 산업재해를 획기적으로 줄이고, 졸음운전을 방지하여 귀중한 국민의 생명과 노동자 안전권을 보장하는 근본 대책”이라고 말했다.

생존을 위해 맹목적으로 일하던 시절이 저물어가고 있다. 이제는 능률적인 생산과 인간 본연의 가치를 동시에 추구하고 달성하는 워라밸의 시대, 이 새로운 세상을 맞아 우리는 어떻게 일과 삶의 균형을 만들어갈까.

매월 발행되는 한전사보에서 소개된 워라밸 용어들을 정리해본다.

여기에서 삶을 조율하는 7가지 방법에 대해서 알아보기로 한다.

1. 소확행(小確幸)–작지만 확실한 행복. 지금 여기

소설가 무라카미 하루키가 수필 ‘링겔한스 섬의 오후’(1986)에서 처음 사용한 단어로, ‘지금, 여기’에 집중하며 순간을 소중히 여기는 자신만의 라이프스타일을 말한다. 워라밸을 실천하는 삶을 이야기할 때 가장 보편적으로 쓰인다. 사람들은 막연한 꿈을 좇는 대신 좋아하는 운동을 배우고, 예쁜 카페에 앉아 맛있는 커피를 마시는 시간을 누리며, 파란 하늘을 발견하는 순간 등 구체적인 즐거움을 찾는다. 먹고 사는 일에 치여 지쳐있는 우리에게 원대한 목표가 아닌 일상 속에서 얻는 소소한 위로가 필요하다는 의미다.

2. 휘게(hygge)-단순함. 소박함. 가까운 행복

"조금 어두운 분위기, 달콤한 음식, 현재에 충실함, 평등, 감사, 경쟁이 없는 조화로움, 편안함, 정치 싸움 없는 대화, 화목, 안전한 보금자리". 휘게 10계명이라 불리는 이 열 가지 조건은 모두 느리고 단순한 삶을 가리킨다. '따뜻함' '안락함'을 뜻하는 휘게는 변함없고 욕심 없는 일상을 추구한다. 읽고 싶은 책이나 음악을 구매하는 것, 크리스마스이브에 잠옷을 입고 영화를 보는 것, 좋아하는 차를 마시면서 창밖을 내다보는 것, 산책길을 걸어 다니는 것, 포도주 한 잔을 마시면서 가족이나 친구와 함께 도란도란 담소를 나누는 삶…. 어떻게 보면 보잘 것 없는 일상으로 보일지 몰라도 휘게가 원하는 것은 단 하나. 곁에 이미 존재하고 있을지 모르는 '가까운 행복'이다.

3. 오캄(aucalme)-고요함. 힐링. 벗어나고 싶어

'고요한', '한적한'이라는 뜻의 프랑스어로 아무 걱정 없이 몸과 마음이 편안한 상태를 추구하는 삶과 사람들을 뜻한다. 오캄 또한 평범한 일상에서 행복을 찾는 워라밸의 삶을 따르고 있지만, 소비를 하며 현실을 즐겨야 한다는 욜로의 강박에서 많이 벗어나있다.

돈을 쓰는 것보다는 오직 여유로운 시간과 공간에 집중하는 것이 특징이다. 〈윤식당〉이나 〈효리네 민박〉과 같은 예능프로그램의 인기는 오캄을 원하는 사람들의 욕망을 고스란히 반영한다. 바쁜 도시를 벗어나 한적하게 시간을 보내는 걸 보는 것만으로 치유가 되는 셈이다.

4. 나포츠족-진정한 저녁이 있는 삶. 퇴근 후 운동. 건강한 몸

말 그대로 밤(night)에 운동(sports)하는 사람을 뜻한다. '야간 운동족' 또는 '나스족'이라고도 부른다. 흔히 말하는 '저녁이 있는 삶'을 꾀하는 젊은 직장인들 중심으로 퍼진 개념이다. 나포츠족은 퇴근 후 시간을 활용해 자전거나 테니스, 등산, 조깅 등 다양한 운동을 즐긴다. 혼자서 뿐만 아니라 각종 모임을 통해 단체로 참여하기도 한다. 운동을 통해 이들이 진짜 원하는 건 다이어트나 예쁜 몸매를 만들려는 것보다 건강한 몸과 일상을 이루는 것. 나포츠는 막연한 개념이 아닌 실천 법에 해당하므로 자신이 얼마큼 워라밸을 이룰 수 있는지 실질적인 고민을 한 뒤 도전해야 한다.

5. 라곰(Lagom) -적당히. 균형의 완성. 마음 다스리기

'라곰 알 배스트(lagom ar bast)'. 스웨덴의 속담이다. 라곰이 '딱 좋다' '적당하다'라는 뜻이므로 그대로 해석하면 '적당한 게 최고'라는 의미다. 맛있는 음식을 얼마큼 먹어야 좋을지, 회사에서 야근을 얼마나 해야 하는지 고민할 때 스웨덴 사람들은 말한다. '라곰 알 배스트!' 적당히 먹고 적당히 일하라는 말이다. 라곰

라이프를 누리는 사람들은 어떤 문제가 극단으로 치달을 때 잠깐이라도 벗어나 자신이 원하는 일을 하며 마음을 다스린다. 그리고 적당히 받아들인다. 무엇을 하든 과하지 않게 딱 맞는 만큼만 하라. 적당한 선을 지키며 적절하게 일하고 알맞게 휴식하는 삶을 추구하는 라곰은 워라밸의 가치에 가장 가까운 개념이 아닐까.

6. 포미족(For Me)−나는 내가 만족시킨다. 가성비 갑. 나를 위한 선물

건강(Forhealth), 싱글족(One), 여가(Recreation), 편의(More conven-ient), 고가(Expensive)의 첫 자로 만든 신조어. '가성비'를 따져 나 자신의 만족을 위한 지출에 매우 과감한 이들, 방식은 '휘발적'이지만 소비 과정에 담긴 가치는 무엇보다 소중한 '휘소 가치'를 중요시하는 이들도 포미족에 포함된다. 무엇보다 '가치 소비'에 초점이 맞춰져 있기 때문이다. 이들은 비싼 물건을 과시가 아닌 지극히 개인적이고 자기만족적인 이유로 소비를 한다. 돈을 벌고 쓰는 데 있어 스스로의 마음이 우선시 되는 건 워라밸을 대하는 마음가짐과도 연결된다. 외부의 관계나 업무에 휘둘리지 않는 선에서 자신의 소비를 즐긴다는 것이니 말이다.

7. 케렌시아(Querencia)−나만의 공간. 숨 고르기. 재충전

곧 투우장에 나가 전투를 벌일 소가 잠시 숨을 고르며 휴식을 취하는 공간을 뜻하는 케렌시아. 케렌시아 안에 있을 때 투우사는 소를 결코 건드릴 수 없다고 한다. 업무와 일상에 치인 현대인들도 이처럼 누구에게도 방해받지 않는 자신만의 공간을 원한다. 그런 의미에서의 케렌시아는 단순히 잠을 자는 공간을 넘어 휴식을 취하며 개인적인 삶을 누릴 수 있는 장소와 그곳을 찾는 경향을 의미한다. 해외여행부터 공연장, 카페. 퇴근길 맨 뒷좌석 등 개인과 취향마다 다르게 나타난다. 식물 인테리어로 심리적인 안정을 추구하는 '플랜테리어 (planterior)'와 회사 책상을 자기만의 스타일로 꾸미며 활력소를 얻는 '데스크테리어(deskterior)'도 케렌시아의 일종이라고 볼 수 있다.

누구보다도 저녁이 있는 삶을 원하지만 어디서부터 시작해야 할지 서툰 우리에게 단순히 칼퇴근 한다고 해서 워라밸이 아니다. 업무와 일상 속 작은 변화를 통해 워라밸에 다가갈 수 있다.

죄악된 세상의 시작은
어디에서부터 시작되었을까?

요즘 같이 어수선하고 끔찍한 일들이 뉴스거리를 장식 하는 예는 없었던 것 같다. 수많은 사람들이 살아가는 세상에 하루에 발생하는 끔찍한 사건들이나 병원마다 넘쳐나는 수많은 질병으로 고통 받거나 생사를 넘나드는 환자들, 서로를 믿지 못하는 불신과 다툼 등은 자유로운 세상살이에 엄청난 어려움으로 다가오고 있다. 어떤 딸은 엄마를 살인한 아버지를 극악무도한 중죄인이니 관대함을 베풀지 말고 엄벌해 달라고 청원했다고 한다. 많은 사람들의 마음을 안쓰럽게 하는 이 딸의 탄원은 시사하는 바가 크다.

인간은 원래부터 이렇게 사악하고 탐욕스러웠을까? 우리가 살아가는 요즘세상이 서부극에서나 나올듯한 무법자들이 판을 치고 있는 것 같아 하루 일과를 시작하는 마음은 두려움과 불안함에서부터인 것 같다. 수많은 거짓과 이기심, 투기함과 욕심, 불신과 가증스러운 일들이 세상을 점점 채워가고 있으니 어찌 오늘 하루가 즐겁기만 하겠는가. 신이 처음 이 땅을 창조하시고 자기를 닮은 인간을 만들어 살게 하시며 보시기에 좋았더라고 했다. 언제부터

이 세상은 이처럼 병들고 탐욕스럽고 사악하게 물들어 가고 있을까? 아직도 많은 사람들은 선하고 인자하며 겸손하고 사랑하면서 성실하게 살아가고 있다고 믿고 있는데..

어느 날 제우스의 뜻에 따라 대장장이 신 헤파이스토스에게 여신처럼 아름다운 여자를 만들라고 명령하였다. 그는 흙으로 꽃조차 부끄러워하는 아름다운 처녀의 모습을 만들었다. 그리스 신화에 나오는 최초의 여성 판도라(Pandora)다. 판도라는 "모든 선물을 받은 여자"라는 뜻을 가지고 있다고 한다.

헤파이스토스가 여자를 빚어내자 다른 신들은 제우스의 명령에 따라 저마다 여자에게 선물을 주거나 자기가 지닌 재능을 불어넣었다.

프로메테우스는 판도라가 겉보기엔 너무나 아름답고 훌륭하지만 마음속에는 거짓, 아첨, 교활함, 호기심을 품고 있음을 알아차렸다. 하지만, 에피메테우스는 그녀의 아름다움에 홀딱, 반하여 그녀를 아내로 맞이하였다. 이때, 제우스는 그들 부부에게 결혼 선물로 상자 하나를 주었다.

그러면서 "이 상자를 받아서 안전한 곳에 고이 간직하거라. 하지만, 어떠한 일이 있어도 이것을 열어보면 안 된다."라고 말하였다. 판도라의 상자는 인류의 불행과 희망의 시작을 나타내는 상징이었다. 에피메테우스는 사랑에 흠뻑 빠진 나머지 제우스가 주는 선물을 받지 말라는 프로메테우스의 경고를 잊고 상자를 받아 집 한구석에 숨겨두었다. 행복한 나날을 보내던 중, 이렇게 에피메테우스의 아내가 된 판도라는 상자 속에 무엇이 있는지 궁금하였고 에피메테우스를 졸랐다. 판도라에게 준 선물을 절대 열어보지 말라고 했지만 여자의 마음이란 열지 말라 하면 더 열어보고 싶은 법.

그러나 에피메테우스는 제우스의 말을 거역할 수는 없다며 완고하게 거절하였다. 판도라는 에피메테우스가 나가고 없는 사이에 호기심을 참지 못하고 결국 상자를 열고 말았다. 상자를 열자 그 안에 담겨있던 증오, 질투, 잔인성, 분노, 굶주림, 가난, 고통, 질병, 등 온갖 욕심, 질투, 시기, 각종 질병 등 장차 인간이 겪게 될 온갖 재앙이 쏟아져 나왔다고 한다. 그 상자 안에 있던 이것들은 판도라가 상자를 여는 순간 빠져나와 세상 곳곳으로 퍼져나갔다. 판도라는 허둥대며 항아리를 닫았지만 때는 이미 늦었다. 평화로웠던 세상은 금세 험악해지고 말았다. 그러나 그 안에 있었던 희망은 빠져나가지 않아서, 마지막, 상자에 남은 것은 "희망"뿐이었다. 그 일 이후로 인간들은 갖가지 불행에 시달리면서도 희망만은 고이고이 간직하게 되었다고 한다. 즉 판도라의 상자 뜻은 아름다운 재앙이라고 한다.

〈참고:위키백과〉

이와 같은 맥락에서 비슷한 사건을 찾아본다면 성경에서도 찾을 수 있다.

"여호와 하나님이 땅의 흙으로 사람을 지으시고 생기를 그 코에 불어넣으시니 사람이 생령이 되니라(창 2:7)."

"여호와 하나님이 동방의 에덴에 동산을 창설하시고 그 지으신 사람을 거기에 두시니라. 여호와 하나님이 그 땅에서 보기에 아름답고 먹기에 좋은 나무가 나게 하시니 동산 가운데 생명나무와 선악을 알게 하는 나무도 있더라." "여호와 하나님이 그 사람에게 명하여 이르시되 동산 각종 나무의 열매는 네가 임으로 먹되 선악을 알게 하는 나무의 열매는 먹지 말라 네가 먹는 날에는 반드시 죽으리라(창 2:16-17)." 그 선악과를 두고 뱀과의 실랑이가 이어진다. 하와는 뱀에게 "동산 중앙에 있는 나무의 열매는 하나님의 말씀에 너희는 먹지도 말고 만지지도 말라하셨느니라."라고 거절하지만 뱀의 간교한 꾀임으로 호기심이 발동하여 선악과를 따먹고 그의 남자 아담에게도 주어 먹게 합니다. 이 일로 인해 사람이 세상에서 겪어야 하는 죽음과 고통과 고난의 시작을 알립니다.

이 이야기는 어쩌면 판도라 상자처럼 열어서는 안 되는 일이었기에 열어보지 말라고 당부했던 것이다. 제우스가 여자 인간을 만들었던 것처럼 하나님도 흙으로 아담을 만드셨습니다. 제우스가 판도라를 사랑하셔서 세상의 모든 비밀이 담겨져 있는 상자를 주면서 잘 간직하되 절대로 열어보지 말라고 하셨습니다. 아담에게도 선악과를 있게 하시고 절대 먹지 말라고 하신 것과 일맥상통한 것이다. 신들은 어쩌면 피조물로 하여금 신의 범주에 접하지 못하게 울타리를 치는 것일 수도 있다. 사람들은 시시때때로 신의 범주에 들어가 보려는 욕망을 제어하지 못하는 것 같다.

결국 판도라는 열어보지 말라는 상자를 열어 세상에 재앙을 가져오게 했고 아담은 뱀의 꾀임에 넘어간 그의 여자 하와로 더불어 선악과를 먹음으로 부끄러움과 원죄의 단초를 놓게 되었다. 선악과 안에 담겨져 있던 비밀인 임신하는 고통과 다스림을 당할 것과 평생 수고하여야 그 소산을 먹을 수 있는 어려움을 나열하게 되며 결국에는 에덴동산에서까지 쫓겨나게 되었다. 영생할 수 있는 에덴동산의 축복을 잃어버리고 영영 죽을 수밖에 없는 처지에 놓이게 됩니다. 만약에 신이 판도라에게 상자를 선물로 주지 않았다면, 하나님이 에덴동산에 선악과를 있게 하지 않았다면 어떻게 되었을까 하는 생각을 하게 된다. 신의 명령은 피조물인 인간이 신의 명령을 어길 수밖에 없는 길을 열어 놓았다. 어떻게 보면 인간에게 주어진 가장 중요한 의지일 것이다. 그것은 "자유의지"라고 정의해본다.

만일 신이 인간에게 자유의지를 주고 다음에 심판을 한다면 그것은 마치 어떤 힘 센 사람이 와서는 "나에게 돈을 주던 안주던 너의 자유다. 그러나 안 주면 죽는다."라고 하면서 그것을 자유의지라고 말하는 것과 같을 수 있다. 상자를 열던 안 열던 , 선악과를 따 먹든 안 따먹든 사람에게 주어진 가장 소중한 가치이며 스스로 신의 경지를 탐하라는 무언의 지침이기도 한 것일까? 판도라는 상자를 열지마라는 신의 경고에 대해 신의 권위를 무시하고 그 상자 안에 무엇이 들어있을까 하는 궁금증이 결국 세상에 모든 고난을 가져다주는 결과를 만들었고, 선악과의 비밀을 알지 못했던 아담과 하와의 결과도 마찬가지로 "절대 죽지 않을 것이다."라는 뱀의 꼬임에 신의 당부마저 무시해버렸던 것이다.

얼마 전 세상을 떠들썩하게 했던 미투운동이 강력한 태풍처럼 우리 곁을 휩쓸었다. 이 바람에 든든했던 나무도 뽑히고 온 세상이 태풍의 피해를 공감하면서 안타까운 시간들을 보냈다. 아직도 그 여운이 진행되고 있지만 직접적인 영향을 받은 사람들은 죽음으로 또는 다시 되돌릴 수 없는 상처와 장애로 평생을 살아가야 하게 되었다. 미투라는 판도라 상자를 열게 됨으로 세상에 두려움과 파멸과 죽음과 고통, 증오로 채워져 버렸다. 장래가 촉망되었던 정치가는 정치생명은 물론 가정과 사회에 부끄러운 얼굴로 햇빛을 피해 살아야 하는 운명을 맞게 되었고 한 예술인은 고통과 괴로움을 이기지 못해 스스로 죽음의 길에 들어섰고 사회의 저명 인사들은 법정을 드나들며 죄의 여부를 가리고 있다. 상자가 열리기 전에는 세상이 만들어놓은 무한의 가치를 누리고 그 안에서 신의 경지에 다다른 것처럼 온갖 권세를 누렸을 것이다.

비단 그들에게만 관련된 일일까?

수많은 사람들이 살아가는 지구상에 미투라는 상자 외에도 신이 각자에게 주어진 비밀의 상자가 하나씩은 있을 것이다. 신이 명령하신 계율이 반드시 존재하리라 믿는다. 판도라의 상자나 에덴의 선악과를 통해서 볼 때 신은 우리에게 자유의지를 주었으나 신의 명령을 준행할 때 진정한 자유와 평화가 있음을 암시하고 있다는 것을 알게 하는 것 같다. 하지만 원래 인간은 사악하고 겉모습은 아름답지만 그 속에는 죄악과 간악함으로 채워져 있다는 것을 두 가지 경우에서도 알 수 있게 한다. 판도라는 아름다웠고 예뻤다고 했다. 에덴동산도 보기에 좋았더라고 했다. 아름다움 그 속에 감추어진 비밀의 상자를 열어보지 않고 신의 계율을 지키며 우리 인간에게 주어진 세상의 아름다움만 누리고 살아갈 수는 없는 것일까? 하나님의 피조물은 겉과 속이 다른 것일까? 인간의 탐욕과 사악함은 누구로부터 어디서 온 것일까?

VIVID DREAM IS REALIZATION
(생생하게 꾸는 꿈은 반드시 이루어진다.)

나는 항상 고집스럽고 융통성 없게 L*주유소에서만 기름을 넣는다. 시내보다는 출입을 많이 하는 도시 나들목 도로변에는 서로 다른 브랜드의 주유소들이 바짝 바짝 붙어있기도 하다. 특별한 혜택을 누리는 것도 아닌데 습관처럼 L*주유소만 찾아간다. L주유 신용카드를 주로 사용하기 때문에 그럴 수도 있지만 그렇다고 포인트를 관리하는 것도 아니다. 남다른 서비스가 좋아서 그런 것도 아닌데 유난히도 L*주유소를 찾는다. 십수 년을 특정브랜드만 찾아서 기름을 넣지만 단 한 번도 포인트를 이용해본 적이 없었다. 별로 관심도 없어서다. 어쩌다 포인트가 쌓여있나 영수증을 살펴보면 변함이 없다. 쌓이는 만큼 소실되고 있는 것을 알게 된다. 무한정 쌓이는 것이 아니라 먼저 발생한 포인트는 일정한 기간이 지나서 사용하지 않으면 순차적으로 자동으로 소멸되어 버린다. 계속해서 쌓인다면 한 번에 필요한 것을 구입한다던지 기름을 한 번 넣는다든지 했어야 하는데 어쩌다보면 항상 그 정도 적립되어 늘어나지 않는다. 신용카드 포인트는 사용하기가 참 어렵다. 어느 날 같은 브랜드의 주유소에서 포인트 카드를 하나 만들어 주었다. 물론 이 포인트도 한 번 제대로 써본 적이 없다.

그렇게 지내던 어느 날 생각지도 않았던 우편물이 도작했다. 도서 한 권이었다. L*포인트로 신청된 도서였다. 선물처럼 반갑기도 했지만 책 제목이 "꿈꾸는 다락방"이었다. 그 책갈피에는 주유하고 발생하는 포인트를 유익하게 사용하는 방법이 몇 가지 소개되어 있었다. 나는 기름을 넣을 때마다 생기는 1회의 응모권를 이용해 그달의 도서를 추첨하는 응모권이 생기는 것을 알게 되었다.

한 달에 세 번을 넣으면 세 번의 응모권이 주어지는 것이었다. 이 응모권으로 영화를 신청할 수도 있고 캠핑카 렌트도 신청할 수가 있었다. 물론 당첨되어야 하지만 말이다. 그래도 제법 재미가 있었다. 어쩌다 가끔 한 번씩 포인트를 관리하는 홈페이지에 접속하여 응모권 숫자대로 주로 그달의 베스트도서 응모에 사용하고 기다려 보는 재미가 쏠쏠했다. 대체로 90%가 꽝이다. 나는 추첨하는 응모에는 정말 운이 없다. 학교 다닐 때 소풍가면 보물찾기나 신규 개장하는 마트, 때론 백화점이나 특별브랜드에서 실시하는 경품행사, 시에서 실시하는 건강걷기대회나 마라톤대회 등 각종 행사에서 실시하는 여러 가지 경품 추첨에 한 번도 당첨 되어본 기억이 없다. 유난히도 그런 운은 없나보다.

얼마 전에는 정말 오랜만에 아파트를 옮기고 싶어서 마침 분양하는 인기아파트 분양신청에도 신청해보았지만 여전히 "꽝"이다. 참 이상하다. 주변에 있는 친구들이나 후배들, 직원들은 잘도 당첨되고 P를 받고 팔기도 한다는 이야기를 들을 땐 괜시리 속이 상하기도 하다. 얼마 전에는 평소 잘 지내는 선배가 사진을 한 장 카톡으로 보냈다. 면민의 날 행사에서 추첨을 통해 송아지 한 마리를 탔다고 자랑하는 것이다. 복권도 그렇지만 이상하게도 행운이 있는 사람들을 볼 때면 부럽기 그지없다. 이런 중에도 포인트 몰에서는 응모하면 가끔 당첨이 된다. 영화표도 몇 번이나 받았고 추천 도서도 가끔 당첨이 된다. 그래서 받은 도서가 몇 권이나 된다. 이렇게 받은 책은 반드시 정독을 하게 된다. 기분 좋게도 행운으로 받은 선물이기 때문이다. 내가 제일 처음 받은 책이 "꿈꾸는 다락방"이다.

"꿈꾸는 다락방"을 읽고 나는 많은 감명을 받았다. 그리고 내게 신선한 충격을 주었고 꿈을 꾸게 해준 계기가 되었다. 그 중에 내 가슴에 각인시킨 한 줄의 감동은 vivid dream realization이다. "생생하게 꾸는 꿈은 반드시 이루어진다."이다. 나는 어느 날 뒤돌아보니 vivid dream realization 전도사가 되어있었다. 나의 직무상 여러 사업장을 관장하는데 매월 한 번씩 각사업장을 방문하여 직원들을 대면하고 강의를 하게 되면 스스로 흥분되어 vivid dream realization을 설파하게 되었다. 사실은 나도 체험하지 못했지만 내 가슴속에는 꿈꾸는 다락방에서 같이 꿈을 꾸며 "뜻밖의 행운"을 누리고 싶었던 간절함으로 받아들여졌기 때문일 것이다. 어떤 직원들은 내 강의를 듣고 자기도 미래를 위한 꿈을 꾸는 계기가 되었다며 감사하다는 인사를 해오곤 했다. 이런 인사를 받을 때 나에게는 하나의 꿈의 실현이기도 했다.

R=VD 라는 공식. realization=vivid dream 발음을 적어보자면 리얼리제이션=비비드 드림이다. 책 읽는 내내 열거된 "생생하게 꿈꾸면 반드시 꿈이 이루어진다."라는 이 공식은 처음에는 솔직히 나와는 관계가 거의 없는 공식이라고 생각 했었다. 나이가 들면서 꿈이라는 추상적인 단어는 이제 지난 날 젊었을 적의 한때 꾸던 백일몽에 불과하다고 생각하고 있었기 때문이다. 하지만 정작 책장을 열고 한 문장 한 문장을 천천히 정독하면서 나는 그 고정관념이 조금씩 허물어지는 것을 느낄 수 있었다. 책을 읽어 내려갈수록 무엇인가 내 가슴속에 작동하지 않았던 용기 같은 것이 꿈틀거리고, 식어있던 꿈을 돌이키게 하는 전율이 느껴지는 것이다. 그리고 독서를 마쳤을 때에야 비로소 깨달았다.

이 조그마한 책 한 권이 나에게 그 잃었던 '꿈'이라는 것을 되찾아주었다는 사실을 말이다. 꿈이 간절하면 그 꿈이 행동으로 이어지고 행동으로 이어지면 언젠가는 반드시 이루어진다는 단순하면서도 위대한 법칙, 꿈꾸는 다락방의 모토는 그것이다. 물론 무조건 꿈을 꾸기만 하면 이루어지는 것이 아니고 아주 간절하게 소망해야 한다. 그리고 우리가 주목해야 할 것은 바로 그것을 통하여 자신의 내부에 엄청난 행동 에너지를 이끌어낼 수 있기 때문에 어떠한 일도 능히 해낼 수 있다는 사실이다. 나는 과연 그동안 vivid dream realization하는 습관이 얼마나 있었는가? 매일 매일 똑같이 반복되는 생활 속에서 나는 얼마나 꿈을 꾸었고 꿈을 이루기 위해 노력한 적이 있었는가 생각해보았다. 그냥 하루하루를 충실하게 보내려고 노력했다고는 하지만 꿈을 가진다는 것은 역시 나에게는 생소했었던 것이 사실이다. 그렇지만 희망은 잠자고 있지 않은 인간의 꿈이고, 꿈은 희망을 버리지 않는 사람에게만 선물로 주어진다고 했다.

지금 새삼 이 나이에 앞으로의 인생이 바뀔만한 원대한 꿈을 갖는다는 것보다는 살아갈수록 알 수 없는 인생의 무게를 실감할 때 무엇인가 생각이 바뀌어야겠다는 것만큼은 분명한 듯하다

무의미했던 일상에다 굳이 이 공식을 접목시켜 보자면 그냥 흘러가는 시간을 무의미하게 흘려보내지 말고 한 번 가면 다시 올 수 없는 시간들을 내가 서있는 위치에서 지금까지와는 다른 생각을 가지고 최선을 다하는 것이 나를 신뢰하고 나를 기다려주는 이들에게 보답하는 것이 아닐까. 그동안 잠자고 있던 생각들을 깨어나게 해준 책이 이 책이었기 때문에 이 책을 읽을 수 있었던 것에 감사하고 싶다. 나는 늦었다고 생각하지 않으려 한다. 늦었다고 생각하는 순간 모든 꿈은 물거품이고 공수표가 되기 때문이다. 나는 오늘부터라도 생생하게 꿈을 꾸어보려고 한다.

다음과 같은 10가지 목표를 세우고 생생하게 꿈을 꾸어보기로 한다. 너무 거창하지도 않지만 소소한 행복을 위한 나만의 꿈을 이루기 위해 노력할 것이다. 별일 아닐 것 같은 특정브랜드 주유소 기름 넣다가 작은 경험을 통해 네 인생의 행복한 꿈을 꾸게 된 것은 나에게는 커다란 행운이라 생각한다. "뜻밖의 행운(serendipity)" 말이다.

소소하지만 건강한 삶을 위한 10가지 꿈을 나열해본다.

① 적당한 운동과 힐링으로 건강한 삶을 유지한다.

② 부드러우면서 따뜻한 사람이 되어 항상 겸손하게 살아간다.

③ 안정적인 일터에서 일하며 행복한 웃음을 나누며 살아간다.

④ 아름다운 정원을 가진 이층 테라스가 있는 집이면 더 좋다.

⑤ 한 달에 한 번은 여행을 할 수 있는 여유를 가져본다.

⑥ 명상과 독서, 창작 작품을 할 수 있는 나만의 공간을 확보한다.

⑦ 나눌 수 있는 넉넉한 마음과 섬김의 본을 실천한다.

⑧ 매주 새로운 사람을 만날 수 있는 인간관계를 넓혀간다.

⑨ 한 달에 한 번은 좋은 사람들과 함께하는 사교 모임을 갖는다.

⑩ 일 년에 한 번 이상 헌신적인 자선 봉사활동에 참여한다.

고사에서 얻는 지혜

오랜만에 대지를 적시는 봄비가 내린다. 발굽을 따라 휘둥글던 흙먼지를 털어버리기라도 하듯이 말이다. 긴 가뭄에 농부들의 가슴은 타들어만 가는데 관계없는 도시 사람들은 수돗물이 고갈될까 걱정할 뿐이다. 사람들의 마음이 제각각이니 오만과 편견을 무슨 수로 풀어볼 수 있을 것인가? 다시 말해 인간은 어느 정도는 오만해야 우울증에 빠지지 않고 정신건강을 유지하며 살 수 있다고 한다. 그러니 오만과 편견은 우리가 벗어날 수 없는 운명이다.

고로 오만과 편견을 버리려고 애쓸 게 아니라 좀 더 타당한 근거에 기반한 오만과 편견을 담아야 한다고 한다.

요즘 거의 책을 읽지 못했더니 집중도 안 되고 눈물이 흘러 불편하기도 하다. 모처럼 책을 한 권 집어 들고 책장을 넘기다 "한비자(韓非子)"라는 인물에 대해 써내려간 글을 읽는다.

한비자는 한(韓)나라 명문 귀족의 후예로 본명은 한비(韓非)다. 한자(韓子)라고 불리다가 당나라의 문인이자 정치가인 한유와 구별하기 위해 한비자로 불렸다. 그는 귀족 가문에서 태어났지만, 날 때부터 말더듬이여서 사람들과 어울리지 못했고 외롭게 성장했다.

한나라가 점점 약해지자 재능을 키워주지 못하는 상황을 탈피하여 새로운 정책을 구상하고자 한비자를 진나라에 사신으로 파견하게 되었다. 당시 힘 있고 출세가 빠른 진(秦)나라로 많은 사람들이 모여들었다. 한비자는 진나라에서도 문체를 발휘하여 진왕 영정(瀛政)으로부터 총애를 받아 중용되었다. 하지만 경쟁자인 이사(李斯)는 이러한 한비자의 재능을 질시하면서 그가 중용되어 자신의 자리를 빼앗을까 염려되자 진왕에게 말했다. "한비자는 한나라의 공자(公子)입니다. 그는 조국 한나라를 위해 이곳에 왔습니다. 결국 진나라를 위하지는 않을 것입니다. 지금 임금께서 그를 등용하지도 않고 붙들어 두었다가 돌려보낸다면, 천하를 통일하는 데 후환을 남기는 일이 될 것입니다. 그는 우리의 사정을 잘 알기 때문에 우리에게 반드시 불리하게 행동할 것인즉, 그에게 죄명을 씌워 일찌감치 죽이는 것이 좋을 것입니다."하니 일리가 있다고 판단한 진왕은 한비를 옥에 가두게 하였다.

안달이 난 이사는 진시황제의 마음이 변하기 전에 한비자를 죽여야겠다는 결심을 하고, 마침내 진시황제 몰래 하수인을 시켜 독약을 감옥으로 보냈다. 그리고 왕의 뜻임을 암시하며 한비자에게 스스로 자살하도록 명령을 내렸다. 이 모든 것이 이사의 모함임을 눈치 챈 한비자는 여러 차례 진시황제에게 상소를 올렸다. 그러나 끝내 기회를 얻지 못한 채 죽고 말았다. 그는 한 스승 밑에서 함께 동문수학한 친구에게 억울하게 죽임을 당한 것이다.

그러나 이사 역시 조고의 참소로 처형당하고 말았다. 나중에야 모든 것을 깨달은 진시황제는 한비자가 살아 있을 것으로 생각하여, 그의 죄를 벗겨주었다. 그러나 이미 한비자의 몸은 백골로 변해 있었다.

한비자는 살아생전에 유세의 곤란함에 대해 이렇게 말했다.

"유세하는 일은 쉽지 않다. 상대편의 마음을 잘 알고 거기에 내가 말하고자 하는 것을 끼워 맞추는 일이 쉽지 않기 때문이다. 상대편이 명예욕에 사로잡혀 있을 때 재물의 이익을 말하면 속물이라 하여 깔보고, 반대로 그가 재물의 이익을 바라고 있을 때 명예를 이야기하면 세상일에 어둡다고 한다. 군주가 겉으로는 그렇지 않은 척하면서 비열한 짓을 하려 할 때, 유세하는 자가 그것을 아는 체하면 목숨이 위험하다. 임금에게 도저히 불가능한 일을 강요하거나 도저히 중지할 수 없는 일을 그만두도록 해도 목숨이 위험하다. 군주와 함께 어진 임금의 이야기를 하면 군주를 비방하는 것이라 의심받고, 말을 꾸미지 않고 표현하면 무식한 자라고 업신여기고, 여러 학설을 끌어다 해박하게 말하면 말이 많다고 한다. 두 가지 예를 들어보자.

송나라에 부자가 한 사람 있었는데, 어느 날 큰 비가 와서 담장이 무너졌다. 그의 아들이 "아버님, 담을 고쳐 쌓지 않으면 또 다시 도둑이 들지 않을까 걱정됩니다." 했다. 그때 이웃에 사는 한 사람도 집주인을 만난 자리에서 역시 같은 말을 했다. 과연 그날

밤, 그 집에 도둑이 들어 많은 재산을 잃었다. 그런데 집주인은 아들에게는 참으로 현명하다고 칭찬하면서, 똑같은 충고를 했던 이웃사람에게는 의심을 품었다고 한다.

또 옛날에 미자하(彌子瑕)라는 아름다운 소년이 있었는데, 위나라 임금의 총애를 받았다. 미자하의 어머니가 병이 나자 한 사람이 미자하에게 그 사실을 알렸다. 이 소식을 듣고 마음이 급해진 미자하는 바삐 어머니에게 가기 위해 임금의 수레를 타고 집으로 향했다(당시 위나라 법에 따르면, 군주의 수레를 몰래 타는 자에게 발꿈치를 베는 형벌을 내리도록 되어있었다). 나중에 이 말을 전해들은 임금은 도리어 그를 칭찬했다. '참으로 효자로다. 어머니의 병을 걱정하여 자신의 발꿈치가 베이는 것조차 대수롭지 않게 여기다니.'

어느 날 미자하는 임금과 함께 과수원으로 행차했다. 나무 사이를 걷던 미자하가 가지에 달려 있는 복숭아 하나를 따서 먹어보니, 너무나 맛이 좋았다. 미자하는 먹던 복숭아를 임금께 올렸다. 임금은 속으로 "이 얼마나 임금을 생각하는 정이 깊은가. 제가 먹던 것이라는 사실조차 까맣게 잊을 정도로 나만을 생각하다니." 했다. 그러나 세월이 흘러 미자하가 늙자 임금의 사랑도 식었다. 그 무렵 미자하가 잘못을 저질렀는데, 임금의 반응은 과거와 너무나 달랐다. "미자하는 일찍이 나 몰래 수레를 훔쳐 탄 놈이며, 제가 먹던 복숭아를 내게 건네주던 놈이다. 참으로 괘씸하기 짝이 없구나!"라고 했단다. 사실 미자하의 행동은 처음이나 나중이나 별반 다르지 않았다.

하지만 예전에는 훌륭하다 칭찬을 받았고, 나중에는 벌을 받았다. 이것은 사랑하고 미워하는 군주의 마음에 그 원인이 있었던 것이다. 권세를 가진 사람의 마음은 참 알 수가 없다. 그러므로 유세하는 요령은 상대편 군주의 긍지를 만족시키고, 그의 수치심을 건드리지 않는 데에 있다. 군주의 결점을 추궁하지 말 것이며, 그에게 항거하여 분노하게 하지 마라! 오랜 시일이 지나서 임금의 온정이 두터워지면 자기의 뜻을 추진해도 의심받지 않을 것이며, 임금에게 간언하더라도 죄를 입지 않을 것이며, 오히려 자기의 몸을 비단으로 장식하고 남음이 있을 것이다."

그러나 한비자는〈세란〉이 실제로 자기에게 닥칠 줄은 꿈에도 생각지 못했을 것이다. 결국 그는 유세의 어려움을 자신의 죽음으로 후세에 알린 셈이 되었다.

〈출처: 위대한 철학자들은 철학적으로 살았을까 강성률 평단문화사〉

사실 한비자는 한나라 사람이라는 이유로 동학인 이사(李斯)의 건의에 의해 죽임을 당하였지만 이사 본인도 초(楚)나라 상채사람이었다. 이사(李斯)는 진나라에 가서 진시황이 중원을 통일하는데 모략과 정책을 제시하여 진(秦)제국이 통일대업을 이루는데 큰 공을 세웠다. 그는 원래 젊어서부터 인품이 바르지 못했다. 그는 명리를 좇았고 이익 앞에서는 의리를 저버렸다고 전한다. 그는 출세욕망과 권모술수가 탁월했던 사람이다. 한비자와는 친구로 강렬한 출세지향적인 인물로 꿈에도 그리던 높은 자리와 부귀영화를 어떻게 손에 넣을 수 있을까 깊은 생각에 빠지곤 했다.

이 글을 통해서 볼 때 오늘날에도 우리의 삶은 예나 다름없이 보이지 않는 오만과 편견 속에서 본질이 흐려지고 계략과 음모는 이어지고 있다. 그래서 세상살이가 녹록지 않다고들 한다. 이제는 선인들의 지혜와 가치를 쫓는 것이 아니라 출세지향적인 사람들이 생존문제를 넘어 이전투구식으로 벌이는 복불복게임을 이어가고 있다.

"아니면 말고"식으로 막무가내로 상대를 무차별 공격하여 쓰러뜨리고야 시원해 하는 내로남불식의 행태들은 언제쯤에서나 중단될 것인지 궁금하다. 자신의 안위를 위해서 인정사정없는 계략으로 아까운 인재를 잃어버리는 오류를 범하지는 말아야 할 것이다.

이사가 스승 순자에게 말했던 "사람이 세상을 살면서 비천함이 가장 큰 수치요, 곤궁함이 가장 큰 슬픔입니다. 빈곤하고 비천함에 처하면 세상 사람들이 다 비웃습니다. 명리를 아끼지 않고 아무것도 하지 않는 것은 배운 사람의 태도가 아닙니다."는 지금 세대에 살고 있는 나에게도 충격이 아닐 수 없다. 출세지향적인 지식인들에게 오늘도 유사한 사건들이 이어지고 있으니 말이다. 권력을 가진 지성인이라면 최소한 개인의 영달을 위할 것이 아니라 함께, 더불어를 가치로 상호 존중과 배려로, 신뢰와 섬김으로 좀 더 나은 세상을 열고 함께 살아가는 세상을 만들어 가는데 힘써야 하지 않을까 생각한다.

더불어 젊은 세대는 포부와 안목과 도량의 도덕적 가치도 반드시 품어야 할 것이라 생각한다.

같은 말, 같은 마음, 같은 뜻

"형제들아 내가 우리 주 예수 그리스도의 이름으로 너희를 권하노니 다 같은 말을 하고 너희 가운데 분쟁이 없이 같은 마음과 같은 뜻으로 온전히 합하라."

성경 고린도전서 1장 10절 말씀입니다. 얼마나 각자 자기에게 유리하게 살아갔는지 짐작할 수 있는 대목이다. 요즘에 "자유"를 다른 뜻으로 해석하는 경우가 있는데 "자기에게 유리하게 사는 것"을 의미하여 쓰기도 한다. 우리에게는 공동체라는 울타리에서 살아갈 수밖에 없는 운명적인 상황에 놓여있다고 생각한다. 공동체는 작게는 가족, 나아가서는 직장, 지역기관, 종교단체나 국가와 세계를 아우르는 광대한 조직에 이르기까지 다양한 형태로 각기의 특성을 갖고 있다.

그 안에서 또 세포분열처럼 다양한 회합을 만들고 무리를 지어 조직을 형성하는 것 같다. 그래서 고대 그리스의 철학자 아리스토텔레스는 "인간은 사회적 동물이다."라고 말했다. 사람은 태어나자마자 가족이라는 조그만 단체의 일원이 되고, 씨족과 친족의 일원으로서 자기 의지와는 상관없이 단체의 구성원으로 가입되고 한 일원이 됩니다. 조금씩 성장하면서 이웃집 또래들과 어울리게 되고 나아가서는 놀이방, 유치원, 초등학교, 중, 고등학교, 대학교, 군대, 직장으로 차츰 사회의 한 일원으로 성장하고 끊임없이 사회적 동물로 진화되어 평생을 살아가게 됩니다. 이렇게 사회적 동물로 인생을 살면서 자기 의지와는 상관없이 단체에 일원으로 가입되는 경우도 있지만, 개개인의 이익 또는 취미, 특기가 같아서 선택적으로 가입되는 단체도 있습니다.

어느 단체든 간에 그 단체의 개개인은 천태만상이며, 여러 부류의 사람들이 구성원을 이루고 있기에 그것을 적절한 절제와 통제로써 그 단체를 이끌어간다고 생각합니다. 인간은 집단 속에서 태어나 집단 속에서 성장하고, 집단의 영향을 받고 살아가는 존재라고 할 수 있다. 인간이 개인으로서 존재하고 있어도 끊임없이 타인, 즉 사회와의 관계 아래에 존재하고 있다는 생각으로 인간은 사회를 떠나서 살 수 없다는 말이다.

회사가 자발적으로 모이는 세상모임과 다른 점이 무엇일까? 하는 생각을 하게 됩니다. 회사는 특정한 주인이 하인을 불러 모아서 일정한 임금을 지불하고 주인이 필요에 따라 맞는 일을 시키고 생산되는 이익을 추구하는 곳입니다. 그러기에 직장은 가장 강력한 통제력을 갖는 사회라는 것을 부인할 수가 없다. 어떻게 보면 개인의 일생을 보내게 되는 목숨 같은 중요한 의미의 사회일 것이다. 하루 중 대부분을 주인이 자기에게 맡겨준 업무에 집중하여 주인에게 충성된 자세로 일을 하고 그 결과에 대한 평가를 받으며 살아가게 되는 피동적인 조직의 일원이 되는 것이다. 시간이 지나면서 세상이 변화하고 환경이 바뀌면서 주인과 종의 종속적인 관계는 상호존중이라는 가치를 생산하고 거기에 맞는 목소리를 내고 있다. 구속되고 피동적인 자세에서 자유와 능동적인 생산 환경을 만들어 보다 나은 성과를 창출하고자 하는 주인들의 고도의 전략이기도 할 것이다. 언제부터인가 불만 섞인 노동자들의 근로가치를 인정하고 향상시키기 위해 회사가 먼저 "일하기 좋은 일터 만들기"에 앞장서고 있다는 것이다. 달면 삼키고 쓰면 뱉는 경영자들의 "자유"를 일부라도 순화하기 위해 소통의 장을 열어가자고 선배들이 목숨 바쳐 외쳐온 결과 〈소통〉이라는 단어가 등장하게 되었다.

일방적인 지시나 통제가 아닌 상호이해와 협력을 통한 가치를 창조하여 성과를 증대함으로 경영자와 직원들이 서로 윈윈하자는 상생의 기법을 내놓았다고 본다. "누이 좋고 매부 좋고"회사도 잘 되고 직원들에게도 임금의 인상과 복리후생의 확대로 진정한 GPTW(Great Place to Work)를 실현하고자 하는 것이다. 나는 자랑스럽게도 대한민국 가장 일하기 좋은 일터 공공부문 대상을 받은 회사에 소속되어 자부심을 느끼며 공동체를 위해 헌신해왔다. 가장 일하기 좋은 일터는 직원들의 열정과 애사심이 없다면 불가능한 일이다.

그래서 내가 아닌 "우리"를 이야기하게 된다. 공동체인 우리를 형성하기 위해서는 〈같은 말, 같은 마음, 같은 뜻〉이 반드시 필요하기 때문이다. 하지만 그렇게 되기에는 경영자와 충분한 소통과 상호존중과 배려의 과정이 묻어나야 하기 때문이다. 인간은 사회적인 동물이라고 했다. 사회는 "공동생활을 하는 사람들의 조직화된 집단이나 세계"라는 사전적 의미를 담고 있으며 영어로 'society'는 16세기에 프랑스어 'socit'가 도입되어 변한 것이나, 그 어원은 라틴어 'societas'로써 대체로 동료·공동·연합·동맹 등의 '결합하다'라는 의미한다. 사회의 구성원 하나하나를 따로 보면 그 속에는 각종 위험하고 파괴적인 욕심과 공격과 생명을 위협하기까지 하는 엄청난 음모가 숨어있다. 이러한 공동체의 물리적, 화학적 결합에 문제가 생기면 공동체는 파괴되고 멸망해버리기에 목숨처럼 지키려 하는 이유일 것이다. 그 공동체 안에는 흔히 이야기하는 "양동이 속의 게 증후군(Crabs in the bucket)"이라는 것이 있다. 양동이 속에 게를 잔뜩 넣어놓으면 위로 올라오는 게를 다른 게들이 끌어당겨 올라오다가 떨어지고 올라오다 떨어지고 하는 모습을 의미한다. 우리는 이 한순간에도 양동이 속의 게 증후군의 영향력에서 벗어나지 못하고 있다. 소위 잘 나가는 것을 인정 못하는 그런 풍토를 말하는 것이기도 하며, 내 동료가 잘 되어야 나에게도 도움이 된다는 생각을 하지 못하는 실태를 보여주는 모습이기도 하다. 자기만 살길이 찾겠다고 결코 남의 뒷다리를 잡는 일은 하지 않아야 할 것이다.

그러므로 공동체가 공감하는 상생하는 조직으로 발전해 가기 위해서는 〈같은 말, 같은 마음, 같은 뜻〉이 반드시 필요하다고 생각한다.

1. 같은 말을 하는 공동체가 되어야 합니다.

공동체에서 가장 어려운 문제는 말이 많다는 것입니다. 그것은 말의 양(量)이 많다는 것이 아니라 각자 다른 말을 하는 경우를 뜻합니다. 우리는 직장공동체에서 상호존중하고 배려하고 섬기며 같은 말을 하는 공동체가 되어야 한다고 생각합니다. 이는 같은 의견을 가지라는 뜻입니다. 같은 말은 한다는 것은 일치의 표현입니다. 말이 같을 때에 공동체의 힘이 발휘됩니다. 그러나 각기 말을 달리 하는 공동체는 붕괴될 수밖에 없습니다. 같은 말을 하는 공동체는 '하나'가 되게 만드는 요소입니다. 사회는 원래 같은 말을 하는 공동체였습니다. 같은 울타리에서 같이 자고, 같이 먹고, 같은 말을 사용하였고, 같은 말로 서로 위로를 하였습니다. 같은 말을 할 때 소망이 공유할 수 있습니다. 같은 말을 하기 위해서는 나눔이 있어야 가능합니다. 생각을 나누고 의견을 나누고, 감정을 나눌 때 같은 말을 하는 공동체가 될 수 있습니다.

2. 같은 마음을 가지는 공동체가 되어야 합니다.

우리의 관점은 "분쟁이 없이"라는 말입니다. 공동체 안에 분쟁을 없애려면 같은 마음이 되어야 한다고 생각합니다. 같은 마음이라는 뜻은 옳고 그름에 대한 판단이 같고 추구하는 목적이 노사 간에 서로 가까이 있다는 의미입니다. 공동체의 분란과 다툼은 각자 옳은 대로 행할 때 생기는 것입니다. 공동체는 자신의 입장만 내세우는 것이 아니라 서로의 마음을 헤아리는 공동체가 같은 마음을 가질 수 있습니다. 같은 마음은 서로를 배려하고 사랑하는 마음에서 생깁니다.

3. 같은 뜻을 가진 공동체가 되어야 합니다.

"같은 뜻"이라는 말은 서로 추구하는 방향이 같다는 말이고, 같은 비전(꿈)을 공유하는 것입니다. 즉 목적이 같다는 말입니다. 목적은 공동체를 이끄는 힘입니다. 공동체를 이끄는 원동력은 "같은 뜻"에 있습니다. 사회 공동체는 사람이 모여서 이룬 것이라는 의미보다는 뜻이 같아서 모인 것입니다. 우리는 어떤 뜻이 같아야 하는지 깊이 생각합니다. 우리가 고대하는 정규직전환 문제가 자회사 설립 후 승계로 협약서를 체결하였다. 우리의 뜻과는 다르다고 하겠지만 결정된 공동체의 의견을 존중하며 실현되는 뜻이 같기를 소망합니다. 그동안 적폐라고 했던 일련의 해악들이 끝이 나고 싸가지(존중과 배려, 신뢰와 섬김)있는 우리가 되어야 합니다. 일하기 좋은 일터를 이루고자 하는 뜻이 같아야 회사다운 회사를 만들 수 있습니다. 경영자와 직원들의 말과 마음과 뜻이 통하는 상생하는 공동체를 이루는 길이다.

호남우도 김제농악 전수자 박동근 선생님

　김제농악의 전승, 보존에 평생을 바치시고 계시는 박동근 선생님을 뵌 것은 15년 전 즈음이다. 내속에 신명과 재미를 장구소리에서 찾을 수 있었고 꼭 배워보고 싶은 악기였다. 직원들과 동아리를 꾸려서 배우고자 찾아간 곳이 호남우도 김제농악보존회 박동근 선생님 전수관이었다.

　덩덩 구궁따 궁~, 덩 덩~ 덩 덩~ 더더더더덩 따 궁.

　입으로 읊조리며 궁채와 열채를 번갈아 두드리며 열심히 배웠다. 재미있었다. "우리 가락은 참 좋은 것이여!"하시던 선생님의 음성이 생각난다.

선생님을 소개받고 찾아갔을 때 전수관 입구에서 들리는 장구소리는 그동안 잠재되었던 끼를 꺼내기라도 하듯이 두

근거림이 일었다. 문을 빼꼼히 열고 고개를 들이미니 선생님께서 다른 전수자들을 가르치고 계셨다. 간드러지는 겹채가락에 힘차고 절도 있는 품새는 나로 온통 반하게 했다. 선생님은 언뜻 보기에는 후덕하시고 다정다감하신 영락없는 시골 농부셨다. 그랬다. 선생님은 평생 농사를 지으시고 지금도 농사일을 하고 계신다. 하지만 장구를 메시고 설장구 치는 모습은 도저히 상상할 수 없는 품격을 지니신 예술가로서 틀림이 없었다. 처음으로 가까이서 들어보는 선생님의 호남우도 김제농악 설장구소리는 타 지역에서 들었던 가락과는 분명 다른 느낌을 느낄 수 있었다. 거기에 매력을 느낀 호남우도 농악을 배우고 싶었다. 선생님께 저희들을 받아주셔서 가르침을 청했더니 기꺼이 허락하시면서 직장인들인 우리에게 남다른 배려를 하셔서 없는 시간을 만들어 저녁시간으로 배정해주셨다. 매주 수요일 저녁은 우리를 위해서 저녁식사까지 거르시고 본인께서 직접 가르쳐 주시기로 하고 기초부터 시작하자고 하셨다.

선생님의 가르침은 아주 쉽고 재미를 잃지 않게 흥미를 더하여주셨다. 기초반은 대체로 선생님 제자 분들이 가르치시나 우리에게만은 남다른 애정을 가지시고 제재로 된 장단을 배워야 한다면서 장단 하나하나를 꼼꼼하게 설명하시면서 때로는 시범을 보이시면서 수업을 계속하게 되었다. 우리에게는 행운이었다. 어쩌다가 한 번씩 지루함을 달래주기 위해 설장구 시연을 보여주실 때는 깜짝 놀라기도 한다. 정말 새털처럼 부드럽고 가벼운 춤사위에 기교 넘치는 타법을 볼 때는 저 연세에 어떻게 저런 품새와 힘이 넘

치는 가락을 만들어내실까 하는 생각에 놀라움을 금할 수가 없었
다. 어쩌면 평생을 농사일 하시다가 짬짬이 배워 오신 열정은 감
히 부러울 뿐이었다.

　선생님은 선친의 영향을 받아 일찍이 장구에 관심을 가졌고 농
악에 대한 전통을 몸으로 습득해 오신 분이셨다. 우리들의 학습
자세는 좋으나 장구채를 놓는 모습은 어설프기가 짝이 없었다. 신
명은 나나 표현하는 방법이 서투르니 선생님께서도 답답하셨을
것이나 단 한 번도 못하신다고 하지 않으셨다. 항상 웃으시는 얼
굴로 "참 잘한다." 칭찬하시며 매주 두 번씩은 저녁시간을 채워주
셨다. 시간이 꽤나 지났어도 실력은 더디게 진행되는 것을 보면
서 우리가 듣던 "장구소리가 하루아침에 이루어진 것은 아니었구
나."라는 생각이 든다.

　무엇이든지 쉬운 것은 없겠지만 지루하지 않도록 가르쳐주신
선생님 덕분에 점차 많은 가락을 배울 수 있었다. 전통문화는 배
우는 이가 적어서 점점 우리 곁에서 멀어져가고 있으나 이렇게 훌
륭하신 선생님이 계실 때 전수자가 많이 생겨서 맥을 이었으면 하
는 바램도 크다. 한때 암울했던 시절에는 데모하는 학생들이 주로
배워서 사용했으나 세월이 지나고 점차 편안한 삶을 살아가다보
니 이제는 전통악기소리나 공연은 가끔 TV에서나 볼 수 있게 되
었다. 주로 농촌을 무대로 명맥을 이어왔던 농악은 농어촌 지자체
행사에서나 간헐적으로 등장하니 배우는 이도 점점 줄어들고 있
다고 본다.

호남우도 김제농악은 빠르고 정교한 가락연주를 바탕으로 다양한 형태로 시골 학교 특활시간이나 배우고자 하는 몇 안 되는 대중에게 보급되고 있으며 쇠와 장구를 주로 하는 김제농악의 우수성을 알리고 있다. 농악 인구의 저변확대를 위해 민관 등에서 동호인들의 활성화를 위해 많은 후원과 참여를 필요로 한다. 이러한 시점에서 어느 때보다 박동근 선생님 같은 분들의 역할이 절실하다고 생각한다. 박동근 선생님께서는 평생 농악의 전수와 발전에 힘 써오신 결과로 2011년 9월에 전라북도 무형문화재 7-3호 김제농악 설장구로 지정되셨다. 농악의 발전과 전승 저변확대를 위해 고집스럽게 평생 무료수강을 해 오신 분이기에 그의 무형문화재 지정이 더욱 값진 것이라 하겠다. 선생님의 장구는 겹채위주의 잔가락이 뛰어나면서 소리가 웅장하고 씩씩하며 특히 발림이 뛰어나다는 평가를 받는다. 설장구 춤사위 또한 그 단절되고 부드러움은 감탄을 자아낸다.

이렇게 훌륭한 선생님에게 배운다는 것은 큰 행운이라 생각한다. 선생님은 남다른 열정과 끈기로 김제농악 보존회를 통해 전국 경연대회에서 대상과 최우수상을 다수 받으시며 김제 농악의 우수성을 알리시고 전승 보전을 위하고 계심에 뜨거운 응원의 박수를 보낸다. 또한 후진 양성을 위해서도 남다른 애정과 열정을 실천하고 계신다. 하지만 선생님의 마음에는 늘 부족하게 느끼시는 것이 있는 것 같다. 우리 고유의 전통문화를 계승 발전시키기 위해서는 먼저 교육환경(전수관)의 지원과 재정적인 뒷받침이 절실하다는 것이다.

　짧은 시간에 완성되는 예술문화가 아니기 때문에 지속적인 학습과 전승의 노력이 단절되지 않도록 관심과 후원이 민관에서 활발하게 이루어지기를 소망해본다. 그래야만 선생님께서 이어오셨던 고유 전통가락을 전수해주실 수 있고 이를 배우고자 하는 후계 그룹도 생길 것이기 때문이다. 그런 이유에는 누구나 생업에 종사하면서 전통문화를 전승해간다는 것은 현실적으로 어려움이 많다는 것이다. 이렇다 보니 배우고 싶어 하는 사람들이 생겼다가도 얼마 못가서 수박 겉핥기식으로 속맛을 못 보고 떠나는 이들도 많다. 그나마 아직은 마을단위로 조금씩 변형된 가락이 재미 중심으로 어우리다보니 전통의 타법이나 연주에서 변형된 가락을 생산하고 있어 우리 민족의 감성을 두드리던 고유가락의 보존과 정리가 수월해질 수 있어 안타까운 마음을 가지게 된다.

　박동근 선생님은 이러한 이유에서도 김제 농악의 정통이수자로 존중되셔야 하고 학술적 정리와 영상자료들을 보존하여 김제농악의 전승의 맥을 이어줄 수 있도록 관심과 역할을 기대한다. 특히 김제를 대표하는 민속놀이로 입석줄다리기와 쌍용놀이가 있는데 시연을 볼 때마다 김제 벽골제의 풍요로운 맛과 멋을 잘 표현해주고 있으며 해학과 지혜를 엿볼 수 있다. 입석 줄다리기와 쌍용놀이를 이끌고 계시는 박동근 선생님을 존경하며 그에 버금가는 전수자를 발굴해서 김제 향토문화를 계승 발전시켜 나아가 우리나라의 중요한 무형문화재로 오래토록 남아있기를 희망해본다. 전해들은 이야기로 김제에는 한국에서 제일가는 훌륭한 채상모 법고쟁이가 계셨다고 한다. 하지만 지금은 그 맥이 끊어졌는지 보지 못하는 것이 아쉬움으로 남는다.

　호남우도 김제농악은 호남좌도농악의 대표 격인 임실필봉농악에 비해 많이 부족하다고 생각한다. 필봉농악은 임실에 전수관을 짓고 전수관을 중심으로 다양한 프로그램 개발과 확대로 현대와 접목하여 다양한 재미를 더하고 우리 농악을 친근하게 접하므로 전라북도의 대표적인 농악으로 자리매김하고 있는 현실이다. 내가 느끼는 호남우도 김제농악의 박동근 선생임의 가락은 그보다 훌륭하다고 생각되나 전수관이나 주민참여프로그램 개발 등 지원이 뒤따르지 않아 힘차고 멋들어진 가락을 느낄 수 있는 기회를 잃고 있다. 또한 전통문화 학습의 기회를 다양화하고 누구나 쉽게 접할 수 있고 즐길 수 있는 재미를 제공해야 할 것이다. 전통문화는 어렵다고 생각하니 용두사미식으로 배우다 마는 현실이 안타깝기도 하다. 특히나 우리 같은 직장인들은 시간과 공간적인 제약이 많아 배움의 기회가 적다. 그러므로 이러한 제약을 해소하여 일과 삶의 균형을 위해서도 우리의 속에 내재되어있는 흥과 끼를 발견할 수 있도록 환경조성이 무엇보다 필요하다고 생각한다. 우리는 그나마 다행스럽게도 좋은 선생님과 전수관이 가까이 있어서 좋은 기회를 가질 수 있어서 다행이다.
　미래로, 미래로 끊임없이 물 흐르듯 전승 발전되어야 할 소중한 문화유산이 지역적 고유정서와 감성을 담아낸 새로운 패러다임으로 창조되었으면 좋겠다.

조상 대대로 물려받은 삶의 터전에서 전통과 현대가 어우러져 아름답게 발전해 가는, 옛 선인들의 지혜가 묻어나는 행복 가치창조의 내일을 소망해본다. 한사람이 농부로, 김제를 대표하는 예능인으로 한곳도 소홀함이 없으신 박동근 선생님을 존경하며 김제 농악의 저변화대와 전통의 맥을 이어갈 수 있는 적임자로 한 가락이라도 사장되지 않도록 전수관의 건립과 관련 자료를 정리 보존할 수 있도록 다시 한 번 관련기관의 재정적 후원이 있기를 기대해본다.

개인적으로 선생님의 성실하심과 제자육성에 남다른 애정을 높이 존중하며 항상 존중과 배려로 자기 몸을 아끼지 않으시고 김제 농악을 완성시키고자하는 선생님의 열정이 훌륭하게 평가되어지기를 진심으로 바란다.

다만 문을 열어 놓았지만 찾는 이가 적어 안타깝다. 이제부터라도 체계적인 커리큘럼에 의한 학습이 계획되고 실천되어지기를 희망해본다. 우리가 다다를 수 있는 선생님의 작은 부분까지 만이라도 열심히 배워야겠다. 박동근 선생님의 설장구 품새와 김제 농악의 우수성이 인정되어 향토문화 역사에 길이 남을 가치로 보존되고 전승되기를 진심으로 기원해본다.

우리 또한 인사발령으로 그 학습을 계속하지 못해 항상 아쉬움으로 남아있다. 선생님께서는 나더러 퇴직하고 본격적으로 배워서 자기와 함께 농악전수에 기여해달라고 진담 반 농담 반으로 이야기하기도 했다.

선생님 덕분에 한때는 팀을 구성하여 김제에 사는 직원네 집을 네 곳이나 방문하여 정월대보름 굿을 시연하기도 했었다. 또 회사에서 전국행사가 있었을 때 전북풍물패를 구성하여 응원단으로 참석하기도 했다. 지금 생각하면 실소를 하기도 하지만...

감사,

내가 할아버지가 되었다.
나를 할아버지라 부를 첫 후손이 태어난
것이다. 하나님께서 나의 딸에게도
소중한 선물을 주시었다. 한 생명이
태어남은 부모에게 축복이며 가문에
경사이므로 하나님께 감사한다.

내가 할아버지가 되었다

딸아이가 결혼한 지 2년 만에 아들 손주를 낳았다는 연락을 받고 마음이 울컥해진다. 한편으로는 기쁘기도 하지만 딸아이가 겪었을 산고를 생각하니 가슴이 먹먹해지고 눈물이 왈칵 맺혔다. 예정일보다 보름 정도 일찍 출산을 한 것이다. 6월 28일 오후 1시 12분 2.89kg의 사내아들을 순산하였단다.

내가 할아버지가 되었다. 나를 할아버지라 부를 첫 후손이 태어난 것이다

하나님께서 나의 딸에게도 소중한 선물을 주시었다. 한 생명이 태어남은 부모에게 축복이며 가문에 경사이므로 하나님께 감사한다.

사위가 보내준 사진에서 갓난아기를 옆에 두고 힘들었을 모습으로 아이의 얼굴을 만지며 눈을 감고 있는 딸의 모습이 먼저 들어왔다.

얼마나 힘들었을까. "고생했구나, 참으로 애썼구나."이제 마음이 놓이기도 하다. 지난주에 집에 다니러 왔을 때 작은 체구에 만

삭이 된 딸의 모습을 보면서 출산 예정일이 가까워지면서 힘들지 않고 순산하기만을 빌었었다.

6월 28일, 드디어 내가 할아버지가 되었다. 기쁘고 축복된 날이다.

우리 집안에 아들이 귀해서 누나도 딸만 셋이고 나도 딸만 둘, 내 동생만 딸 하나 낳고 다음으로 아들을 낳았다. 딸이 더 예쁘다고 하지만 귀한 아들을 낳았으니 특별한 생각이 들기도 하다. 몇 해 전 돌아가신 아버지 생각이 난다. 어쩜 나의 손자이니 증손자가 아닌가? 아버지께서 보셨으면 무척 좋아하셨을 텐데.

어머니께 전화를 했다. "경신이가 아들 손주를 낳았어요. 무사히 많이 힘들지 않고 순산했답니다. 아이도 산모도 다 건강하구요. 우리 딸이 고생했어요."

어머니께서는 "아이고, 고생했다. 잘했다. 쉽게 낳았다냐?" 물으신다. "네. 산기가 있어서 아침 7시경에 병원에 갔는데 점심때쯤 자연분만 했답니다. 걱정하지 마세요."그러면서 마지막에 흐리하게 말씀하신다. "우리 때는 왜 그리 힘들었는지. 방바닥을 기어 다니며 산고를 겪어야 했었는데… 요즘은 좋은 세상이라 좋구나."했다.

출산의 고통을 산고라 한다. 성경에는 아담과 하와가 선악과를 따먹고 죄를 범하므로"(창 3:16) 또 여자에게 이르시되 내가 네게 임신하는 고통을 크게 더하리니 네가 수고하고 자식을 낳을 것이며"라고 출산의 고통을 이야기했다.

직립보행을 하는 인간의 가장 큰 대가는 여성만이 짊어지는 출산의 고통이다. 두뇌가 큰 영장류 가운데서도 인간은 유독 출산과정이 힘들다. 태아의 머리 지름은 방향에 따라 태아가 지나는 통로인 산도(産道)보다 크고 직립에 적응한 골반을 빠져나오기도 쉽지 않다. 그 결과 태아는 좁은 산도 안에서 머리와 몸을 뒤틀어 방향을 바꾸는, 태아와 산모 모두에게 힘겨운 동작을 해야만 세상에 나올 수 있다. 태아는 골반의 형태에 맞춰 머리의 방향을 바꾸기 위해 90도로 머리를 돌리고 이어 어깨가 빠져나오도록 다시 한 번 90도 회전을 해야 한다. 이처럼 위험한 출산과정이 오늘의 인간을 만든 원동력이라는 주장도 있다.

내가 태어났을 때는 병원도 없고 의사도 없고 출산을 돕는 사람도 때로는 없었다고 한다. 만삭이 되어 출산일이 다가옴에도 정확하게 출산일을 계산하지도 못했고 산모 스스로 몸의 반응들을 느끼며 출산에 임박함을 알고 준비를 했다고 한다. 몇 달 전부터 미역을 사놓고 배냇저고리를 무명천으로 손수 만들고 기저귀감을 끊어 삶아서 말리고 오롯이 자연분만으로 낳고 또 낳았다. 한여름에 선풍기가 있었을까, 에어컨이 있었을까. 위생처리마저 대충할 수밖에 없어 "더러운 세상이었다."고 한다. 물을 끓이고 탯줄을 자르기 위해 가위를 끓인 물에 소독하고 실을 준비하고 등등. 우리 어머니들은 첫 출산은 그랬다. 출산이 임박할 때까지 밭이나 들에서 일을 해야 했고 밤이면 극심한 산고를 겪으며 이가 뒤틀릴 정도로 이를 악물고 견뎌내야 했다고 한다. 밤새 방바닥을 기며 어찌할 줄 몰라서 죽을 것만 같은 고통을 겪어야 했다. 요즘처럼 무통주사를 맞을 수도 없고 온전한 산통을 다 겪어내야 했었단다. 내가 태어날 때는 할머니께서 산파 역할을 해주셨다고 한다. 그 고통을 견디다가 마루 위에서 나를 낳았다고 한다. 아이를 낳으면 산파는 아이의 두 발을 잡고 거꾸로 하여 배냇물을 토하게 하고 엉덩이를 때려서 울음을 트게 했다. 아이가 울면 출산의 큰 과정 은 마무리된다. 산파는 탯줄을 집게손가락을 벌리어 가늠하고 실 로 묶고 자른 다음 태반을 받아서 뒷산이나 사람 왕래가 적은 곳 에 묻었다고 한다. 그래서인지 사람들은 자기 태반이 묻혀있는 곳 을 고향이라고 하며 죽을 때에도 그곳을 그리워하는 것 같다. 나 도 섬에서 태어나서 섬에 내 태반이 묻혀 있다. 요즘은 병원에서 은밀하게 처리되는 것으로 알고 있다.

　손주가 보고 싶었다. 딸아이도 걱정되고 해서 퇴근길에 병원에 가야겠다고 아내에게 전화를 하고 같이 가지 않겠냐고 했다. 아내 와 작은 딸은 출산 소식을 듣고 이미 다녀온 상태였다. 마침 작은 딸이 같이 또 가겠다고 해서 같이 병원에 도착했다. 태어난 아이 의 첫 번째 면회시간이 7시부터 7시 반까지라고 했다. 입구에 들 어서는데 어떤 젊은 친구가 다급하게 들어서고 있었다. 아마도 이 이도 아이를 보러왔나 보다. 입구에 들어서는데 마침 사위를 만났 다. "경신이는 괜찮니?"하고 먼저 묻는다. 사위에게도 아빠가 된 것을 축하한다 말도 못 건넸다. 갓 태어난 손주보다도 산모인 내 딸아이가 더 걱정이 되는 것은 출산의 고통을 짐작했음이다.

입구에 들어서니 다른 산모부부가 아이를 면회하고 있었다. 유리벽 너머로 솜털 같은 숨을 쉬며 편안해 보이는 아이는 참으로 예쁘고 사랑스럽다. 화단에 처음 피어나는 꽃처럼 여리고 아름다운 모습이었다. 이미 안사돈께서도 와 계셨다. 인사를 하고 사위가 이경신 산모의 아이의 면회를 신청했다. 신생아실 안에서 간호사가 우리 손주를 태운 침대를 밀고 와서 조심스럽게 안아서 유리창에 가까이 대보인다. 신기하고도 참으로 경이롭다. 어쩜 저렇게 작고 예쁜 아이를 우리 딸아이가 낳았단 말인가? 아이를 보면서 사진도 찍어왔다. 무슨 말을 듣기라도 하는지 내가 "만나서 반갑다." 했더니 한 쪽 눈을 살포시 떴다. 가슴에 황홀감이 가득 차온다. 내 손주구나. 내가 너 때문에 할아버지가 되었구나, 고맙다. 사랑한다.

그러면서도 딸이 걱정됐다. 링거줄을 달고 서서 아이를 보면서 눈물이 글썽이는 딸의 어깨를 다독이며 "고생했다. 수고했다."라고 하는데 나도 눈물이 왈칵 나오려 해서 억지로 참았다. 퉁퉁 부은 얼굴로 출산의 고통을 겪으며 온 가족에게 온몸으로 기쁨과 축복의 선물을 안겨준 내 딸이 자랑스럽고 고맙다. 다행스럽게고 많은 고통을 겪지 않고 대체로 짧은 시간에 자연분만을 했다니 안심이다. 3칠일 산후조리를 하고 나면 건강한 모습을 다시 찾을 것이다.

어머니께서 "일곱이레를 넘겨야 산모의 몸이 회복된다."고 한다.

우리 손주 이름은 김새힘이다. 내가 아들이 없으므로 내성도 넣

어서 김이새힘으로 하면 어떻겠냐고 지나가는 말로 아내에게 넌
지시 전했다.

그러지는 않을 거라 믿지만 내 손주이기에 사랑하고 축복한다.

우리 새힘이는 세상의 지혜가 충만할 뿐 아니라 하늘에 지혜를
사모하는 사람으로 범사에 하나님을 인정하고 하나님 앞에서 살
아가는 사람으로 건강하게 양육하게 하소서. 주님 앞에 자라고 하
나님의 진리를 기뻐하며

하늘에 비전을 가지고 주를 위하여 세워지는 사람이 되게 하소
서.

✦

아버지, 이제와 당신이 그립습니다

아버지, 가슴 뭉클한 이름에서마저 향기를 잃어버리고 살아왔습니다. 점점 잊혀져가는 기억 속에 불러볼 수도 없는 이름입니다.

2015년 여름이 끝나갈 즈음 어느 날 아침 아버지께서 전화를 하셨다. "지금 군산 병원인데 시간되면 지금 올 수 있냐?"갑작스런 전화에 당황했지만 "무슨 문제가 생겼구나." 직감했다.

"네, 바로 가겠습니다."하고 군산 병원으로 향했다.

병원에 도착하니 약간 겁먹은 모습으로 대기 의자에 앉아계셨다.

간호사에게 환자의 보호자가 왔다고 하니 들어오라고 했다.

"무슨 문제가 있습니까?" 의사는 아무 말 없이 컴퓨터 화면을 열고 영상자료를 펼쳐 보이며 신중하게 이야기를 했다. "전립선이 많이 커졌습니다."

그리고 "상태가 많이 안 좋습니다." 어쩜 나이든 분들에게는 흔히 있는 일이라 하며 담담하게 설명했다. 안타깝지만 연세가 있어서 수술을 할 수 없다고 했다 다만 남성호르몬 억제술 등으로 진행을 늦춰보겠다고 했다.

그랬다. 아버지는 전립선암이었다. 전립선이 비대해져서 소변 길을 막아서 고통스러웠던 것이다. 이번이 처음이 아니란 걸 비로소 알았다. 아버지는 그동안 말도 못하고 혼자 끙끙 맘 고생하시면서 소변이 막혀 힘들면 혼자서 병원을 찾곤 했다고 한다. "아버지 언제부터 소변이 힘들었어요?" 물었더니 벌써 1년이 넘었다는 것이다. 왈칵 눈물이 쏟아지지만 가슴을 누르며 참았다.

아, 왜 아들인 나에게 한 마디 안하시고 혼자 속앓이를 하셨을까? 속상하고 안타까운 마음은 무너지는 아버지의 자리를 온 맘으로 안아야 했다.

이때부터 아버지의 병원 생활은 시작되었고 남자로서의 자존감과 아버지의 권위는 빛이 바래기 시작했다. 아랫배를 통해 방광에 요로호스를 꽂고는 "소변이 편해서 좋다." 하시던 모습에서 같은 남자로서 비애를 느꼈다.

상태는 조금씩 나빠지는 것 같았다. 전이까지 되어 이렇게 견디다 마감해야 한다는 의사의 진단이 옳았는지는 모르지만 좀 더 일찍 증상을 함께 공유 했더라면 조금이나마 시간을 벌 수도 있었을 텐데 하는 아쉬움 속에 여러 가지 시술법과 약물치료를 병행하며 병의 진행을 늦출 수밖에 없었다. 병원에 입원하셔서 가끔씩 집에 가시고 싶다고 하시면 걷기도 힘드시고 거추장스런 링거줄 때문에 어쩔 수 없이 휠체어를 이용해 병원 앞 산책만 시켜드렸던 것이 못내 아쉽고 속상하기마저 한다. 그 이후로 집에 가시지 못했다.

방광에 부유물이 쌓이고 출혈마저 생겨서 방광에 꽂았던 호스가 막히는 일이 종종 생기면서 그 고통과 자존감 상실을 아버지는 말없이 과정들을 견뎌내셨다. 시간을 내서 아버지를 보러 갈 때마다 안타까움은 점점 더 커져갔다. 입맛이 없어 다른 음식을 못 드시고 팥죽이 드시고 싶다고 했다. 아버지는 한동안이나 팥죽만을 그나마 드셨다. 그러던 중 나의 마음에 지울 수 없는 일이 생겼다. 가을은 소리 없이 다가오고 있었다. 과일가게 앞을 지나다가 빨갛게 익은 홍시감을 보니 아버지께 드리고 싶었다. 몇 개 사서 아버지 드시라고 드렸다. 그때 홍시감 씨가 씹히어 앞니가 부러져버린 것이다. 예전에 앞니를 가치로 해서 끼웠는데 닳아서 겨우 조금 붙어 있다가 홍시감을 드시면서 씨를 물으셨나 보다. 앞니가 떨어져버린 아버지는 무덤덤하게 "이가 부러졌네." 하시며 뱉어 나에게 주시며 개의치 않으셨다. 병환이 짙은 모습에 앞니마저 없으니 더욱 약해보이고 측은해보였다. 나는 큰 죄를 지은 것 마냥 가슴이 아팠다. 다시 이를 할 수도 없고 저런 모습으로 보내드려야 하는지…

그해 첫눈이 내리려고 하는 날 아버지는 외롭게 쓸쓸하게 통증을 털어버리시고 떠나셨다. 11월 6일 새벽 2시경 병원에서 전화가 왔다. 임종을 알리는 전화였다. 전날 저녁 때 특별한 징후가 없어서 잘 주무시라고 하고 집에 왔는데 가시는 모습도 보지 못하고 작별 인사도 없이 그렇게 아버지는 가셨다.

82세의 나이로 당신의 다섯 형제의 뒤를 이었다. 벌써 3년이 지났다. 여름이면 아버지와 함께 고향 섬에 할아버지 할머니 산소에 벌초하러 다녔었는데...

여름이 왔다 올해도 아버지는 안 계시지만 동생들과 벌초하러 갈 예정이다.

엊그제 내게 외손자가 태어났다. 그래서인지, 아버지의 생신이 다가오고 있어서인지 아버지가 그립다. 평소 별 말씀이 없으시지만 정이 많으시고 우리에겐 화도 잘 안내시는 아버지, 평생 순탄하지 못한 인생을 가난하게 사시면서 자식들에게 늘 미안해하시던 아버지, 더 줄 게 없어서 담배 한 모금 깊이 들이마시고 내뿜으시며 하늘만 보시고 한숨 깊이 들이쉬시던 아버지다. 아버지는 농부시며 농번기 틈틈이 바닷일도 하시는 어부셨다. 소에 쟁기를 얹어 밭갈이를 하실 때는 가끔씩 나에게 쟁기성에를 누르라며 밭갈이 하던 때도 생각난다. 모내기를 할 때는 못줄을 잡으라 하시고 어른들이 모를 쪄내면 이리저리 끌어다 모내기하기 좋게 뒷일을 했던 추억, 새참이 나오면 그렇게 반가울 수가 없었던 밥맛이 지금도 아련하기만 하다. 겨울을 보내고 처음으로 흰쌀밥에 맛있는 반찬이 나오는 때이기 때문이다. 건너섬 개울가에서 망둥어 낚시를 가르쳐주시고 바닷물이 들어오면 납작한 조약돌 골라 물수제비 뜨시며 사랑을 전해주셨던 아버지와의 어린 시절 추억은 이야기로나마 남아있을 법이다.

요즘 아이들은 전혀 상상조차도 할 수 없었던 우리들의 어린 시절 아버지와의 추억들이다. 초등학교 입학식 날 비가 많이 와서 아버지 등에 업혀 학교에 갔던 기억과 간혹 회낙지를 할 때 갯벌에 따라 나갔을 때와 목포에서 중학교 유학을 나왔을 때 자취방에서 아버지 팔베개를 했던 기억 몇 가지가 생각난다.

아버지의 젊은 시절은 신안군 작은 섬마을에서 9남매의 둘째로 태어나 바로위의 형이 6.25참전 중 전사하시어 사실 맏아들로서 부모를 모시고 형제를 돌보는 위치에 있었다. 일찍 세상을 떠나신 할아버지, 할머니를 대신해서 가업을 이루고 연안어업을 중심으로 농업에 종사하셨다. 아버지께서도 5남매를 두셨으나 결핵으로 딸 하나를 보내고 생활고를 견디다 못해 고향을 떠나 온갖 고생을 하시게 되었다. 조개잡이를 하려고 군산에 오셔서 일하시다가 가까운 친구에게 빚보증을 서주시고 잘못되어 전 재산이나 다름없는 배를 잃고 고난 속에서 두 번째 딸도 병으로 잃게 되었다. 가난과 운이 없음을 한 번도 탓하지 않고 처지를 비관하지도 않으시면서 가정을 지켜주신 아버지 때문에 우리가 이렇게 장성하여 존재하고 있음의 이유일 것이다.

우리 아버지는 글씨를 아주 잘 쓰셨다. 늘 메모하고 공부하셨다. 지금은 몇 권의 노트에 흔적만 남겨놓고 가셨다. 아, 그리운 아버지...

나를 낳아 기르시면서 어렸을 때 소아풍으로 다 죽어가는 나를 업고 큰 섬으로 갯벌을 건너 달리셨다던 어머니, 그 옆에서 아들을 살리겠다고 발 동동 구르셨던 아버지, 큰 마을 침술사를 찾아 침을 맞추어 겨우 고비를 넘기고 이렇게 건강하게 자라서 가정을 이루고 자녀를 낳아 손주를 보았으니 당신이 그리운 모양이다. 남다르게 유난히도 친척들을 좋아하시고 형제를 사랑하셨던 아버지 당신은 가난 속에서도 부끄러워하지 않으시고 따뜻한 마음의 쉼터가 되어주셔서 고맙고 감사합니다.

장맛비가 내린다. 남부지방을 지나는 태풍 '쁘라삐룬'이 많은 비를 내리게 한다. 오늘따라 아버지가 그립다. 책장에서 김정현의 〈아버지〉란 책을 뽑아 출근한다.

세상에 많은 아버지들이 있다. 아버지라는 이름 아래 묵묵하게 자기 자리를 지키고 자기 아이들에게만은 특별한 사랑과 애틋함을 가슴에 담고 살아간다. 나이 들고 병들면 먼 산만 바라보고 푸념 한 마디 없으신 아버지들을 생각해본다. 나 또한 아버지로서 내 아이들을 바라볼 때 우리 아버지를 닮았다 생각하게 된다. 아이들만을 위해 희생하며 살아가는 요즘에 생긴 기러기아빠, 펭귄아빠, 독수리아빠라는 신조어가 있다. 그나마 독수리아빠였으면 좋겠는데 추운 방에서 덜덜 떨며 아이들 소식만 기다리는 펭귄아빠는 서글픈 존재로 남아있을 뿐이다.

이쯤해서 내가 아는 친구의 아버지 이야기를 소개하려 한다.

아버지는 내 아버지일 뿐이다. 하지만 세상에는 자기 아버지를 자식 된 이가 가장 잘 알고 있다. 그래서 존경받는 아버지와 숨기고 싶은 아버지가 있다. 하지만 아버지는 아무 이유 없이 존경받아야 하지 않을까 생각한다.

이 친구의 아버지는 참 보잘 것 없고 내세울 것 없는 수위출신 아버지였다.

평생을 성실한 수위로 살아오셨고, 정년 후 일당 2만 원짜리 잡부 일을 하시는

출판사 사장을 아들로 두신 아버지였다.

이가 상해 임플란트를 권유하는 아들에게 임플란트의 가격을 듣고는 불편함을 참고 평생을 살아오신, 자신의 과거를 돌아보며 선뜻 이도 못하는 아버지 이지만, 그런 아버지의 정신적인 유산이 그의 아들을 똑바로 키워내셨다.

우리나라 대통령보다 훌륭한 아버지!

시골 정미소를 한 갑부, 12명의 자식(배다른)을 둔 아버지의 유언은 무엇일까?

12명의 자식들은 아버지가 유산 분배를 어떻게 할까?
아버지의 입만 보고 있었지만, 돌아가실 때 유언으로 다른 말없이

"오는 손님들 잘 먹이고 대접 잘해서 보내라!"

섬김과 존중을 가르쳐준 아버지의 자식들 12명이었지만

재산싸움 없이 다 잘 되었다고 했다.

내 나이 불혹을 맞으면서

1999년 9월 1일, 아직은 얼떨떨한 마음이다. 며칠 전 서울 본사에서 검침사업소장으로 발령을 받고 회사로부터 검침업무일반 지침서 한 권 받아들고 부임지인 한전 전북지사에 위치한 검침사무실에 출근했다. 전혀 새로운 세상에 홀로 떨어뜨려진 느낌이다. 전북지사 직할사업소에 사업소장으로 임명되어 첫 출근을 하였다. 아는 사람은 한사람도 없었고 모든 일은 생소하고 첫 경험이었다. 내 나이는 불혹이었다. 세상은 변화의 소용돌이에 숨 가쁘게 돌아가고 나는 또 다른 세상에서 새로운 출발을 시작했다. 사무실도 제대로 준비되지 않았고 집기나 전화도 심지어는 잠시 앉을 자리도 없었다. 이제부터 시작이다. 당차고 과감하고 냉철하게 이러한 환경을 극복하고 안정시켜 나가기 시작했다. 한전지사 총무과를 찾아가서 협조를 요청했다. 우선 사무집기와 전화 설치를 요구하고 각 부서 인사를 다니기 시작했다. 처음 보는 사람들은 무덤덤한 표정으로 인사를 주고받았다. 그래도 몇몇은 웃으며 정겹게 맞아주고 이것저것 안내도 해주고 그나마 빠른 정착을 도와

주기도 했다. 그때 사실 나는 혼자가 아니었다. 혜정이가 있었다. 전 직장에서 함께 근무했던 혜정이를 데리고 사업소를 꾸릴 수 있어서 그나마 다행이었다.

사업소를 빨리 정상화하고 이끌어가기 위해서 직원 중 리더 역할을 하는 선배님을 먼저 만났다. "안녕하십니까, 반갑습니다. 저는 이번에 전주직할사업소에 부임하게 된 이진주입니다. 잘 부탁드리겠습니다. 저는 이 일에는 문외한이오니 많이 가르쳐주시고 제가 잘 할 수 있도록 협조를 부탁드립니다."그분은 강광옥씨였다. 그분은 아직도 고맙고 감사한 마음으로 오래 기억에 남아있다. 나를 존중해주고 배려해주셨고 현장업무의 지식과 각종 사례들을 통해 사업소장 역할을 담당할 수 있는 수준에 이르게 해주신 특별하게 고마우신 분이다. 나이로는 나보다 17살이나 많으시고 검침업무에는 남다른 식견과 리더십을 가지고 계신 분이셨다. 무엇보다 나는 이 분의 도움이 우선적으로 필요하다고 판단하고 적극 관계에 신중을 기했다. 그분도 나의 열정과 호의에 마음을 열어주셨고 동료 직원들에게 사업소장으로 인정하고 잘 따라줄 것을 요청하고 협조를 구해주셨다. 덕분에 나는 아홉 분의 검침원들과 인사를 마치고 본격적인 업무에 돌입하게 되었다. 19년이 지난 지금도 가끔씩 그날의 기억들을 추억하곤 한다.

그랬다. 나는 40세에 한전의 검침사업소에서 완주군과 임실군의 검침사업소 업무를 담당하는 사업소장으로 새로운 인생을 살아가게 되었다.

처음 접하는 일들이지만 열정은 남에게 뒤지지 않았다. 한전의 업무처리 지침을 숙지하고 시간이 나는 대로 전기 공급규약이며 개정규약 등 검침업무 매뉴얼을 익히는데 게으르지 않았다. 덕분에 나는 십수 년을 현장에서 업무에 박학다식하고 경험으로 축적된 업무와 인생의 선배들을 모시고 사업소를 무난하게 잘 이끌어 갈 수 있었다. 지금도 그때 같이 했던 고마우신 선배님들이 기억난다. 아직도 그때 함께 근무했던 몇 분과는 만나고 식사도 함께하며 지난 이야기들을 하며 지낸다.

검침업무 현장은 열악했다. 비가 오나 눈이 오나 어떠한 환경에서도 직원들은 가가호호를 방문하여 한 달간 사용한 전기 사용량을 체크하고 전기요금청구서를 송달하는 일을 거를 수가 없었다. 한 달에 한 번은 꼭 고객을 방문하고 계량기 숫자를 읽어오는 일이 결코 만만치 않는 일이었다. 매일 정해진 검침구를 방문하는데 때로는 예상치 않는 사고에 노출되어 있어 늘 긴장을 늦출 수 없었다. 우리 검침원들은 대부분 오토바이를 타고 이동하고 업무를 수행해야 하기 때문에 혹 발생하는 사고는 장애를 동반하는 큰 사고로 이어지기도 했다. 때로는 개에게 물리기도 하고 벌에 쏘이기도 하고, 전기 감전의 위험에도 노출되어있다. 그래서 무엇보다 사업소장은 직원들의 안전사고 예방과 주어진 업무일정을 무리 없이 마칠 수 있도록 하는데 집중해야만 했다. 한 달을 돌아보면 반복적인 일과일 수도 있지만 때론 갑자기 발생하는 민원이나 업무 착오는 사업소장으로 겪는 또 하나의 애로사항이기도 했다.

전기요금을 납부하지 않아서 단전을 하고 돌아 설 때는 이 일을 해야 하는 자신의 가치관에도 큰 혼란이 일 때도 있었다.

하루는 "몇 달째 전기요금을 납부하지 못해서 단전을 해야 하는데 고객의 형편이 말이 아니라 어떻게 해야 하느냐."는 직원의 하소연을 듣고 현장에 가보기로 했다. 시골 한적한 마을에 도착했을 때 고객의 집은 바람막이 비닐이 나풀거리고 유달리 어수선해보였다. "계십니까?" 하고 물으니 한 아주머니가 부엌에서 문을 삐끄덕 소리 내면서 얼굴을 내미신다. 말씀도 없으셨다. 아주머니 얼굴은 그을음에 그을려 있었고 콧구멍은 연기를 마셨는지 시커멓게 그을려 있었다. 문틈 사이로 들여다보니 볏짚으로 아궁이에 불을 지피고 있었다. 날씨가 쌀쌀했던 초겨울이었다. 조금 뒤에 따라 나오는 아이 둘이 있었다. 누런 코가 두 줄기로 흘러내리고 온통 시커먼스였다. 아직 학교에 다니지 않는 아이인 듯 했다. 낯선 사람들의 등장에 의아한 눈빛으로 바라만 보았다. "아주머니, 혼자 계신가요? 아저씨는 어디 가셨나요?" "전기요금이 미납되어서 방문했습니다." 했더니 아주머니는 간신히 얼버무린다. 남편은 일하러 갔다고 했다. 우리 업무 일정상 오늘 전기요금을 납부하지 못하면 단전을 해야 한다는 이야기를 차마 꺼낼 수 없었다. 나는 우리 직원에게 이 집 밀린 전기요금이 얼마입니까? 물었다. "7만 원 정도인데요." "그럼 이렇게 합시다. 내가 대신 내줄 테니까 업무는 여기서 마감하시고 다음에 남편이 돌아오면 다시 이야기합시다."하고 발길을 옮기는데 마음이 무겁기만 했다. 아이들이 무슨 잘못이 있을까? 나오는 길에 구멍가게에 들러 과자 몇 봉지 사서 아이들에게 주고 돌아왔다. 그때 언뜻 스치는 까만 연기에 콧구멍이 새까매진 아주머니 눈가에 촉촉함이 흐르는 듯했다.
연기 때문이었으리라. 이 일이 있고 몇 달이 지나서일까 직원분이
그 집 이야기를 했다. 그 집 남자가 며칠 일을 했는지 지난 번 전
기요금 대납해주었던 7만 원을 주셔서 받아왔다는 것이다. 그 돈
을 받는 내 자신이 미안하기도 했지만 비슷한 환경에 있는 어려운
고객들은 이 가족 말고도 여럿이 있다.

　아직도 기억에 남아있는 고객이 있다. 전기를 무단으로 끌어다
쓰는 고객이 있다는 것이다. 바로 현장에 나가서 확인해보니 오랫
동안 공가로 비어있는 집에 젊은 부부가 아이 셋을 데리고 어느
날 들어왔다는 직원의 이야기다. 전기가 끊긴지 오래되었고 폐가
수준이었으나 추위와 비는 막을 수 있는 허름한 집이었다. 전기가
없으니 아이들과 난방을 위해 상당한 거리에 있는 농사용 전기를
끌어다가 버려진 전기장판을 사용하고 있었다. 방문했을 때는 도
저히 사람이 살 수 없는 환경이었지만 어린아이가 셋이나 있고 오
롯이 전기장판으로 난방을 하면서 휴대용 가스레인지로 라면과
간단한 음식을 해먹고 있는 듯 했다. 애기 기저귀는 쓰레기봉지마
다 가득 담아 방 여기저기 구석에 쌓아두고 난방이 안 된 방 안은
썰렁하기마저 했다. 어떻게 이렇게 살아가는 것일까? 마을 이장
님을 찾아서 자초지종을 물었더니 어느 날 20대 정도 되어 보이
는 젊은 친구가 아이들을 데리고 와서 기거할 곳을 부탁했다고 했
단다. 그래서 아쉬운 대로 마을 한 쪽에 있는 공가를 소개해줬다
고 했다. 전기도 이장님께서 그렇게 쓰도록 했다는 것이다. 나는

이장님께 이렇게 전기를 사용하시면 위험은 물론 위약 사용이기에 위약금도 물어야 하니 정상적으로 전기를 사용하도록 도움을 주셨으면 좋겠다고 말씀드렸다. 사무실로 돌아와서 영 마음이 놓이지 않아서 지점 요금과장님께 사정을 말씀드리고 협의하여 전기공사업체의 도움을 받아서 전기 신규공급을 해주도록 했다. 그나마 마음이 조금은 놓였다.

나는 아이들이 관련된 어려움은 지나칠 수가 없다. 다른 일이라면 때론 단호하고 정확하지만 어린아이가 있는 어려운 가정을 만나면 모든 원칙을 내려놓게 된다. 이것이 내가 살아가는 이유고 불혹에서 시작된 새로운 인생이라 생각한다.

아름다운 레스토랑 문파이브

전주 서신동에서 서전주IC방향으로 달리다가 서부우회도로에 진입하여 순창 가는 방향으로 계속 직진하다 운암 옥정호 신다리 밑으로 우회전하면 구도로에 들어서서 약 5분정도 달리면 왼쪽 길가에 아름다운 레스토랑 '문파이브'가 있다. 달 밝은 보름달이 환히 비치는 밤, 임실군 운암면 마암리에 위치한 별장형 빌라 호숫가 1층에 자리 잡은 이곳 〈문파이브〉. 테라스에 앉아 와인과 차 한 잔 마신다면 나는 달을 몇 개나 바라볼 수 있을까? 밤이 아니라면 달을 볼 수 없겠지만 낮에는 옥정호의 자연 풍광만으로도 힐링을 할 수 있는 곳이다. 이곳 문파이브는 아파트 1층에 위치해있어 아는 사람만이 찾을 수 있는 복합 문화공간이자 정통레스토랑이다. 국내 최대의 다목적 댐 옥정호에 자리한 이곳 문파이브. 이제는 호수 위를 지나는 다리로 새 길이 생겨서 거의 다니지 않는 구도로에서는 잘 보이지 않아 자칫 모르고 지나칠 수도 있지만 숨어있어 더욱 매력적이다. 몇 년 전에 장로님께서 부부동반 저녁식사에 초대해서 처음 다녀온 레스토랑이다. 천정이 높고 자연풍경이 멋진 호숫가 레스토랑이다.

확 트인 옥정호를 창가 유리창을 통해 달과 노을이 뜨고 저무는 하늘의 다양한 표정을 감상할 수 있다. 이곳은 천장이 높아 웅장하고 시원함을 느낄 수 있다. 또한 실내 입구와 연결된 통로를 따라 나가면 테라스가 아름다운 자태를 보여준다. 여기에 다양한 예술 공예품과 석공예가 전시되어 있어 찾는 손님들은 또 하나의 작은 즐거움이다. 또한 주말이면 테라스 야외광장에서 작은 음악회가 열리고 다양한 메뉴를 선정해 바비큐파티를 할 수 있다. 평소 문화에 큰 관심을 가지지 않았던 사람들도 차와 와인, 위스키, 그리고 문파이브가 자랑하는 양식메뉴를 선정해 하나를 맛보며 연인과 옥정호를 감상하면 시간가는 줄 모른다. 자연과의 조화, 여기에 대표의 친절함, 다양한 예술작품의 전시, 뛰어난 자연경관을 보고 있노라면 일반인도 신기해하고 재미있어할 것이다.

이곳은 한 마디로 문화와 인간의 소통을 허락하는 공간이다. 이곳에서 가장 인기 있는 메뉴는 맛이 너무 좋고 가격이 저렴한 스테이크와 돈가스다. 특히 이곳에서 연인과 함께 와인 한 잔을 곁들이면 와인 자연의 붉은 빛깔만큼이나 아름다움을 느낄 수 있다. 요즘도 고객만족서비스를 위해 다양한 정원공간을 아늑하게 꾸미고 실내 인테리어를 수정하는 등 애쓰는 모습에서 재탄생하고 있는 느낌을 받는다. 지금보다 더 매력 있는 '문파이브'의 르네상스를 기대해본다.

정통레스토랑 임실군 옥정호 '문파이브(moon5)'에서는 다섯 개의 달을 볼 수가 있다고 한다. 그래서 연인들끼리 식사를 하기 전 다섯 개의 달을 찾아보라고 문제를 내기도 하니 이 또한 소소한 재밋거리이다.

첫 번째는 In the sky(하늘에 떠있는 달),

두 번째는 On the lake(호수에 흐르는 달),

세 번째는 In the glass(술잔에 담긴 달),

네 번째는 In your eyes(당신의 눈동자에 비치는 달),

다섯 번째는 In my heart(내 마음속의 달)로 낭만과 사랑을 담을 수 있는 옥정호의 또 하나의 매력이 넘치는 곳이다.

문파이브는 비즈니스레스토랑이라 각방으로 이루어져 있어 더욱 좋다. 각 방마다 밖으로 나갈 수 있는 문이 있어서 더욱 좋다. 들어오는 입구는 창문 하나 없는데 들어와서는 밖으로 나갈 수가 있어 좋다. 밖으로 나가면 사진 찍기가 너무 좋다. 여름에는 테라스에 앉아서 시원한 음료를 마시면서 옥정호를 바라볼 수 있어 좋고 자연풍경을 주제로 담소를 나눌 수 있어서 연인끼리라면 더욱 좋다. 산과 호수를 자르듯 지나가는 저 앞으로 보이는 다리의 풍경은 더욱 아름답다. 식당을 나와 가볍게 산책할 수 있는 산책로도 있어서 식사 전후 편안함을 만끽할 수 있다. 음식도 나름 정갈하게 나오는데 과하지도 않고 편안하게 즐길 수 있는 양이다. 거기에 와인 향 가득한 술잔에 달이 뜨는 모습을 더한다면 운치는 어디에 비교할 수 없을 것이다. 가리비 그라탕과 각종꽂이, 야채샐러드, 새우튀김과 감자튀김, 안심훈제치킨, 왕새우요리, 치즈돈가스, 치즈랑 고구마도 기름진 음식으로 배를 든든하게 하니 낭만으로만 즐길 수 있는 것 외에 뱃속을 편안하게 채워지는 음식도

이 레스토랑의 매력일 것이다.

겨울이 오면 이곳 경치는 일본소설에서나 나올법한 설경이 너무 아름답기도 하다. 입구에는 길을 내느라 쓸어놓은 눈 위로 오전 햇빛이 하얗게 부서진다. 베란다로 나가 바라본 옥정호는 어쩌다 많은 눈이 내리면 호반 주변에 하얗게 쌓여 있는 눈들이 나름대로 겨울 정취를 흠씬 느끼게 하였다. 흰 눈(白雪)은 왠지 "童話스러움을 느끼게 하는 것 같다."라고 생각하면 나만의 행복한 얘기일까? 암튼 눈 내린 옥정호 주변을 쭉 둘러보는 순간 내내 "아~ 좋다."하는 말이 무의식적으로 반복되어 나온다. 흰 눈과 파아란 하늘의 색감이 산뜻한 조화를 이루며 싸늘하면서도 시원하게 마음에 와 닿는다. 훈훈한 열기가 천정에서 흘러 내려오면 조용한 룸에 앉아, 유리창 넘어 눈 쌓인 옥정호 호반을 바라보며, 맛있게 음식을 먹다보면 세상사 복잡한 것들도 다 잊혀지는 듯하다.

옥정호는 섬진강 상류 수계에 있는 인공호수이다. 옥정호를 처음 찾아가는 사람들에게는 특히 자연에 목말라하는 도회지의 사람들에게는 국사봉을 옆에 두고 아름다운 산수화를 한 폭에 담은 붕어섬 전경을 비롯하여 호수 주변의 환상의 드라이브 길을 먼저 찾으라 권하고 싶다. 섬진강댐의 건설로 가옥과 경지가 수몰된 옥정호 안에 붕어모양의 육지섬이 만들어 졌다. 운무가 끼는 날이면 감동으로 느껴보는 한 폭의 산수화임에 틀림없다. 자연에 대한 갈증이 어느 정도 해결된 후엔 다시 돌아 나와 이 Moon Five에 들러 차나 맥주 한 잔을 마시며 목에 대한 갈증을 해결한다면 화룡점정이 될 듯.

처음 문파이브라는 단어 그리고 카페의 데코레이션등에서는 지극히 서양적 냄새가 느껴졌는데 사실은 지극히 동양적인 그리고 한국적인 정서를 담은 단어라는 생각이 든다. 우리나라에서는 대표적인 정원대보름 밝은 달이 있기도 하지만 매달 보름달이 뜨는 밤은 현대를 사는 우리네 지치고 여유 없음을 채워줄 정겨움 같은 것을 느끼게 해준다. 보름달이 아니어도 좋다 맑고 청명한 여름밤에 알맞게 채워져 있는 잔잔한 옥정호위에 달이 뜨는 걸 볼 수 있다면 나머지 달도 찾아볼 수 있으리라.

달이 다섯이라는 것은 하늘에 뜬 달, 옥정호수에 뜬 달, 술잔에 뜬 달 그리고 사랑하는 님의 눈동자에 뜬 달, 또 하나는 내 마음속에 그대를 향해 뜬 달이 아니겠는가? 기왕이면 보름달이 떠오른 맑은 날 밤, 나는 사랑하는 연인과 함께 호수가 정자에 앉아 와인을 마시고 싶다. 그대가 있기에 행복한 이 밤, 하늘에도 호수에도 바다에도 술잔에도 그리고 사랑하는 여인의 눈동자에도, 그대를 사랑하는 내 마음에도 보름달이 떠 있으니 세상 부러울 게 무엇이 있으리요.

님과 벗

벗은 설움에서 반갑고
님은 사랑에서 좋아라
딸기꽃 피어서 향기로운 때를
고추의 붉은 열매 익어가는 밤을
그대여, 부르라 나는 마시리

- 김소월 -

더위에 어떻게 지내십니까?

아침인사가 "더위에 어떻게 지내시냐."다. 연일 폭염과 열대야로 잠을 설치고 퉁퉁 부은 눈으로 출근을 하게 되면 그나마 시원한 사무실은 천국이다.

이렇게 덥고 지친 하루를 보내야 하는 우리에게는 걱정위에 또 걱정이다. 이른 아침 출근을 서둘러 일터로 나가는 직원들의 오토바이소리마저 벌써 지친 모습이다. 우리같이 현장에서 일을 해야 하는 직원들의 어려움은 고통 수준이다. 아침마다 자외선 차단 크림을 바르고 헬멧을 쓰고 목부터 올려 눈 아래까지 끌어올린 넥워머로 무장하고 얼음물 한 병 준비하고 오토바이를 달린다. 땀으로 범벅이 되는 일과를 지친 모습으로 마치고 돌아오면 그나마 시원하게 샤워할 수 있는 곳이 마련되어 다행이다. 땀이 흐르기가 바쁘게 말라버리는 폭염을 견디며 현장에서 일하는 근로자들과 우리 직원들에게 감사한 마음으로 살아가고 있다. 일하다 간혹 나타나는 그늘마저 소용없는 현장업무는 안쓰러움을 더해 안타까운 마음이다.

오늘 아침에는 출근길에 마트에 들러서 시원하고 커다란 수박 한 통 사다가 냉장고에 넣어둔다. 간혹 아이스크림도 사다놓지만 그것으로 더위를 식힐 수는 없다. 사무실 근무자인 나에게는 미안한 마음이 더욱 크다. 혹여나 이 더위에 지치거나 안전사고는 생기지 않을까 노심초사하며 직원 모두가 현장에서 무사히 귀사하기만 기다린다. 온몸으로 햇볕을 등에 지고 열기 품는 이륜차에 몸을 의지하여 하루에 200여 집을 방문하여 검침을 하는데 눈두덩에 흘러내리는 땀으로 숫자는 잘 보이지 않고 땀을 훔치다 보면 지침자리수가 넘어가버렸고 쏟아지는 땡볕은 한숨을 나오게 한다. 계량기는 왜 그렇게 숨어있는지... 이 일은 분명 극한직업이다. 점점 검침 현장은 힘들고 열악해진다. 원격검침을 한답시고 전자식계량기를 부착하다보니 예전에 기계식일 때보다 몇 배로 시간이 더 걸리고 지침을 핸디에 입력하는 것도 훨씬 힘이 든다. 요구사항은 많아지고 혹시나 생길 수 있는 민원에 전전긍긍하고...

올해 폭염은 매일 기록을 경신하며 위세를 더해가고 있다. 오늘이 절기상 가장 덥다는 대서인데 절기가 모처럼 이름값을 했다. 대서인 어제(23일) 경북 경산의 낮 기온이 올 들어 최고인 39.9도까지 치솟았고, 오늘은 폭염이 기승을 부리는 가운데 경북 영천 신령면 낮 최고기온이 40도를 넘어섰다. 대구기상지청은 영천 신령면 기온이 자동기상관측장비(AWS) 측정으로 40.3도를 기록했다고 밝혔다.

전주에서는 36.4도를 기록했으며 1907년 기상 관측이 시작된 이후 111년 만에 최악의 폭염을 기록했다. 역대 가장 더웠던 1994년 폭염을 뛰어넘을 거란 관측도 나오고 있는데 이 찜통더위가 언제까지 계속되는 건지… 구름 사이로 내리쬐는 햇빛에 거리가 이글거리며 도로가 솟아오르는 현상도 나타난다. 체온보다 높은 열기가 이어지자 사람들은 올해가 최악의 폭염이라고 말한다. 최고기온은 1994년이 38.4도였으나 올해는 40도를 넘어섰다. 열대야 기온도 올해 최고로 높았다고 한다. 섭씨 30도를 웃도는 무더위 속에서 잠을 이룰 수 없는 밤이 계속되고 있다. 열대야는 저녁 6시부터 이튿날 오전 9시 사이에 기온이 섭씨 25도 밑으로 떨어지지 않는 현상을 말한다. 역대 최악으로 손꼽히는 이 더위는 언제쯤 끝날 것인가?

올해도 예전에 비해 못지않은 기나긴 폭염이 예상된다고 한다.
한반도를 뒤덮은 폭염 기단에 북태평양과 티베트 열풍이 계속 에너지를 공급하고 있기 때문이라고 한다.
기상청은 8월 중순까지 앞으로 3, 4주 기록적인 폭염이 이어질 가능성이 높은 만큼, 폭염에 대해 철저히 대비해줄 것을 당부했다. 7월 23일 최저기온은 29.2도로 111년 관측 역사상 최고 수치를 기록했다고 한다. 지난 11일 장마 직후 시작된 폭염이 열흘 넘게 계속되면서 무더위가 맹위를 떨치고 있다. 올해도 벌써 온열질환자는 1000여명에 달하고, 사망자도 10명을 넘어섰다는 뉴스다. 더 큰 문제는 폭염이 장기화되고 있다는 점이다. 기상청은 8

월 초까지 현재와 같은 살인적인 더위가 계속 이어질 것으로 전망했다.

내가 사는 전주 서신동에서도 연일 36도를 넘나드는 폭염이 열흘 이상 지속되는 가운데 밤에는 열대야까지 나타나면서 연일 잠 못 이루는 밤을 지새우고 있다. 낮에는 물론 밤에도 에어컨이나 선풍기 등 냉방기기가 없으면 생활이 안 될 정도여서 이제 전기사용 누진요금까지 걱정할 정도다. 설상가상으로 이달 들어 전주시내 일원에 하천을 중심으로 악취까지 발생하면서 폭염에 이어 악취로 인한 전주에 사는 우리들의 고충이 이만저만이 아니다. 이에 따라 전주시가 악취로 인한 시민들의 생활불편을 해소하기 위해 연중 악취 종합상황실을 운영하고, 산업단지 폐수와 음폐수, 축산 분뇨, 생활하수관 등 각 분야별 악취저감 대책을 추진한다고 한다.

매년 여름철마다 열대야 등으로 대기 중의 공기가 순환되지 못하고 열섬으로 정체되면서 평소보다 악취가 심하게 느껴져 주민들이 불편을 겪고 있는데 따른 조치다. 우리 집은 더 고역이다. 큰 딸아이가 손주를 낳아서 산후조리차 집에 와있다. 삼복더위에 산후 조리하느라 힘든 딸아이가 안쓰럽기도 하지만 귀엽고 사랑스런 손주아이는 더욱 힘들다. 목과 가랑이 사이에는 피부가 짓무르기도 하고 땀띠가 나왔다가 사라지기를 반복한다. 몇 번씩 목욕을 시켜야 하고 문을 열어 환기도 해야 하는데 문을 열면 누군가 피워 문 담배연기마저 악취와 함께 들어오니 잠시 환기도 시킬 수 없고 그렇다고 계속 냉방으로 에어컨을 틀수도 없고, 제습과 공기 정화기능으로 겨우 아이와 산모의 건강에 맞추다보니 일반인인 우리가 불편하고 참으로 견디기 힘든 요즘이다. 덥다, 덥다. 무지 덥다는 말이 저절로 나온다. 폭염보다 더한 단어는 무엇일까?

폭염은 가까운 미래에 가장 우려되는 재난 가운데 하나로 꼽힌다. 지금처럼 더워지면 2050년대에는 해마다 폭염으로 165명이 숨질 것이라는 연구결과도 있다. 이제부터라도 정부기관이 폭염 대책에 발 벗고 나서야 하는 이유다. 현재 폭염이 '자연재난'에서 빠져있어 폭염 대처 매뉴얼도 마련돼 있지 않다. 독거노인·농민· 어린이, 현장근로자 등 취약계층에 대한 보호시스템은 더욱 강화해야 한다. 쪽방, 지하 생활자 등 에너지 빈곤층이 전력 공급에서 소외받지 않도록 폭염쉼터 등을 확대 개설 등 철저한 배려가 필요하지 않을까 생각한다.

전력사용량도 연일 최고치를 경신하며 오늘 아침 전력예비율이 8%대로 사상 최고치를 경신할 태세다. 기상청은 지난 23일 무더위와 관련해 이례적으로 기자회견을 하고 8월 초순까지 폭염이 계속될 것으로 보인다며 주의를 당부했다.

기상청 관계자는 "지역에 따라 지금까지 경험하지 않은 정도의 무더위가 나타나고 있다."며 "생명에 위협을 줄 정도여서 '재해급'으로 인식하고 있다."고 강조했다.

그나마 올해 11호 태풍이 일본 동남쪽에서 발생했다. 하지만 우리나라에는 영향이 없을 전망이라고 한다. 기상청은 23일 오후

9시께 일본 도쿄 동남동쪽 부근 해상에서 제11호 태풍 '우쿵'이 발생했다고 7월 24일 밝혔다.

'우쿵'은 손오공의 중국식 발음이다. 11호 태풍 '우쿵'은 24일 오전 3시 현재 일본 도쿄 동남동쪽 부근 해상으로 이동한 상태로, 강도는 '약'이고 크기는 소형이라고 한다. 태풍 발생 소식에 일각에서는 전국적으로 기록적인 폭염이 계속되는 한반도에 비구름이 몰려오기를 기대해보지만 가능성은 희박해 보인다고 한다.

국가 태풍센터 관계자는 "우리나라 상층에 고기압이 강하게 자리 잡고 있어 들어오지 못할 것"이라며 "현재 우리나라에 장벽이 있는 것이나 마찬가지인 만큼 '우쿵'의 영향을 받을 가능성은 거의 없다."고 말했다. 오늘 하루도 찬물 샤워로 그나마 폭염열기를 식혀본다. 직장생활을 하는 나는 좀 더 낫다. 집을 나오면 차에서 에어컨을 틀고, 사무실에 오면 에어컨으로 더위를 피할 수 있지만 온몸으로 더위와 맞서며 간간히 불어오는 후덥지근한 바람에도 시원함으로 느끼는 우리 직원들이 안쓰럽기도 하다. 전국 곳곳에서 폭염과 싸우며 일터에서 수고 하는 모든 현장 근로자들과 농부들에게 감사하고 고마운 마음을 더해본다.

이렇게 더운 날(대서)에 그분이 가셨습니다. 고인의 명복을 빕니다.

생일축하와 노르웨이산 연어회

아침기온이 장난이 아니다. 연일 계속되는 더위에 내 자동차는 힘에 부치는지 헉헉대며 무겁게 도로를 달린다. 사무실에 도착하면 미리오신 최 과장님의 배려로 시원한 에어컨이 반긴다. 오늘이 내 생일이다. 아침에 내 방에 사업소 상조회총무가 찾아왔다. "지사장님, 오늘이 지사장님 생신인데 우리가 축하해드리려 합니다. 아침에 할까요? 아님 언제하면 좋겠어요?"한다. 날도 더운데 뭐하려구. 하면서도 직원들이 해마다 내 생일이면 케이크를 준비하고 조그만 선물도 준비한다. "그래, 오후에 하죠. 네 시 반쯤이 좋겠네요." 직원들이 현장에서 다 들어오는 시간대로 하자고 했다. 이렇게 더운 날에는 시원한 수박이 있어야겠다 싶어 수박 한 통 사러 나섰다. 마트에 들러 정읍의 특산물인 씨 없는 수박 큰 것으로 한 통 사와서 냉장고에 시원하게 넣어두었다. 내 생일날이면 난 정말 행복한 사람이구나 생각하게 된다.

오늘 점심은 고창에서 근무하는 송 지점장이 산다고 전날부터 약속을 잡는다. 날씨도 덥고 입맛도 없는데 맛있는 것으로 먹자고 한다. 점심때가 되니 박 팀장이 내 생일이라고 밥을 사겠다고 한다. "어쩝니까? 이미 선약이 있습니다."약속 때문에 호의를 물리치고 점심때를 기다렸다. 옆 사업소에 근무하는 박 지점장도 함께 왔다. 맛있는 고구마피자와 빠네크림파스타, 브런치볶음밥과 시원한 아메리카노를 메뉴로 정하고 즐거운 분위기에서 맛점을 즐겼다. 시간은 여유롭게...

오후가 되니 총무가 바쁘다. 생일축하 상차림을 하느라고 우리 사무실 유일한 여성 직원인 염 대리와 협력해서 준비한다. 케이크는 최고로 큰 것으로 스케일부터가 다르다. 나는 항상 그랬듯이 즐거운 직장생활을 지향하며 직원들이 자율적인 활동으로 자기가 맡은 일에 책임감을 가지고 퍼펙트하게 처리해주기를 요구한다. 냉장고에 시원하게 넣어놓은 수박을 썰고 시원한 음료와 닭발튀김으로 상차림을 한다. 대형 케이크도 22명이 먹을 수 있게 조각을 내고 사무실 청소해주시는 아주머니들하고도 나눴다. 직원들이 내 생일에 이렇게 하는 이유가 있다. 나는 검침회사에 근무하면서 습관처럼 하는 일이 세 가지가 있다. 먼저 직원자녀의 대학 입시 수험생 응원 합격 엿을 사주는 일과 입학 축하선물 그리고 생일 맞는 달에 생일축하이다. 연간 한 사람도 빠짐없이 단발성이 아닌 진심이 담긴 행사를 진행한다. 나는 22명의 직원에게 생일을 축하해주고 22명 직원은 내 생일을 축하해준다. 그래서 약간은 요란법석이다. 이런 직원들이 고맙다. 다른 사업장에 있을 때는 직원들은 나 몰라라 하고 사무실 팀들이 대신 챙겨주곤 했었는데 정읍에서는 상조회장이 주도하여 진행하는 것으로 알고 있다.

　오후가 될수록 폭염의 기세는 더욱 하다. 이런 날 우리 엄마는 날 낳으시느라 얼마나 고생하셨을까? 군산에 홀로 계시는 어머니께 전화를 걸었다. 어머니는 더위가 힘드신지 "어떻게 지내냐? 많이 덥다." "나는 경로당에 있어서 견딜만하다. 방문 열어놓으면 괜찮더라." 하신다. 어머니도 많이 더우실 것이다. "어머니, 오늘이 내 생일입니다. 이 더위에 날 낳으시느라 얼마나 고생하셨습니까?" 전화기 너머 들려온 어머니의 목소리는 옛날 생각이 나신 모양이다. "아이고, 그때도 얼마나 덥고 힘들었는지 해질 무렵까지 마루를 기어 다니다가 마루에서 너를 낳고 말았다. 그땐 선풍기가 있냐? 무엇이 있냐? 아이고, 생각만 해도 끔찍하다. 요즘 세상은 얼마나 좋은지... 경신이 애기는 잘 자라고 있냐?" 물으신다. 그렇다 우리 새힘이가 태어나서 병원에서 조치하고 3주간은 산후조리원에서 조치하니 그나마 아이에게도 산모에게도 큰 도움이 된다. 우리 아이들이 집에 모였다 두 딸이 시집가서 두 사위가 생겼다. 얼마 전 큰 딸이 손주까지 선물했으니 최고의 선물인 셈이다. 그 여리고 사랑스런 아이는 예쁘기도 하고 신기하기도 하다. 이제 아내와 둘만이 있는 집에 아이들이 찾아오고 손주까지 함께하니 풍성한 가족으로의 축복이 시작된 듯하다. 큰 아이가 산후조리차 집에 와 있고 연일 푹푹 찌는 더위는 열대야로 이어져 견디기 힘든 하루하루가 되고 있다. 온가족이 한상에 둘러 앉아 음식을 나누고 즐겁게 살아가니 분명 우리 집은 하나님께서 축복한 가정이다.

연어회는 색깔부터 맛있는 노란색이다. 송어보다 연하고 붉은 색이 덜하다.

연어회는 일단 입안에서 살살 녹는다. 연어에는 불포화지방산이 많이 함유되어 있으며 체내의 염증을 줄이고 면역력강화 및 심장건강 강화에 도움이 된다고 한다. 세계최대 연어 양식국은 노르웨이이며, 연어양식국의 공통점은 차가운 해수가 흐르는 해역에 위치한다는 점이다. 연어양식이 자리 잡은 노르웨이의 경우, 한 해에 6조원을 번다. 인구 490만 명의 노르웨이에서 매일 3,700만 명이 먹을 수 있는 수산물을 생산해 150개국으로 수출한다고 한다. 그래서인지 지금은 이곳 작은 도시에 있는 아담한 스시집에서도 먹을 수 있다. 어제는 내 생일이라고 가까이 지내는 친구가 초대해서 연어회와 연어구이, 초밥과 우동세트메뉴로 주문했다. 세트메뉴에는 술 한 병이 따라 나오기에 안 먹는 술이지만 특별한 날이라 딱 한 잔 받아서 연어회를 안주 삼아 마셨다. 술은 평소 거의 안 마시기 때문에 별 맛을 모르지만 "역시 술은 좋은 친구와 마셔야 최고다."라며 친구는 맛있다며 연거푸 몇 잔을 들이킨다.

연어의 맛은 참 부드럽고 담백하다. 연어구이는 나름 고소한 맛이 정말 좋다. 회를 뜨고 남는 뼈를 구워서 내놓기에 뼈를 발라먹는 재미도 제법이다. 작은 초밥집에서 친구와 정담을 나누면서 맛있는 연어회를 먹었다. 벽에는 원산지 노르웨이라고 써서 붙어있었다. 평소에 연어의 맛을 잘 몰랐지만 간혹 결혼식장에 갔을 때 뷔페에서 연어회를 먹어본 경험이 있다. 사람들이 연어가 좋다고 하니 나도 몇 점 가져와 먹어봤지만 물컹거리고 별 맛을 느끼지 못했었다. 그래서인지 연어에 대한 좋은 맛을 기억하지 못했다. 친구와 전에 한 번 연어 초밥을 시켜서 한 점 먹을 때까지는 그 참맛을 몰랐다. 두 점째를 먹으니 담백한 맛과 입안을 감싸는 향과 부드러움이 전해졌다. 이제는 회를 한 점 집어 고추냉이를 얹고 간장을 조금 찍어서 입안에 넣으니 고추냉이의 알싸한 맛과 간장의 오묘한 조화가 연어의 진미를 느끼게 했다. 채널방송 프로그램에서 우연히 본 '고독한 미식가'에 출연하는 일본인 중년남자가 접하는 맛과 풍미를 이 자리에서 느껴보는 듯 했다. "맛있다." 거기에 중간 중간에 따뜻한 가츠오 우동국물은 속을 시원하게 하는 이 더운 계절에 특별하게 느낄 수 있는 맛이다. 더울 때 흔히 찾는 소바와는 완전히 다른 맛이다.

내 생일을 축하해주는 친구들이 있어서 너무 행복하다. 오늘도 나와 생일이 같아서 잊어버리지 않는 혜정이를 만난다. 꼭 생일이어서가 아니라 지선이도 익산에서 전주로 이사 왔고 해서 지선이 가족과 혜정이를 초대했다. 이 두 친구는 나와 같이 직장생활을 하며 내근자로 나를 많이 도와줬던 친구들이다. 이들은 둘 다 결혼해서 가정을 이루고 아이를 둘씩 낳을 때까지 직장 동료였다. 몇 해 전에 둘은 얼마의 차이를 두고 직장을 그만두고 육아에 전념하기로 해서 가정으로 돌아갔다.

오늘은 중국음식점에서 만나기로 했으나 시간이 된다면 연어회를 메뉴로 정하고 싶다. 올해 내 생일을 축하해준 친구들과 가족들에게 감사하고 오래토록 맛과 향을 전해주는 연어회처럼 부드럽고 아름답게 살아가기를 소망한다.

밥맛을 돋구는 점심수다

폭염이 한계치를 넘는 새로운 기록을 갈아치우고 있다.

날씨정보를 인용하자면 "전국 대부분 지역에 폭염특보가 발효 중이다. 오후 미세먼지 농도는 전국이 '보통' 수준을 나타내겠다. 오존농도는 '나쁨' 수준을 보이겠다고 발표됐다. 자외선 지수는 8로 '매우 나쁨' 수준이다. 기온은 당분간 더 상승하면서 평년보다 섭씨 4~7도 높겠다. 전국 대부분 지역에 폭염특보가 발효 중인 가운데, 낮 최고기온은 섭씨 38도 넘어 매우 덥겠다. 체감온도는 40도를 웃돌 것으로 예상된다." "주말 동안에도 더위를 식혀줄 비 소식은 없겠고요. 열대야와 35도를 웃도는 찜통더위는 계속되겠습니다. 날씨 정보였습니다."

그나마 기대를 하는 태풍 종다리는 중국으로 지나갔고 제13호 태풍 〈산산〉도 한국에 폭염을 일으키고 있는 북태평양 고기압 세력이 워낙 강력해 한반도에 영향을 주지 않을 것이라 한다. 올해처럼 태풍을 기다리는 때는 없었을 것이다.

아침에 출근길에 듣는 라디오 방송에서 맨 처음 멘트는 "시청자 여러분, 밤새 잘 주무셨습니까." 이렇게 이야기하면서 앵커는 같이 겪는 열대야라며 겸연쩍어 한다. 이처럼 요즘 날씨가 보통이 아니다.

꺾일 줄 모르는 폭염 때문에 많은 사람들이 건강도 상하고 입맛도 없어졌다고 한다. 그래서 새로운 피서법이 생겼다는 소개다. 아주머니들은 카페에 모여서 차 한 잔 시켜놓고 하루 종일 수다로, 병원이나 백화점은 유모차부대가, 할머니들은 대형마트로, 서점에도 손님들로 가득 모인다고 한다.

점심때가 다가온다. 오늘은 주말이라 구내식당에서는 분식메뉴로 준비한다. 그래서 밖에 나가서 시원하게 무얼 먹을까 생각하다가 갑자기 보리밥이 생각났다. 정읍에 보리밥을 맛깔나게 잘하는 곳이 두어 곳 있는데 시기동쪽에 있는 보리밥집을 택했다. 이 집에 들어서면 유리창에 "우리 식당은 2인 이상만 식사 준비가 가능합니다. 죄송합니다."라고 쓰여 있다. 혼자는 오지 말라는 것이다. 또 하나 눈길이 가는 문구는 "계산은 선불입니다."이다. 밥 먹고 그냥 가는 사람이 있다는 것인가. 암튼 이 집의 특색으로는 다양한 나물과 비빔장이다. 특히나 언제 봐도 신선한 열무 잎 쌈 채소이다. 아삭하고 부드럽고 신선하다. 보리밥 위에 열무 잎을 잘게 썰어 넣고 버섯나물과 각종 나물을 올리고 고추장과 비빔장으로 비비면서 참기름 듬뿍 얹어 완전하게 비비면 입맛을 돋우는 여름철 별미이다. 사무실 근무자 네 명이 자리를 잡고 앉아 있는데 아주머니 몇 분이 들어오시면서 우리 아홉 명이 앉아야 하니 자리를 좀 바꿔주셨으면 한다. 처음에는 "안 되는데요." "그러기 싫은데요." 농담 삼아 웃으면서 이야기했더니 그쪽에서도 웃으면서 "맘대로 하세요."라며 받는다. 우리보다 좀 더 드셨든가 아님 우리 또래의 아주머니들이 계모임을 하기 위해 모이는 것 같았다.

내가 장난삼아 "아짐들은 어째서 집에서 식사 안 하시고 식당에 오셨다요? 아저씨들 식사는 챙겨주시고 나왔나요?" 했더니 몇 아주머니가 동시에 "여자들은 집에서만 밥을 먹어야 한 대요? 우리도 힘들게 집안일하고 모처럼 밖에 나와서 식사도 해야지요. 남자들만 밖에서 식사한대요?"한다. "이래서 남자들이 불쌍한 시대래요. 평생을 죽어라 일만 하고 밥도 제대로 못 먹고 불쌍한 남자들이죠."했더니 아주머니들이 흥분된 목소리로 야유를 보냈다. 그러면서 한 아주머니가 다른 아주머니에게 "아들네 집에 갔다가 아들을 보니 짠하대. 하루 종일 직장에서 일하고 돌아와서 애들하고 놀아줘야 하고 제대로 쉬지도 못하더구먼."이라 했다. 그래서 또 내가 한 마디 했다. "아주머니들 아들도 남자인데 아들은 짠하고 애들 아빠는 남자 아닌가요?" 했더니 그래도 아들은 다르더라고 했다.

요즘 남자들은 참 불쌍하고 안쓰럽다. 특히 나이가 들어가면서 가정으로부터 소외당하는 기분이 든다.

남자들이 주권을 가지고 큰소리치면서 살아가던 때는 이미 저물고 있고 여성들의 인권향상은 날로 향상되고 있으니 이제 남자들이 양성평등을 외쳐야 하는 것이 아닌가 생각하게 된다. 요즘 이슈가 되는 단어가 있으니 페미니스트(feminist)이다. 페미니스트란 모든 성은 평등하며 본질적으로 가치가 동등하다는 페미니즘을 가진 사람을 말한다. 페미니즘(feminism)은 모든 성별(젠더)은 평등하다는 이념. 시대와 지역에 따라 다양한 사상과 이론이 존재한다. '여성'이라는 뜻의 라틴어 femina에서 유래했다. 생물학적인 성으로 인한 모든 차별을 부정하며 성 평등을 지지하는 믿음에 근거를 두고, 불평등하게 부여된 여성의 지위·역할에 변화를 일으키려는 여성운동이다. 페미니즘은 여성들의 권리회복을 위한 운동을 가리키는 말로 1890년대부터 쓰이기 시작했다. 사회현상을 바라보는 하나의 시각이나 관점, 세계관이나 이념이기도 하다.

당신은 페미니스트인가? 라는 질문을 하면 지성여인들은 대체로 그렇다. 나도 페미니스트라고 한다. 이처럼 성의 평등을 주장하고 있다. 어쩌면 평등보다는 상호 존중하는 문화가 먼저일 것이다. 시대가 변하면서 여성들의 사회진출과 우리역사에서 이어져왔던 남성중심의 사회에서 이제는 여성중심의 사회로 변화되고 있음을 흔히 주변에서 볼 수 있다. 이쯤에서 아주 강력한 성적 편향을 가지신 분의 글을 인용해보고자 한다. "나도 나를 모르는데 어찌 내가 너를 알기 바라는가? 진정성이 없는 사랑, 배려심이 없는 사랑, 나만 생각하는 사랑은 사랑이 아니다. 시대 흐름이라고는 하지만 음기가 너무 심해 불편하다. 의로써 화를 이룰 때 세상이 편한 것을 알았으면 좋겠다." 내가 평소 멘토로 생각하는 분의 짧은 글이다.

언뜻 개인의 고뇌가 묻어나는 내용이라 안타까운 마음도 든다. 이처럼 세상의 급작스런 변화는 갖가지 부작용을 낳기도 한다. 하지만 극복해야 할 일이고 남자들도 그동안 차별받아 왔다고 느끼는 여성들의 이야기를 흘려듣지는 말아야 할 것이다.

여성들의 권익 향상은 오랜 시절 남성들의 가치를 재고하게 되면서 그동안 분풀이라도 하는 것처럼 비쳐지는 현상은 좋지 않다고 본다. 이러한 문화적 충돌은 가정에서도 나타나고 있다. 여자가 시집을 가서 아이를 낳으면 대부분이 시댁을 도움을 받고 시댁 중심의 육아와 그 가풍을 이어받아왔다. 친정에서는 성씨가 다르기에 그 집 자식이라 생각하고 딸이 몸조리 차 방문하거나 친정나들이를 할 때 겨우 외가댁과의 교류를 가지게 되었다. 지금도 친가, 외가 하면서 여자는 출가외인 취급하는 것은 개선되어야 할 부분이 아닌가 한다. 그렇다고 통째로 다 바꾸어서 문화적 혼란을 가져올 필요는 없는데 요즘 우리 딸아이 세대에서도 극명하게 우리가 살아온 생활과는 많이 다르다. 한아주머니가 조금 늦게 들어오더니 "아이고, 아고, 힘드네. 손주들 보다가 겨우 나왔네." "그쪽 딸 왔어?" "그래, 둘째 난 지 얼마나 됐다고 또 애기 들어섰다고 애들을 집에 대려다 놓어."라며 애보는 것이 힘들다는 투정이다. 여자들은 자식 낳아 힘들게 키워서 시집 장가 보내면 이제부터 해방되었다 생각하는데 웬일이랑가? 이제부터 시작인 걸...

요즘은 딸들이 애기를 낳으면 으레 친정으로 온다. 우리 집도 그렇다. 큰 딸아이가 손주를 낳아서 산후조리 한다고 우리 집에

와 있다. 여자들은 아마도 친정이 편할 것이다. 그런데 문제는 여기서도 나타난다.

어느 집 이야기이지만 친할머니가 손주 생일이 돌아오니 생일상을 차려주려면 준비를 했냐고 며느리에게 물으니 심통이다. 며느리는 아이 생일에 친정에 갈려고 하는데 시어머니가 손주 생일상을 준비하라고 하니 며느리는 못마땅한 것이다. 시어머니는 수수떡을 해서 손자에게 먹이고 싶었던 것이다. 이는 전통풍습에 10살 될 때까지 수수떡을 해 먹이면 아이가 잔병치레 없이 건강히 잘 큰다고 해서다. 하지만 며느리는 친정에 가기로 해서 마음이 편치 않았던 것이다. 친정어머니가 다 알아서 아기 생일상을 준비해주기 때문이다. 우리 세대는 시부모님 아래에서 아이들 키우고 살면서 시댁 중심으로 살아왔지만 지금 우리 아이들은 친정 중심으로 살아가는 것 같다. 여성의 인권향상이 중심이동을 친정으로 하고 있기 때문이다.

나는 딸만 둘이어서 한편으로는 다행이다. 내가 아들이 있어 며느리를 보았다면 손주 생일날 생일상을 같이 하기는커녕 손주 얼굴도 못 볼 것 같다는 생각이 든다. 어떻게 보면 양면성이 있는 일이기도 하지만 같은 여성인 친정어머니는 권리가 향상되지 않았고 오히려 고생이 늘었으니 문화적 괴리감이 들기도 한다. 하지만 거역할 수 없는 도도한 세상의 변화 물결은 적응해가야 할 숙제이기도 하다.

또 다른 측면에서 사례를 보자. KBS 〈이상한 나라의 며느리〉에 출연하는 두 아들을 둔 개그맨 부부의 이야기다. 아내는 육아로 인해 식사를 거를 만큼 바쁜 일상을 보내는 전업주부이고 남편은 밤늦은 시간까지 일을 하고 돌아온 뒤에도 아내의 어깨를 주물러주는 가정적인 남편 상을 보여준다. 두 사람의 모습은 여느 가정의 것과 다르지 않다. 두 사람의 건강한 관계는 유독 시부모와의 관계를 맺을 때 갈등 상황을 맞는다. 출산이 임박한 며느리에게 시아버지는 모유수유를 권하고, 자연분만의 장점을 설명하면서 이에 대한 이유를 〈가풍〉이라고 설명하는 부분은 뜨거운 논란을 낳기도 했다.

이 부부의 가정은 〈이상한 나라의 며느리〉에 출연하는 다른 가정에 비해 가장 가부장적 정서가 많이 드러난다. 아내는 이 가정에서 독립된 가정을 꾸린 존재로서가 아닌 철저하게 남편의 가정에 종속된 며느리 존재로서 비춰진다. 독립된 가정을 이끄는 가장이나 어른으로서가 비쳐지지 않는다. 갈등을 대화와 토론으로 적극적으로 해결해나갈 수 있는 힘이 거세된 나약한 존재로 보인다. 여기에서도 여자의 삶의 변화와 나약해진 남편의 가부장적인 전통문화에 묻혀버린 존재로 이해되면서 아내에 대한 안타까움과 힘든 삶에 대한 애환만 드러내는 것 같았다. 김홍식의 〈우리들에게 가장 소중한 것은〉 중에 "남자가 자기 부인을 얼마나 사랑하는지를 좀 더 일찍 표현했더라면 그 가정은 얼마나 행복했을까?"

"한국남자들은 많이 부드러워져야 합니다. 목소리도 가벼워야 하고 자신의 감정을 부드럽게 따뜻하게 표현하는 방법을 배워야 합니다. 그리고 표현하는 연습을 해야 합니다. 그래야 한국 사회와 가정이 따뜻하고 부드러워질 수 있습니다."에서 시사한 바가 마음에 와 닿는다. 이 사례를 소개한 염 대리의 이야기까지 점심 수다는 작은 웃음을 짓게 하며 무더위를 잠시나마 잊을 수 있었다.

출퇴근길 감성 내비게이션

아침햇살은 언제나 상쾌하고 맑다. 모악산 줄기로 이어져 내장산과 어깨동무하는 듯 길게 이어진 산맥을 따라 1번 국도는 옛 추억을 따로 하고 잘 다듬어진 아름다운 도로이다. 벌써 6년째 이 길을 왕복달리기를 하고 있다. 습관적으로 반복하는 출퇴근길은 나에게 무엇보다 의미 있고 소중한 길이다. 꽃길은 아니지만 생명길이기 때문이다. 그리고 계절마다 새롭게 변화하여 펼쳐놓은 아름다운 풍경으로 더욱 즐거운 길이다.

아침에 일어날 시간을 알려주는 알람소리를 듣고도 아쉬운 조각 잠을 잔다. 잠시 자는 잠이 참 맛있다. 다시 울리지 않을 알람을 원망하지는 않지만 가끔 넋 놓고 자버리다 늦을 뻔하기도 한다. 그때마다 무심한 마누라에게 "왜 안 깨웠어? 좀 깨우지."하고 퉁명스럽게 뭐라 하지만 요즘에는 "좀 늦을 수도 잊지."하고는 편안하게 준비하고 집을 나선다. 그래도 한 번도 늦어본 적이 없다.

현관문을 열고 나와 엘리베이터 앞에 선다. 지하주차장에서 차를 타며 하루를 위한 기도를 한다. "오늘도 무사히, 시시때때로 감사하게 하소서." 시동을 걸고 지하를 탈출하면 아침공기는 어제 저녁과는 분명 다르다. 대로변에 진입하면 출근차량들이 잠시 여유도 없이 내달린다. 우회전하여 좌회전해야 하는 코스다. 마침 신호가 바뀌면 보행자를 감안하여 조심스럽게 우회전하여 좌회전차선에 멈춰 선다. 길 건너 황방산과 서곡중학교가 보인다. 신호가 떨어지면 좌회전하여 홍산교를 건넌다. 흔히 다리 끝에서 신호에 걸리지만 맨 앞에서 출발하면 가끔은 신호를 받고 건너게 된다. 경찰서 앞에서 우회전하여 서전주IC방향으로 직진하면 된다.

몇 년 동안은 경찰서 앞에서 직진하여 교육청 앞에서 우회전하여 쑥고개를 넘어 다녔으나 효천지구 아파트단지가 생기면서 교차로가 생겼다. 이 때문인지 교육청 앞에서 차량이 정체되는 현상이 심화되었다. 그래서 전에도 한 번씩 다니던 서전주방향의 길을 택하게 되었다. 전주시 승화원 입구를 우로하고 직진하면 삼거리가 나온다. 서전주 패션몰 앞 지금은 상가가 지어지고 있는 공사현장을 옆에 두고 우회전하면 혁신도시 입구로 향한다. 약간 오르막을 넘으면 혁신도시 교차로가 나온다. 여기서 잠깐 신호를 기다리다 출발하면 군산, 논산, 남원, 순창방향으로 나가는 서부외관순환도로를 옆으로 내어주고 직진한다.

조금 지나서 서전주IC입구를 지나 좌로 약간 굽어 달리면 오른쪽 현대자동차 공업사를 만난다. 완전히 우회전하여 다리 밑을 지나 국토관리청 앞으로 지난다. 요즘에 감자수확을 마치고 이삭 줍는 사람들이 이른 시간에도 밭에 남아있다.

　이제부터 완주군 이서길이다. 혁신도시부터 이서까지 완주군을 지나게 된다. 만나는 첫 번째 동네에는 태양광발전소가 몇 군데 보인다. 이 도로가에는 작게나마 물류창고들이 간간히 있다. 중소업체들도 있는 것은 도시 근처로 접근편리성이 있기 때문이겠다. 며칠 전부터 2차선 도로 한 곳을 파헤치고 공사하는 구간이 생겼다. 어떤 운전자는 여기에서도 뭐가 그리 급한지 먼지를 일으키며 반대편 차선을 넘어 쌩하고 추월하기 일쑤다. 라디오에서는 매일 만나는 인기앵커의 뉴스쇼가 시작된다.

　하루 동안의 주요 뉴스를 잘 정리하여 주고 중요한건에 대해서는 해당 관계자를 직접 취재하여 신뢰를 갖게 하는 방송이기도 하다. 5분여를 달리면 정읍으로 가는 쑥고개에서 넘어오는 길과 만난다. 나는 이서와 김제경계를 지나고 김제시 금구면에 들어선다. 잘 닦여진 4차선 도로가 1번 국도이다. 1번 국도로 접어들면 또 새로운 하루가 나를 기다리고 있다. 우회전하여 국도에 들어서면 육교에 1번 국도 안내문이 붙어있다. "물 흐르듯이 즐겁게 달리세요."라고 쓰여 있다. 좌로 굽은 도로를 돌아서면 금천 냉천굴 입구 신호등에서 멈추게 한다. 왼쪽으로 5분여 들어가면 일제시대 때 금광채굴장이었던 동굴에서 시원한 바람이 나오는데 찾아오는 사람들이 많다. 마을 부녀회에서 장소를 제공하고 음식을 팔기도 한다.

신호를 받고 막 출발하면 금천 복숭아밭들이 양쪽에 위치해 있고 복숭아는 왼쪽에서만 팔고 있다. 아마도 퇴근길에 전주로 돌아오는 사람들에게 팔아야 하기 때문일 것이다. 약간 오르막을 오르면 금구면소재지로 좌회전해서 들어가는 삼거리가 나온다. 여기에도 신호등이 있지만 대부분 무시하고 직진이다. 오른쪽으로 주유소를 지나면 남전주IC(금구IC)입구를 옆으로 두고 사거리 신호등에서 멈춘다. 여기는 신호과속단속 카메라가 있어서 반드시 차량들이 멈춘다. 다시 출발하면 왼쪽으로 구부러진 곳에 '박씨네 누룽지'공장 오른쪽으로는 김제평야가 펼쳐져 보이고 왼쪽으로는 모악산끝자락이 보인다. 자동차 휠을 만드는 공장 앞 신호에 다시 한 번 숨을 고른다. 여기에서 가끔 오른쪽으로 목우촌으로 가는 차들을 주의해야 한다. 여기서부터 정읍시내에 들어갈 때까지는 신호등이 없다. 자동차들의 호흡이 거칠어지기 시작한다. 막 출발하여 약간 굽은 길에 과속단속 카메라가 또 하나 있어서 여기까지는 보통 서행을 한다. 이제부터다 금구에서 원평으로 이어진 모악산자락을 내어주며 곧게 뻗어있는 도로는 속도를 올리라는 유혹을 뿌리칠 수가 없다. 도로가에 줄지어 지나가는 고압선 전봇대나 모악산중턱을 타고 넘는 고압철탑은 참 흉물스럽다. 무서울 속도로 달리는 차량들은 자동차 F1경주장을 방불케 한다. 가끔씩 깜짝깜짝 놀라기도 한다. 나는 나름 규정 속도를 유지하면서 달리나 무섭게 질주해오는 차량들 때문에 나도 모르게 핸들을 힘주어 잡는다.

물 흐르듯이 달리라 했으니 차량의 흐름대로 달리라는 뜻인가 생각해본다. 나는 계절별로 날마다 변해가는 숲과 들판을 느끼며 오가고 있지만 다른 차량들은 아는지 모르는지 관심도 없이 쌩쌩 달린다. 무서운 속도로 꽁무니에 다가설 때는 내 뒤를 받아 버릴 것 같아 등골이 오싹해지기도 한다. 여기서부터는 정읍이다. "빨라야 5분이라 했는데."이런 생각을 하면서 숏튼 터널을 지난다. 짧은 터널이지만 정읍을 드나드는 검문소 역할을 하고 있다. 터널을 나오면 정읍 옹동면이다. 옆으로는 태인CC입구가 있다. 연분홍 백일홍이 예쁘게 피어있어 눈길을 끈다. 차량들의 숨소리는 점점 거칠어지고 빠르게 다가오는 '정읍명품귀리'라 쓰여 있는 간판을 보며 태인 오르막을 가쁘게 올라선다. 오른쪽으로 칠보, 신태인, 부안방면을 향하는 도로가 연결되어 있다. 간혹 길가에서 로드킬을 당한 동물들의 사체를 접하기도 하지만 순식간에 지나가는 차량들 때문에 무심하고 만다. 어느 날은 소 한마리가 차에 치여 킬을 당했던 적도 있었다.

태인 고개에 올라서면 태인 읍내와 정읍북면 2청사가 내려다보인다. 내리막으로 달리면 오른쪽 태인IC에서 올라오는 차량을 주의해야 한다. 동진강 상류가 가로질러 흐르고 정우면 들판이 오른쪽으로 보이고 가끔씩 반짝이는 태양광 발전소도 본다. 비닐하우스와 축사가 있고 정읍에 들어서면 내장산이 팔을 벌리고 맞아준다. 북면 2청사를 왼쪽으로 지나면 약간 굽은 도로에서 북면 제3산업단지로 진입하는 길이 연결된다. 여기에서 자동차들은 가쁜

숨을 고르게 되는데 육교를 지나면 과속단속카메라가 떡 버티고 있기 때문이다. 이 구간을 지나면 내장산방향과 2공단 쪽으로 갈리는데 우측출구를 따라 나온다. 출구를 나와 박동교차로에서 우회전하여 공단사거리에서 꼭 신호에 걸린다. 여기에서면 돼지 울음소리와 분뇨냄새가 난다. 돼지도축창이 바로 옆에 있다. 신호를 받고 시내로 진입하면 정읍소방서 앞에 신호과속 단속카메라가 위반자를 꼼꼼하게 지켜보고 있다. 대체로 이신호등은 지나게 되는데 수성동사거리 신호에서는 멈춘다. 잠시 숨을 고르고 차분한 마음으로 진행한다. 다음사거리에서 좌회전하면 잔다리목이다. 잔다리목을 지나 박외과 삼거리에서 우회전하면 영무예다음 고층 아파트 공사장 옆 터미널사거리다. 매일 의문스럽게 생각하는 터미널사거리에는 신호등이 있어도 점멸시켜놓아서 역전, 터미널 쪽과 체육관 쪽으로 진행하는 차들이 교차하므로 반드시 서행하여야 하나 얌체 운전자들의 소행은 달갑지 않다.

조금 지나서 내 차의 계기판을 본다. 기름이 얼마나 있나 확인하고 4일에 한번은 기름을 넣는다. 항상 나에게는 특별한 관심과 반갑게 맞아주시는 주유소 사장님이 고맙다. 세차 좀 하겠다고 하면 버블세차를 무료로 해주시기도 한다. 나는 그래서 거의 대부분을 이 주유소를 이용한다. 주유를 하고 나면 내차는 기운이 난다. 체육관 옆 지점주차장에 차를 주차하면 하루 일과의 시작이다. 오늘도 나를 무사히 데려다 준 차에게 고맙다. 가로수는 아니지만 스쳐지나가는 아카시아나무가 더위를 힘들어 하고 있다. 운암호를 감싸고 있는 산내면에서 칠보를 지나 내장산 써래봉과 불출봉으로 이어진 산맥 줄기와 파아란 하늘을 이고 널브러져 있는 운무는 새로 시작하는 아침에 여유로움을 선사한다. 도로가변까지 세를 넓히며 잘 크는 나무의 숨통을 옥죄는 칡넝쿨이 답답하기도 하지만 오늘도 무사히 출퇴근길을 안내하는 감성 내비게이션은 고장이 없다...

유산처럼 남아있는 기억들

어젯밤에는 확실히 열대야가 없었다. 모처럼 편안한 잠을 잤다. 아침에 조금 늦게 일어나 씻고 식탁 앞에 앉으니 토마토를 갈아서 한 컵 내어놓았다. 매일 아침 가능하면 토마토주스 한 잔은 마시려고 한다. 그러려면 토마토는 내가 준비해야 한다. 매주 금요일 오후 잊지 않는 것은 로컬푸드에 들러서 일주일 동안 먹을 토마토를 사오는 일이다. 그나마 아내가 이것만큼은 잊지 않고 해주기 때문이다.

아침 식탁에 감자국이 등장했다. 아내가 어렸을 때 즐겨 먹었을 기억 속의 감자국인 것 같다. 나는 어렸을 때부터 아내가 끓여주는 형태의 감자국은 생소하기만 하다. "이렇게 끓이는 깍둑감자국은 언제 먹어본 건가?"하고 아내에게 물었더니 TV프로그램에서 보고 따라서 끓였다 한다. 그런데 아마도 나는 아내가 어렸을 때 먹었던 기억으로 만들어 내놓았다고 짐작했다. 맛도 그랬다. 가능하면 이야기 안 하고 지나가지만 특별한 음식이 나오면 기분 상하지 않게 물어보기도 한다. 오늘 아침 감자국을 보니 옛 생각이 슬며시 비집고 들어온다.

우리가 어렸을 때는 먹을 것이 많지 않았고 계절적으로 감자를 많이 먹게 되는 때라서 삶은 감자나 감자를 주로 사용한 감자미역국, 감자들깨탕, 감자북어해장국, 감자계란국, 감자채볶음 등 다양한 요리로 먹을 수 있었다. 요즘도 싫지는 않은 음식이지만…. 출근길에 옛 생각에 잠시 잠겨본다.

내가 소싯적에는 구전가요와 민요를 많이 따라 불렀다. 그때는 카세트라디오가 처음 나오던 시절이었다. 특히나 섬에는 전기도 없고 더디게 들어오는 도시 문화는 특별한 경우가 아니면 거의 접할 수가 없었다. 그래서 형들하고 어른들이 부르던 구전가요나 만담 등을 뜻도 잘 모르고 따라 불렀던 기억이 난다. 어릴적에 무심코 했던 놀이들은 먹거리만큼이나 우리의 취향을 달리하게 한다. 어렸을 때 엄마가 해준 음식이 먹고 싶고, 어렸을 때 했던 놀이가 또 해보고 싶은 것은 가난했지만 정이 많았던 시절을 살았기 때문일 것이다. 내 오래된 어슴푸레한 기억을 더듬어서 몇 가지를 적어본다.

하의도 언동에서 친구 할머니께서 초상이 나서 문상을 하고 오는 길에 언덕을 넘어오면서 친구들과 불렀던 노래는 상여소리였다. 한 친구는 아주 구슬프게 어른 흉내를 잘 냈었다.

"어이~넘, 어어어~이 넘자, 어이가~리 너~엄자 어~ 화넘."

"북방산천이 멀다하더니 바로 여기가 북망일세~"

"어이~넘, 어어어~이 넘자, 어이가~리 너~엄자 어~ 화넘."

"이제가면 ~언제오나~ 불쌍하고~ 불쌍허다~"

"어이~넘, 어어어~이 넘자, 어이가~리 너~엄자 어~ 화넘."

이렇게 부르다 보면 그 먼 길 시골길을 달빛에 의지하여 무서운 줄 모르고 고갯길을 넘어왔다. 친구가 선창하면 우리는 후렴구를 따라 불렀다.

이제는 장례문화가 거의 도시화되어 매장문화가 없어지므로 상여를 메는 일이 없다. 시골에서도 장례는 간단하게 치러지고 상여소리도 사라져가고 있다.

나중에 안 일이지만 충청도 금산에서 친구 아버지 돌아가셨을 때 상여를 친구들이 메었는데 상여소리가 전라도하고는 비슷하지만 조금씩 달랐다.

구전가요도 지금은 거의 들을 수가 없다. 새로운 서양문화가 급속도로 들어오면서 우리들도 도시로 나가야 했기 때문에 어른들에게 구전되어 왔던 소중한 문화는 특별한 관심을 가지고 있지 않다면 하나도 기억에 없다.

다만 재미삼아 불렀던 우리들의 어설픈 각설이는 기억 속에 있었다.

"어얼 씨구 씨구 들어간다. 저얼 씨구 씨구 들어간다,

작년에 왔던 각설이가 죽지도 않고 또 왔네, 어허 품바 잘도 헌다."

"어얼 씨구씨구 들어간다. 저얼 씨구 씨구 들어간다."

일자나 한 장을 들고나 보오니 일편단심 먹은마음 죽으면 죽었지 못살겠네

이자나 한 장을 들고나 보오니 수중백로 백구때가 너를 찾아 날아든다

삼자나 한 장을 들고나 보오니 삼월이라 삼짓날에 제비 한 쌍이 날아든다.

사자나 한 장을 들고나 보오니 사월이라 초파일에 관등놀이가 좋을씨구

오자나 한 장을 들고나 보오니 오월이라 단오날에 창포탕이 좋을씨구

육자나 한 장을 들고나 보오니 유월이라 유두절에 유두밀떡이 좋을씨구

칠자나 한 장을 들고나 보오니 칠월이라 칠석날에 견우직녀가가 좋을씨구

팔자나 한 장을 들고나 보오니 팔월이라 한가위에 보름달이 좋을씨구

구자나 한 장을 들고나 보오니 구월이라 구일날에 국화주가 좋은씨구

남았네 남았어 장짜 한 장이 남았구나 십리 백리 가는 길에 정든 님을 만났구나

장타령이라고도 하는데 요즘은 장터나 지역축제 때 각설이 무대에서나 들을 수 있다. 각설이 타령은 시대를 풍자하고 서민들의 심금을 위로하는 우리네 민족의 애환을 그대로 담아 부르기에 지역마다 비슷하지만 다양한 내용으로 불리고 있다.

이외에도 이수일과 심순애를 패러디한 변사를 흉내 내보기도 했다.

때는 바야흐로 흘러 흘러 이조 쌍팔년.

비둘기 쌍쌍이 날아들던 대동강변위에 이별을 서러워하는 두 청춘남녀의 그림자가 비쳤으니 이것은 바로 이수일과 심순애가 아니였던가?

"순애야! 사월초파일날 너희 어머님 묘 앞에서 뭐라고 맹세했니?"

"모란봉이 변하여 대동강이 되고 대동강이 변하여 모란봉이 된다 하여도 너와 나의 사랑은 변치 말자고 말이야."

"순애야! 나는 너를 갓 피어난 장미꽃으로 보았건만, 너는 나를 목포 도깨비시장에 굴러다니는 오원짜리 동태눈깔로 밖에 보지 않았단 말이냐?"

"너는 그렇게도 김중배의 다이야반지가 탐이 났더란 말이냐?"

"아니에요, 수일씨, 그것은 다이야가 아니라 유리반지였어요. 흑흑."

"이 바보 같은 순애야, 너는 맨날 네다바이만 당했더란 말이냐?"

"수일씨, 가지마세요."

"놔라!"

"수일씨~ 흑흑."

"순애야!, 사나이 가는 길을 막지 마라." "그리고 오바람이 불면 나의 한숨인줄 알고 보슬비가 내리면 나의 눈물인줄 알아다오. 그럼 마지막 가는 길에 노래나 한 곡 부르고 가련다."

빰빠라 빠라빠라…

그러면서 이어지는 노래가 '홍도야 우지마라'였다. 짧지만 이수일과 심순애의 변사를 흉내 내면서 재미있게 놀았던 기억도 생생하다.

또 화투노래는 내가 한동안 장기자랑에서 불렀던 노래다. 소개해보겠다.

일월 송학에 소식을 듣고,

이월 매조에 님을 만나,

삼월 사쿠라에 산보를 가고

사월 흑사리에 가시가 되어,

오월 난초에 나비가 되어,

유월 목단에 날아든다.

칠월 홍사리에 횡재를 하고,

팔월 둥근달에 곡식을 거둬,

구월 국진에 출장 간다.

시월 염풍에 단풍놀이가고,

십일월 오동추야 달이 밝아,

십이월로 넘어간다.

전라도 하고도 남원 땅에 같이 놀던 이 도령이 불쌍하고도 가련도 하다.

어떤 놈은 팔자가 좋아 고기 반찬에 밥을 먹고,

어떤 놈은 팔자가 사나 깍두기 반찬에 밥을 먹네.

높은데 가니 산이 되고 낮은데 가니 밭이 되어

우리네 함께 잘 살아보세 억살이 각살이 살아보세

이런 노래는 흥과 애환을 담아놓은 해학적인 각설이 타령의 변형 같기도 하다.

또 하나 생각나는 노래가 있다.

우리 님을 주려고 명태를 사와사와 아싸 아싸 잘못 사와 빨래방맹 사왔네

에~에야 헤야디야 에야디야 훨훨 날아든다 사이다빵으로 돌려라

우리 님을 주려고 호빵을 사와사와 아싸 아싸 잘못 사와 브라자를 사왔네

에~에야 헤야디야 에야디야 훨훨 날아든다사이다빵으로 돌려라

우리 님을 주려고 국수를 삶아삶아 아싸 아싸 잘못 삶아 빨랫줄을 삶았네

에~에야 헤야디야 에야디야 훨훨 날아든다 사이다빵으로 돌려라

우리 님을 주려고 콩을 볶아볶아 아싸 아싸 잘못 볶아 맴생이 똥을 볶았네

에~에야 헤야디야 에야디야 훨훨 날아든다 사이다빵으로 돌려라

어떻게 이런 노래들이 전해졌는지, 어떻게 배웠는지는 기억이 선명하지는 않다. 또 우리가 어렸을 때는 마당에서 하는 놀이로 땅따먹기, 자치기, 팔방놀이, 오징어놀이, 고무줄놀이, 숨바꼭질 등이 있었다. 그런 놀이를 하면서 불렀던 노래들도 이제는 전혀 잊혀지고 기억조차 가물거린다.

민요를 패러디하여 부르기도 했는데

진도아리랑을 재미있게 해학적으로 구성하여 부르기도 했었다.

"사람이 살면은 몇 백 년 사나 호박 같은 세상이나마 둥글둥글 사세."

"저기 가는 저 가시나 엎으러나 져라 일으켜 준 척 하면서 한 번 안아보자."

"저기 가는 저 아가씨 앞가슴 좀 보소 보기 좋은 호박이 두 통이나 열렸네."

"씨엄씨 죽으라고 물 떠놓고 빌었더니 친정엄마 죽었다고 부고장이 왔네."

"떴네, 떠었어 무엇이 떴나 시압씨 오강에 똥덩이가 떴네."

〈후렴구〉

아리아리랑 쓰리쓰리랑 아라리가 났네~에에에 아리랑 응응응 아라리가 났네

지금은 사춘기라지만 우리도 그 시절에는 이성친구들과 모여 다리를 겹쳐서 끼고 이거리 저거리 밭거리 하면서 발빼기 놀이도 하고 사치기 사치기 삿뽀뽀도 하면서 밤이 깊은 줄 모르고 깔깔대

며 놀았던 기억들도 어렴풋이 있다. 겨울이면 꽁꽁 얼은 텃밭에서 배추뿌리 뽑아다가 깎아서 먹고 방 한구석에 고구마둥지에서 고구마 깎아 먹고 막걸리를 끓여 달콤하게 마셨던 옛날 기억들이 내 몸은 기억하고 어른이 되어서도 은연중에 나타나고 그렇게 다시 해보고 싶다. 그때 먹었던 음식도, 놀이도 몸과 마음에 유산처럼 남아있으니 오늘 아침 감자국에서도 표현되었던 것이 아닐까 생각한다. 나이 들면서 점점 옛날 시골에서 먹던 기억이 더욱 간절하게 다가오는 것은 몸이 기억하기 때문일 것이다.

❧

살며 생각하며

러시아의 대문호 톨스토이는 〈전쟁과 평화〉, 〈안나까레니나〉, 〈부활〉로 유명한 작가이다.

그가 3가지 질문을 던졌는데

첫 번째, 자기 일생 중에 가장 중요한때는 언제인가?

두 번째, 나에게 가장 중요한 사람은 누구인가?

세 번째, 내게 가장 중요한 일은 무엇인가? 이다.

그 답은 가장 중요한 때는 바로 지금이고,

가장 중요한 사람은 지금 만나고 있는 사람이고,

가장 중요한 일은 지금 하고 있는 일이라고 하였다.

사람들은 우리 아이가 세상에서 가장 자랑스러운 사람이 되길 원한다.

어떤 어머니가 자기 아이가 태어나자마자 사랑스런 예쁜 아이에게 아인슈타인처럼 훌륭한 과학자가 되라고 '아인슈타인우유'를 먹였다고 합니다.

그러나 아이가 자라면서 왠지 아인슈타인처럼 훌륭한 과학자가 될 것 같지 않더랍니다.

"그래, 서울대라도 가야지…"하면서 '서울우유'로 바꾸어 먹였답니다.

이 아이가 초등학교를 졸업할 즈음에는 서울대도 못 갈 것 같아 연세대라도 갔으면 좋겠다 싶어 '연세우유'를 먹였답니다.

아이가 고등학교를 졸업할 때쯤에는 그도 불가능할 것 같아서 서울권에 있는 건국대라도 가라는 희망으로 '건국우유'를 먹였답니다. 하지만 이도 어려울 것 같아서 모든 생각을 접고 아이가 건강하게 잘 자라준 것에 감사하여 매일매일 감사하며 살아가라고 요즘에는 '매일우유'를 먹인다고 합니다.

우리에겐 꿈이 있고 그 꿈은 자기 아이들에게까지 이어진다고 합니다. 하지만 무엇보다 중요한 것은 매일매일 늘 내가 살아있음에 감사하고 오늘 내가 함께 할 수 있는 사람이 있음에 감사하고 살아가야 할 것이다.

우리의 미래는 아무도 알 수 없기 때문이다.

어릴 때 주목받지 못한 사람이 나이가 들어 마음껏 재능을 발휘하는 경우도 있습니다.

장자의 〈인간세〉편에 나오는 우화가 있습니다. 어떤 사람이 상구(商丘)라는 지역에 가서 큰 나무를 보았습니다. 그 크기가 얼마나 큰지 나무에 수레 수천 대를 묶어놓아도 그 나무 그늘 안에 들어갈 정도였습니다. 그런데 그 나무는 구불구불하여 집 짓는 재목이나 다른 용도로 쓸모없는 나무였습니다. 이 나무를 보고 그 사람이 외쳤습니다. "이 나무는 재목이 될 수 없는 쓸모없는 나무로구나. 그러나 이 쓸모없음이 나무를 이렇게 큰 나무로 자라게 한 것이로다."

우리 자녀들이나 직원들이 당장 별로 쓸모없다고 너무 다그치지 마십시오. 그 쓸모없음이 위대한 인물이 되게 하는 기반이 될지도 모릅니다.

우리는 끊임없이 변화하고 혁신해 나가야 한다. 그러기 위해서는 무엇보다 소통이 필요하다. 소통은 '마음을 움직이는 힘'에서 나온다고 한다. 소통은 부르짖는다고 되는 것이 아니다. 소통은 신뢰가 바탕이 되어야 하고 신뢰는 상대를 존중해주었을 때 쌓여가는 것이다. 그래서 사람이 처음 만나서 신뢰하고 소통하기까지는 상당한 기술이 필요한 것이다.

소통에는 두 가지 기술이 필요한데

첫 번째는 '순서 바꾸기(경청하기)'이다.

상대가 반응을 할 기회를 주는 것이다. 상대방의 이야기를 들어주는 것이다.

올바른 경청은 절대로 쉬운 것이 아니다.

두 번째는 '관점 바꾸기(존중과 배려)'이다. 이는 입장 바꾸어 역지사지하는 기술이다. 우리가 몇 년, 몇 십 년을 함께 해도 늘 불만족스러운 것은 진정한 소통을 못하기 때문이다. 나는 항상 기준으로 삼고 있는 세 가지 소통의 기술을 망설임 없이 이야기할 수 있다. 〈감성적 소통〉, 〈업무(일)적 소통〉, 〈핵심정보공유〉이다. 직장과 가정에서도 마찬가지로 적용할 수 있을 것이다.

　미국의 유명한 컴퓨터 회사IBM에서 도래까마귀를 연구해 마케팅에 활용했다고 한다.

　어느 날 멀리 나무꼭대기에 앉아 있는 도래까마귀 한 마리에게 맛있는 고기 덩어리를 던져주었습니다.

　까마귀는 경계심이 많아서 쉽게 먹이에 접근하지 않았습니다.

　한참이나 망설이다가 해가 어둑해질 때쯤 먹이를 그대로 둔 채 어디론가 날아가 버렸습니다. 그런데 아침이 되자 수많은 동료 까마귀들을 데리고 나타나 함께 고기를 나눠먹는 것이었습니다. 깜짝 놀랐습니다.

　어제 그 고기를 본 까마귀는 분명 한 마리였는데 아침에 동료 까마귀들을 데리고 나타난 것은 분명 어제 밤에 서로 소통하였을 거라는 것입니다.

　아마도 밤에 동료들이 잠을 자는 곳에 가서 "야, 저곳 마을에 가면 맛있는 고기가 있었어, 나 혼자 먹을 수 없어 그냥 왔거든, 내일 같이 가서 먹자. 내가 살펴봤는데 약을 탄 것은 아닌 것 같아."라며 소통했을 것입니다. 이런 실험을 통해 IBM사는 성공적인 마케팅을 할 수 있었고 지금도 '도래까마귀팀'이 있다고 합니다.

　하지만 우리는 어떠했을까요?

　아마도 혹시나 누가 볼까봐 슬금슬금 몰래 내려와서 가져다가 혼자만 맛있게 먹었을 것입니다.

요즘 많이들 힘든 시절이라고 합니다.

러시아 시인 중에 푸쉬킨이라는 시인이 있습니다. 유명한 시 중의 하나를 소개 할까 합니다. 푸쉬킨은 38세에 요절했지만 200년 전 우리에게 감동적인 시를 남기고 갔습니다.

삶이 그대를 속일지라도
슬퍼하거나 노하지 말라
슬픈 날엔 참고 견디라
즐거운 날이 오고야 말리니

마음은 미래를 바라느니
현재는 한없이 우울한 것
모든 것 하염없이 사라지나
지나가버린 것 그리움 되리니

삶이 그대를 속일지라도
노하거나 서러워하지 말라
절망의 나날 참고 견디면
기쁨의 날 반드시 찾아오리라
마음은 미래에 살고
현재는 언제나 슬픈 법
모든 것은 한순간 사라지지만
가버린 것은 마음에 소중하리라

삶이 그대를 속일지라도
슬퍼하거나 노하지 말라
우울한 날들을 견디며 믿으라
기쁨의 날이 오리니

마음은 미래에 사는 것
현재는 슬픈 것
모든 것은 순간적인 것, 지나가는 것이니
그리고 지나가는 것은 훗날 소중하게 되리니

삶이 그대를 속일지라도
슬퍼하거나 노하지 말라
설움의 날을 참고 견디면
기쁨의 날이 오고야 말리니

〈알렉산데르 푸쉬킨〉

푸쉬킨의 이 글이야말로 언제나 사람들의 입에 오르내렸지만 요즘의 시대만큼 이 글이 마음에 와 닿은 적이 없는 것 같다.

배반과 욕망의 시간 속에서 우리는 늘 속으며 살고 있다. 속임을 당하는 우리가 슬프고 분할 수밖에 없고 좌절과 시련의 세월 앞에서 무릎을 꿇을 수밖에 없는 잔인한 계절입니다.

하지만 인고의 시간을 보내고 나면 희망과 기쁨의 날이 반드시 찾아오리라는 것을 믿기에 우리는 힘든 시간들을 견딜 수 있는 것입니다. 우리에게 이 작은 희망이라도 없다면 현재의 힘듦을 감수할 이유가 뭐가 있겠습니까?

그리고 좀 쉬기도 합시다. 어렵고 힘들다면 지친 몸과 마음을 달래주는 쉼을 가집시다.

살며 생각합니다.

나는 지금 이 순간을 감사하며 나와 함께 해주는 사람을 사랑하고 있으니 내가 지금 하는 일이 얼마나 소중한지 모릅니다. 그리고 우리에게 언젠가는 정말 기쁨의 날이 올 테니까요...

그리운 고향 진절 방문기

　이른 새벽 어둠을 가르고 세종시에서 달려온 경곤 동생이 도착했음을 알리는 인터폰 소리가 들린다. 목포에서 장병도에 가는 여객선을 타려면 전주 집에서 3시에는 출발해야 한다. 그래야 좀 여유 있게 도착해서 표를 끊고 6시10분에 출발하는 배에 승선할 수 있다.

　이렇게 다니게 된 것이 20년이 되었나보다. 아버지 계실 때에는 군산에서 전날 저녁에 우리 집에 오셔서 주무시다가 새벽에 동생이 오면 같이 출발하곤 했었는데 아버지께서 돌아가시고 나서는 우리 형제와 사촌동생인 종훈이가 함께 하고 있다. 한 번도 싫은 내색 없이 함께 해주는 고마운 동생들이다.

　아버지께서는 항상 고향에 가는 것을 좋아라 하셨다. 가실 때면 객선 갑판에 서서 아무 말 없이 옛 생각에 잠기곤 하셨다. 아버지는 당신의 아버지 어머니 산소에 벌초 다니는 아들들이 자랑스럽고 뿌듯해 하셨다. 고향에 가면 옛 추억도 그립겠지만 막내 여동생이 있어서 더욱 좋으셨으리라 믿는다.

그런 분이 안계시고 이제는 우리 셋이서 그 길을 반복해서 다닌다. 내가 처음 고향을 방문하게 된 것은 꼭 20년이 된 것 같다. 해마다 여름에 추석을 앞두고 고향으로 여행 겸 할아버지 할머니 산소에 벌초하러 다니기 시작했다. 누가 시켜서 그런 것은 아니지만 아버지의 아들로서 그 의무를 나누고자 했던 철들은 행동이었다. 무엇보다 고향 가까이에 계시는 고모님들이 계셨기에 가능했던 일이기도 했다. 특히나 옥도에 사시는 막내 고모의 따뜻하게 마음 써 주심이 가장 큰 위로며 힘이 되었다. 처음에는 마진도에 사시는 큰 고모랑 낫으로 풀베기를 했었는데 키보다 더 큰 수풀 속에서 풀베기를 했던 기억이 새삼스럽다. 몇 년 지나서는 진절에 사는 사촌동생 성희가 "오빠, 예초기 하나 사왔으면 좋겠어요. 남의 것 빌려 쓰는 것도 미안하구요."했다. 그래서 동생들과 십시일반하여 예초기를 샀다. 시골에 두고 일 년에 한 번 벌초하러 갔을 때 사용하곤 했다. 그런데 작년에는 기계가 고장 나서 수리를 하지 않았다는 동생의 이야기에 옥도 고모부 댁에서 예초기를 가지고 갔었다.

올해도 일정을 동생에게 이야기하고 기계 고쳤냐고 물었더니 바빠서 못 고쳤다고 한다. 하는 수 없이 고향에 있

는 영길이 동생에게 전화를 했다. "영길이 동생, 나 진주네. 말일경에 벌초하러 갈라고 하는데 부탁이 있네." 했더니 반갑게 대답한다. "예, 형님, 걱정마세요. 내가 준비해놓겠습니다. 그리고 다음에는 우리 산소 벌초할 때에 내가 할 테니까 벌초 걱정은 하지마세요." 한다. 말만이라도 고맙다. 그동안 할아버지 할머니 산소에 벌초 가는 일에는 고모들 외에는 관심이 덜했다. 나도 언제까지 고향에 다닐 수 있을까 장담할 수가 없다. 아버지도 돌아가시고 작은 아버지도 계시는데 내가 장손이라는 의무감과 아버지에 대한 예의라 생각했기에 시작한 일이고 이제는 욕먹지 않을 만큼한 것도 같다.

서해안 고속도로 밤길을 달려서 고창 고인돌 휴게소에서 잠깐 쉬었다가 목포 연안부두 선착장에 도착했다. 밤공기는 시원했다. 목포 해변가에 가까워지니 벌써 시원한 바람이다. 우선 준비해온 물건들을 내리고 동생은 부둣가에 차를 주차하고 나는 종훈 동생과 표를 끊기 위해 매표창구에 왔다. 서서히 날이 밝으면서 바다 냄새가 휙 하니 온몸을 휘감는다. 이른 아침이지만 매표하는 선박 회사 직원들은 출근해 있었다. "장병도 어른 다섯이요." 그랬다. 이번 고향 방문에는 인천에서 사시는 작은아버지도, 아내와 누나도 동행했다. 누나는 나름대로 볼일이 있고 아내는 고모가 같이 오라 해서 벌초를 핑계로 가게 되었다. 우리로서는 하계휴가 겸 다녀오는 일정이기도 하지만 각자의 생활이 있다 보니 일정 맞추기도 쉽지 않으나 내가 정한 일정에 대부분 동의해주기 때문에 가능한 일이기도 하다.

배에 승선하여 선실에 들어오니 섬에 가는 사람들이 10여 명이 있다. 배 엔진소리는 이야기하는 것조차 힘들 정도의 소음이 크다. 가방을 등받이로 하고 작은아버지께서 삶아 오신 계란으로 요기를 하니 새벽에 출발하느라 못 잔 잠이 스르르 온다. 몸을 길게 늘어뜨리고 배낭을 배게 삼아 누워본다. 배의 엔진소리는 더욱 강하게 온몸까지 전해져온다. 배가 출발하는가 본다. 목포연안을 다니는 이배는 철선으로 차량과 사람을 함께 실을 수 있다. 배는 목포대교를 지나 처음 도착지인 안좌까지 약 1시간을 달린다. 그렇게 빠른 배는 아니지만 물결을 자르며 달리는 것을 보면 천천히 가는 것도 아닌 듯하다. 안좌에서 차와 사람을 내리면 거의 타는 사람은 없다. 다음은 장산면에 대고 하의도 다음으로 장병도 선착장에 댄다. 장병도에 내리면 예전 기억들이 생생하다. 지금은 농사는 거의 짓지 않고 김과 대하양식, 소금염전과 전복양식, 톳과 미역양식 등으로 주로 어업으로 그나마 마을은 존재하고 있다. 그러나 이제 겨우 10여 가호만이 남아있어 앞으로 마을에서 사람이 살아가기는 어렵지 않겠나 생각한다. 내가 다니던 초등학교는 폐교는 되었지만 운동장이나 건물은 그 형태를 지니고 있다. 학교 앞 염전은 우리들의 놀이터이기도 했지만 아직도 건재하다. 할아버지, 할머니께서 살았고 아버지와 그 형제 9남매와 우리 3형제도 이곳에서 태어났다. 그래서 나는 20년 전부터 이곳을 찾게 되었고 할아버지 할머니 산소에 벌초를 빌미로 했던 것이 얼마나 다행이고 보람인 줄 모른다. 우리 형제가 매년 찾고 있지만 동생들

도 느낌은 다를 것이다. 요즘에는 배가 바로 접안 할 수 있도록 선
착장이 만들어져 있어서 오르고 내리기에 적합하게 되어있다.

　성희동생과 광식이매제가 선착장에 배웅 나왔다. 진절에서 내
려 성희 동생에 집에 짐을 내려놓고 벌초 갈 준비를 한다. 옥도에
사시는 고모부께서 예초기를 준비해 오셨다. 할아버지 할머니 산
소와 작은 아버지 산소에 벌초를 하고 집에 오니 점심만찬이 준비
되어 있었다. 오직 우리들만을 위한 만찬이었다. "오빠, 낙지연포
탕 드시고 이것 민어구이인데 이것도 드셔보세요."하며 권한다.
성희 동생이 있어서 고향에 올 때는 마음이 푸근하다. 점심을 먹
고 옥도로 향한다. 광식이 매제가 해태선으로 옥도까지 데려다 주
었다. 옥도에는 막내고모께서 지금도 고모부와 농사일 하시면서
살고 계신다. 고모 집에서 내려다보면 내가 언젠가 3단으로 전지
해놓았던 동백나무 사이로 하의도 웅곡이 보이며 칫도 사이로 오
가는 배들이 보인다. 낙지의 유명한 산지이기도 한 옥도 갯벌이
길게 드러누웠다. 도랑 같은 바다 건너가 내 고향 진절이다. 진절
은 장병도라 하는데 하의면의 부속섬으로 하의면 후광3구로 편재
되어 있다.

　장병도를 잠깐 소개하자면 전라남도 신안군 남부 해상에 있는
섬. 행정구역상 하의면에 속한다. 목포시에서 남서쪽으로 약 35
㎞ 떨어져 있다. 주위에는 하의도·상태도·옥도·문병도·개도 등
이 있다. 이 섬은 본래 남쪽의 소장병도(건너섬)와 약 300m 거리

를 두고 분리되어 있었으나, 방조제를 쌓아 염전을 만들면서 하나의 섬으로 연결되었다. 지명은 섬의 모양이 긴 자루처럼 생겼다 하여 '진절이'로 부르던 것에서 유래하였으며, 이후 한자 표기를 하면서 '장병(長柄)'으로 바뀌었다. 주민 대부분이 전주 이씨로 1700년경 전라북도 고창에서 입도하였다고 한다. 연근해에서는 갯벌에서 낙지가 채취되고, 김 양식과 천일제염 등이 활발하다. 목포에서 출발하는 정기여객선이 매일 두 번씩 운항된다. 나는 이곳 진절에서 태어났다. 이곳에서 초등학교를 다녔다. 작은 분교여서 학생 수는 전교생 합쳐서 40명 정도 되었는데 지금은 폐교되었다. 중학생이 되어 목포로 유학하면서 고향을 떠났으니 45년이 넘었다. 지금은 무릎 아래 닿을 듯 낮아진 돌담들이 옛날 그대로이고 집안 동생들 몇몇이서 고향섬을 지키며 살아가고 있다.

어린 시절을 회상하며 지명들을 기록해본다.

목개, 땅머리, 방죽굴, 진둑굴, 느다시, 다랭이, 건너섬, 다물래제, 불치, 큰산수, 왕개 등이 기억난다.

우리는 고향에 가는 일을 여행만큼 즐겁다. 여행은 삶의 활력소이며 힐링이다. 더욱이 일 년에 한 번 가는 고향은 특별하다. 정 많으신 고모님께서 준비해주신 음식은 어렸을 때 먹었던 고향의 추억을 가득 담은 음식들이다. 독옷, 우무, 서대구이, 보리새우젓, 꽃게젓, 낙지연포탕, 낙지탕탕이, 고동무침, 간재미회는 가히 어디서도 맛보기 힘든 일품이다. 이 음식의 재료들은 미네랄이 풍부한 옥도 갯벌 개웅에서 통발을 이용하여 직접 잡은 재료들이기 때문에 그 맛이 특별하다 하겠다. 해마다 우리는 이 여행의 재미를 달리하며 색다른 체험들도 더불어 하게 된다. 갯바위낚시도 하고 통발과 그물을 보러가기도 한다. 그물에 꽃게가 잘 걸리고 통발에는 낙지와 보리새우, 문저리(망둥어), 돌게가 주로 잡힌다.

　얼마나 더 고향을 찾을 수 있을까 모르겠지만 고모님 내외분이 계시고 마음의 여유가 나를 원한다면 아마도 계속 다녀가지 않을까 생각한다.

추석을 앞두고 다녀오는 연중행사 같은 고향 여행길이 즐겁고 힐링하는 여행으로 이어지길 바란다. 가을이 오면서 쭈글거리는 빨간 고추가 지친 듯 나무에 매달려 있고 고추잠자리 낮게 웅덩이 위를 날으니 콩잎 냄새가 더욱 짙다. 벼는 누렇게 익어가고 깨를 베어 묶어 말리시는 고모의 굽은 허리가 펴기에 힘들어 보인다. 고향여행은 또 다른 미련과 아쉬움을 남긴다. 멀리서 잔잔한 바다 위를 하얀 물결을 일으키며 다가오는 숨 가쁜 연안여객선에 몸을 실어 옹기종기 모여 있는 섬들의 배웅을 뒤로 하고 목포로 나온다. 부우~웅, 기적 한번 울려주는 선장님의 배려가 고맙게 느껴진다. 배는 두어 시간을 달려 유달산을 바라보며 목포대교 밑을 지난다. 가을 닮은 하늘은 청명하기만 하다.

옥도에 오면 마진도 큰 고모님이 "여기도 들려가라." 하시는데 못 가서 죄송하다. 마진도에는 정 많으신 우리 고모님과 사촌동생 은호가 대하양식과 전복양식을 하며 농사일도 곁들여 하시며 부지런하게 살고 계신다. 물론 기회가 되면 마진도에도 가고 싶다. 그곳은 또 특별한 재미있는 추억 만들기에는 좋은 곳이다.

올해도 동행자가 되어준 경곤, 종훈 동생에게 정말 고맙다는 생각을 하면서 다음 여행에도 함께 할 수 있기를 기대해본다. 두 동생들은 나의 고마운 동행자이다. 특히나 안산에서 교직에 있는 긍정의 아이콘인 종훈 동생에게 고맙고 감사하다는 말을 남기고 싶다.

내가 사색하는 동안에

이 진 주

내가 사색하는 동안에
꽃은 풍요롭게 웃는다.

새들의 손짓이거나
그 어느 곳에나 열려있는
계절의 손짓

환하고 불그스레한 시골길
그 위에 나의 삶의 길은 영롱하다.

산에는 산새소리
들에 새소리
꽃빛 온 누리의 뒤안에 가을이 열린다.

하늘은 높아서 푸르고
풍요한 노래가 살아
가슴을 휘휘 젓는 환희

참이 있고
질서와 저만치 무르익어가는
우리들의 생활의 손짓이 있고

내가 사색하는 꽃밭에는 늘
풍요롭게 번져 흐르는
상념의 날개가 있다.

1978년 11월 25일 전북고교생백일장 대회 장원(전북일보)

에필로그

감사의 글

한권의 책이 완성되기까지는 보이지 않는 망설임과 회한, 두근거림의 연속이었습니다.

짬짬이 시간을 내서 글을 완성시켜 간다는 것이 결코 쉽지 않은 일임도 알게 되었습니다. 그래서 몇 번의 시도와 좌절을 겪기도 했습니다. 포기도 했었습니다.

그때마다 격려해주시고 용기를 주었던 좋은 사람들이 주변에 있었기에 부족하나마 글 꼭지를 채워갈 수 있었음에 감사드립니다.

"우리 인생에 뭐가 중한가요?" 서로에게 물어보지만

어느새 바뀌어져 있는 내 모습을 새삼스럽게 느끼면서 나에게 주어지는 시간들에는 내적 매력을 만들기 위해 살아가려 합니다.

그리고 지금은 치유하는 글을 쓰게 되면서 "난 괜찮아요. 아무렇지도 않아요."라고 말합니다.

나를 이 세상에 나오게 하시고 지금껏 건실하게 살아가게 하신 하나님께 감사하고 부모님께도 감사드립니다.

그리고 나의 삶의 이유인 사랑하는 가족들에게도 감사하다는 마음을 전합니다.

또 나에게 일터를 허락하시고 배우고 실천하게 하시며 항상 깊은 신뢰를 보내주신 회사 사장님과 임직원분들에게도 감사합니다.

"항상 기뻐하라, 쉬지 말고 기도하라, 범사에 감사하라."는 말씀으로 위로해주시니 내게 주어진 시간들을 소중하게 사용하고자 합니다.

특별히 이 책을 출판할 수 있도록 우정 어린 후원과 신뢰와 응원을 보내주신 존경하고 사랑하는 여러분들에게 진심으로 감사드립니다.

그리고 멋진 표지디자인을 선물해준 자랑스런 경훈동생에게도 정말 감사합니다.

끝으로 이 책을 쓰게 용기를 주시고 실천하게 하시며 완성하기까지 힘과 지혜로 도우신 숨은 조력자이신 하나님께 감사드립니다.

〈너는 네가 생각하는 것보다 소중하단다〉
치유의 글쓰기에 도전하며 정읍에서 **이 진 주**

참고문헌

글 내용에서 간간히 인용된 글의 출처를 오래전에 작성된 관계로
정확한 출처를 표시하지 못한 부분이 있음을 정중하게 밝힌다.
(교육자료나 인터넷 블로그에서 참조)

이 책이 나오기까지 응원과 후원으로 함께 해 주신 고마운 분들을 소개합니다.

조경오 설영수 최창운 송영옥 강대숙 권승호 양기철 안상기 이준기 김용석
이은혜 이영신 김성진 오동기 손민호 설창수 홍기주 이태주 강천실 박명서
신승렬 김종훈 정광우 이매자 염화섭 염규선 김근원 이경신 김새힘 황동한
류영숙 김선익 이경곤 이종훈 정미란 신남구 박종균 송삼봉 이경훈

너는 네가 생각하는 것보다 소중하단다

지 은 이 이진주

1판 1쇄 발행 2018년 11월 14일

저작권자 이진주

발 행 처 하움출판사
발 행 인 문현광
교정교열 성슬기
편　　집 오재형
주　　소 광주광역시 남구 대남대로 149번지 19 3층 하움출판사
I S B N 979-11-88461-69-1

홈페이지 http://haum.kr/
이 메 일 haum1000@naver.com

좋은 책을 만들겠습니다.
하움출판사는 독자 여러분의 의견에 항상 귀 기울이고 있습니다.